Freja Amundsen, geboren 1970 in Hannover, arbeitete viele Jahre als Marketingexpertin und Vorstandsreferentin, bevor sie sich entschied, ihrem Herzen zu folgen und das Schreiben zu ihrem Beruf zu machen. Sie verdiente sich ihren Lebensunterhalt als freie Redakteurin, Journalistin, Texterin und Schriftstellerin, bis sie sich vor einigen Jahren nach auskömmlicheren Einnahmequellen umsehen musste. Ihre heutige Tätigkeit als Pressereferentin eines Verbandes vermittelt ihr nicht nur interessante Einblicke in eine völlig neue Welt, sondern verschafft auch viel Inspiration für zukünftige Romanprojekte.

FREJA AMUNDSEN

Der kleine Landgasthof zum Verlieben

Überarbeitete Neuausgabe Juli 2024

Copyright © 2024 dp Verlag, ein Imprint der
dp DIGITAL PUBLISHERS GmbH
Made in Stuttgart with ♥
Alle Rechte vorbehalten

Der kleine Landgasthof zum Verlieben

ISBN 978-3-98998-346-5
E-Book-ISBN 978-3-98998-134-8
Copyright © 2019, dp Verlag, ein Imprint der dp DIGITAL PUBLIS-
HERS GmbH
Dies ist eine überarbeitete Neuausgabe des bereits 2019 bei dp Ver-
lag, ein Imprint der dp DIGITAL PUBLISHERS GmbH erschienenen
Titels Rosenknospensommer (ISBN: 978-3-96087-858-2).

Covergestaltung: ArtC.ore-Design / Wildly & Slow Photography
Umschlaggestaltung: ARTC.ore Design
Unter Verwendung von Abbildungen von
shutterstock.com: © ifiStudio, © LN team, © Maksym Bondarchuk,
© Pawel Kazmierczak, © New Africa, © ping198,
© Elena_Alex_Ferns, © Konstanttin
stock.adobe.com: © D85studio
Lektorat: Astrid Rahlfs
Satz: dp DIGITAL PUBLISHERS GmbH
Druck und Bindung: Books on Demand GmbH, Norderstedt

Das Werk darf – auch teilweise – nur mit
Genehmigung des Verlages wiedergegeben werden.

Sämtliche Personen und Ereignisse dieses Werks sind frei erfun-
den. Etwaige Ähnlichkeiten mit real existierenden Personen, ob le-
bend oder tot, wären rein zufällig.

Vorwort der Autorin

Liebe Leserinnen und Leser,
die Idee zu diesem Roman entstand in einer Zeit, als ich mich in meinem Leben – genauso wie es der Protagonistin dieser Geschichte ergeht – nicht besonders wohl fühlte. Weder beruflich noch privat lief es rund und mein finanzielles Polster schwand zusehends. Ich wagte das Gedankenexperiment, was ich tun könnte, um Abstand zu meinem Alltag zu gewinnen, ohne Familie oder Freunde zu belasten oder mich auf einen baldigen Lottogewinn verlassen zu müssen. Ich recherchierte im Internet und stieß auf die Möglichkeit des wwoofens, wobei Menschen gegen Kost und Logis mehrere Wochen lang in landwirtschaftlichen Betrieben mitarbeiten. Das beeindruckte mich sehr, und so beschloss ich, meiner Protagonistin diese interessante Erfahrung zu ermöglichen.
Für mich selbst war der Roman Mittel zum Zweck, mich, beziehungsweise mein Leben, neu zu sortieren. Gewwooft habe ich später trotzdem, um für einen weiteren Roman, dessen Handlung im Weinbau spielt, zu recherchieren. Diese Erfahrung möchte ich nicht missen.

Vielleicht kommt die eine oder der andere von euch einmal in die Situation, wo räumliche Distanz zum alltäglichen Leben hilfreich wäre, um die eigene Lebenssituation klarer beurteilen zu können? Dann möge euch dieser Roman Inspiration für eure eigene Auszeit liefern. Ob ihr diesen oder einen anderen Weg für euch findet: Ich wünsche euch viel Erfolg dabei und dass sich alles so fügt, wie ihr es braucht!
Viele liebe Grüße
Freja

1

Josephines Versuch, sich aus der innigen Umarmung ihres Lebensgefährten zu befreien, wirkt wenig überzeugend. Zärtlich küsst sie ihn ein weiteres Mal, während sie seine Hände von ihrer Taille löst.

„Ich muss jetzt wirklich los", mahnt sie flüsternd, aber Paulhapunkt zieht sie ein weiteres Mal an sich heran. Nur allzu gerne schlingt Josephine ihre Arme erneut um seinen Hals, während er sie leidenschaftlich küsst. Sie quietscht vergnügt auf, als er sie frech in den Hintern kneift. Dazu muss er zwangsläufig den Griff um ihre Taille lockern und ermöglicht es Josephine damit, sich endgültig aus seiner Umarmung zu befreien.

Paulhapunkt ergreift ihre Hände und schnurrt: „Ich vermisse dich jetzt schon."

„Ich dich auch", seufzt sie. „Viel lieber würde ich bei dir bleiben als zu diesem nervigen Workshop zu fahren, aber es muss sein! Morgen Abend bin ich ja wieder da", verspricht sie ihrem gutaussehenden, fast zwei Meter großen, schlanken, dunkelhaarigen Freund und wirft ihm einen schmachtenden Blick zu.

Obwohl Josephine schon fast fünf Jahre mit Paulhapunkt zusammen ist, ist sie immer noch verliebt in ihn wie am ersten Tag. Dieser Mann, ein wahr gewordener Schwiegermutter-Traum, der jede hätte haben können und der tatsächlich sie erwählt hat, ist die Liebe ihres Lebens. Obendrein ist er ein intelligenter Kerl, der mühelos die Karriereleiter in einem internationalen Konzern hinaufgeklettert und dabei bescheiden und bodenständig geblieben und außerdem ein treusorgender Familienmensch ist. Eigentlich kann Josephine es immer noch nicht fassen, dass sie diesen Hauptgewinn an Land gezogen hat!

Während sie Paulhapunkt verliebt anstrahlt, kann Josephine nicht vermeiden, dass ihr Blick die Fassade des gelb verklinkerten Einfamilienhauses aus den siebziger Jahren hinter ihm streift, in dem sie beide im Dachgeschoss zusammen leben. Sie sieht, wie sich die Gardine eines der Fenster im Erdgeschoss bewegt und meint, eine verstohlene Bewegung dahinter wahrzunehmen. Ein Schatten huscht über ihr Gesicht. Schnell versucht sie, ihre Miene wieder unter Kontrolle zu bringen, aber Paulhapunkt hat ihre Regung bemerkt.

„Was ist los?“, fragt er.

„Ach ... nichts.“

Josephine fühlt sich ertappt und streicht sich verlegen eine Strähne ihres braunen Pagenschnittes hinter das Ohr. Paulhapunkt nimmt ihr das nicht ab. Er fasst ihr zärtlich unter das Kinn und hebt ihr Gesicht ein wenig an, sodass sie seinem Blick nicht länger ausweichen kann. Tapfer bemüht sie sich um eine zuversichtliche Miene.

„Vermutlich liegt mir einfach nur der Workshop im Magen“, schwindelt sie und küsst ihren Lebensgefährten gleich noch einmal, um ihn von ihren düsteren Gedanken abzulenken. Die möchte sie lieber nicht zur Sprache bringen. Paulhapunkt könnte sie sowieso nicht nachvollziehen, und sie würde damit nur die innige Stimmung zwischen ihnen beiden verderben.

Wie so oft wird sich Josephine dessen bewusst, dass es nur eine einzige Sache gibt, die in ihrer ansonsten perfekten Beziehung zu einem Reizthema werden kann und ihr Liebesglück eine Winzigkeit einzutrüben vermag ... manchmal auch etwas mehr als eine Winzigkeit ... und das ist Edeltraud, Paulhapunkts Mutter. Deren Silhouette hatte sie eben hinter der Gardine erahnt.

Josephine weiß, dass ihr Lebensgefährte nichts dafür kann, dass Edeltraud seine Mutter ist. Leider kann sie jedoch nicht umhin, ihm ein wenig Mitverantwortung an der angespannten Situation zuzuschreiben. Die hat damit zu tun, dass sie mit seinen Eltern zusammen unter einem Dach leben und es Paulhapunkt einfach nicht gelingt, Edeltraud Grenzen zu setzen. Grenzen, die Josephine für dringend nötig hält, um ihre Beziehung vor der ständigen Einmischung seiner Mutter zu bewahren. Leider ist ihr Lebensgefährte in diesem Punkt sehr viel nachsichtiger als sie selbst, und darüber geraten sie ein ums andere Mal in Streit.

Paulhapunkt stupst Josephine zärtlich in die Seite und holt sie damit in die Gegenwart zurück. Um sie aufzumuntern, schaut er sie treuherzig wie ein Bernhardiner mit seinen großen, braunen Augen an.

Dieser Blick ist ihre Achillesferse. Genau damit hatte er es geschafft, sie gegen ihre ausdrückliche Überzeugung dazu zu bringen, in diese kleine, muffige Zwei-Zimmer-Dachgeschosswohnung im Haus seiner Eltern einzuziehen.

Dazu war es gekommen, als Josephine, wenige Wochen, nachdem sie Paulhapunkt kennengelernt hatte, eine Kündigung ihrer eigenen Wohnung erhielt. Da ihre Beziehung damals noch recht frisch war, war sie ziemlich erstaunt gewesen, als er ihr vorschlug, zu ihm zu ziehen. „Das ist eine gute Gelegenheit auszuprobieren, ob es mit uns beiden klappt. Wenn nicht, kannst du dir immer noch eine neue eigene Wohnung suchen", hatte er gesagt. Josephine hatte es unendlich geschmeichelt, dass er so schnell einen so weitreichenden Schritt mit ihr zusammen wagen wollte. Zwar war sie alles andere als begeistert davon gewesen, in die Butze unter dem Dach seiner Eltern einzuziehen, in der Paulhapunkt sich eingerichtet hatte, um *ein bisschen auf die beiden aufzupassen*, wie er es nannte. Weil er ihr aber versprochen hatte, dass es nur eine Übergangslösung sein sollte, bis sie eine passende Wohnung für sich zusammen gefunden hätten, hatte sie zugestimmt.

Das war vor drei Jahren. Seitdem ist ihren Umzugsplänen immer wieder etwas dazwischengekommen.

Aber das ist jetzt vorbei, denkt Josephine zuversichtlich. Jetzt gibt es keinen Grund mehr, warum Paulhapunkt und ich uns nicht aus dem Haus seiner Eltern verabschieden sollten. Dort, wo seine Mutter pausenlos auf der Matte steht, um unsere traute Zweisamkeit zu stören. Und wenn wir erst ausgezogen sind, wird unsere Beziehung rosige Zeiten erleben. Es wird einfach herrlich werden!

Dieser wunderschöne Gedanke zaubert ihr unversehens ein Lächeln ins Gesicht, und sie seufzt unwillkürlich auf. Sie tritt ganz nah an ihren Lebensgefährten heran und flüstert: „Du ahnst gar nicht, wie sehr ich mich auf nächsten Dienstag freue, wenn wir uns die schöne große Wohnung mit Terrasse ansehen, die der Schwester meiner Kollegin gehört!"

Paulhapunkt schmunzelt über das strahlende Gesicht seiner Freundin. „Ist das wirklich sooo wichtig für dich?", fragt er ungläubig lächelnd und streicht ihr zärtlich durch die Haare.

Und wie, denkt Josephine und hätte fast angefangen zu schnurren, weil er nun auch noch ihren Nacken krault.

Dann fällt ihr etwas ein. Zwar kann sie sich nicht wirklich vorstellen, was ihren Besichtigungstermin jetzt, im letzten Moment noch verhindern oder gar den erhofften Umzug unmöglich machen könnte, aber es wäre dumm, etwas zu riskieren. Sie fühlt sich unwohl dabei, Paulhapunkt ein bisschen Theater vorspielen zu müssen, aber sicher ist sicher. Sie richtet sich auf ihre Zehenspitzen auf und raunt ihm verschwörerisch ins Ohr: „Es ist bestimmt besser, wenn Edeltraud vorerst nichts von der Wohnungsbesichtigung erfährt. Sie würde sich nur aufregen und Sorgen machen. Du weißt, wie sie ist – du kennst sie besser als ich."

Josephines Stimme trieft vor geheucheltem Verständnis für seine Mutter. Innerlich hasst sie sich dafür, dass sie ihrem Liebsten etwas vormachen muss. Aber leider besteht die Gefahr, dass Edeltraud alle ihr zur Verfügung stehenden Register ziehen würde, um zu verhindern, dass sich ihr geliebter Sohn ihrem Einfluss entzieht, wenn sie etwas von dem Besichtigungstermin erführe. Von einem eingewachsenen Zehennagel bis zum Vortäuschen einer Krankheit, die ihr baldiges Ableben in Aussicht stellt, ist ihr alles zuzutrauen, um den Auszug ihres einzigen Kindes unmöglich zu machen. Wobei das mit dem Ableben für Josephine kein Grund gewesen wäre, auf eine eigene Wohnung zu verzichten. Es könnte – wenn sie ehrlich ist – sogar ein weiteres Argument dafür sein. Allerdings weiß sie auch, dass Paulhapunkt diesbezüglich anderer Meinung ist, weil normalerweise schon die kleinste Andeutung, dass seiner Mutti ein Leid geschehen könnte, ausreicht, damit er alles für sie tut!

„Meinst du wirklich, dass dieses Versteckspiel nötig ist?", fragt Paulhapunkt und schaut sie belustigt an, als fände er ihre Sorge übertrieben. Aber wenn Josephine jetzt so darüber nachdenkt, hält sie es mehr und mehr für dringend nötig.

„Vertrau mir", antwortet sie milde lächelnd und kommt sich dabei vor wie die Schlange Kaa im Dschungelbuch, als diese versucht, Mowgli zu hypnotisieren, um ihn zu verspeisen. Um ihre Heuchelei wieder gutzumachen, küsst Josephine ihren Lebensgefährten noch einmal besonders zärtlich. Es ist schließlich auch zu seinem Besten ...

Jetzt wird es höchste Zeit, dass sie aufbricht, wenn sie nicht zu spät zu ihrem Workshop kommen will. Sie reißt sich zusammen, löst sich ein letztes Mal aus Paulhapunkts Armen, dreht sich um und steigt in ihren Wagen. Fröhlich winkend und Kusshände durch die Scheibe werfend, fährt sie rückwärts aus der Einfahrt. Anschließend legt sie den ersten Gang ein und braust die Straße hinunter. Im Rückspiegel sieht sie ihren Liebsten vor dem Haus seiner Eltern stehen und ihr hinterherwinken. Sie betrachtet das Bild mit gemischten Gefühlen. „Nicht mehr lange, und du wirst vor unserem eigenen Zuhause stehen und mir nachwinken, wenn dieser hässliche Klinkerbau im Hintergrund endlich Geschichte ist", murmelt sie vor sich hin. „Dann wird endlich alles gut."

Jedenfalls in ihrem Privatleben. Denn schon in wenigen Stunden wartet die zweite Großbaustelle ihres Lebens auf sie: ihr Job, beziehungsweise ein zweitägiger Marken-Workshop mit ihrem Chef, Dr. Taler, und der unsäglichen Werbeagentur, an der er mit sturem Vertrauen festhält. Trotz deren nachgewiesener Unfähigkeit! Josephine seufzt, mahnt sich dann aber zur Zuversicht. Auch hier bahnt sich eine Lösung an, sagt sie sich. Schließlich hat nun sogar die Unternehmensleitung der Personalvermittlung Cornelius, bei der sie als Marketingreferentin beschäftigt ist, mitbekommen, dass die horrenden Ausgaben an diese Agentur eine komplette Fehlinvestition sind und dringend etwas passieren muss, um den werblichen Auftritt des Unternehmens zu professionalisieren. Auch wenn Josephine es immer noch für die weitaus bessere Lösung hält, ganz auf Reithofer & Friends zu verzichten, so muss sie die Tatsache, dass der Agenturchef wenigstens dazu genötigt wurde, eine kompetente Mitarbeiterin einzustellen, die die Personalvermittlung zukünftig als Senior Account Managerin betreuen soll, als positives Signal werten.

„Wenn die gute Frau Gutenberg-Voss wirklich ein Vollprofi ist, wie behauptet wurde, und tatsächlich schon für viele namhafte Brands und mit großen Etats gearbeitet hat, dann besteht wohl ein Fünkchen Hoffnung", murmelt Josephine. „Möglicherweise darf ich

dann sogar endlich einmal eine Kampagne auf den
Weg bringen, für die ich mich nicht in Grund und Boden schämen muss."

2

Josephine hält das Lenkrad so fest umklammert, dass ihre Fingerknöchel weiß hervortreten. Mit weit aufgerissenen Augen und blassem Gesicht, umrahmt von wild gerauften Haaren, starrt sie durch die Windschutzscheibe. Nur mit Mühe gelingt es ihr, sich auf den Verkehr zu konzentrieren, beziehungsweise die von ihrem Sehnerv gesendeten Informationen zu verarbeiten.

„Oh mein Gott", stöhnt sie ein weiteres Mal. „Wie kann es nur so viel unterirdische Inkompetenz, schockierende Ignoranz und peinliche Eitelkeit auf einmal geben?"

Vermutlich ist das alles nur ein böser Traum, versucht sie sich einzureden. Aber dann fällt ihr ein, dass selbst wenn es so wäre, dieser Traum noch nicht vorbei wäre, sondern genau genommen gerade erst angefangen hätte!

Bei diesem Gedanken stöhnt Josephine auf und will ihren Kopf gerade voller Verzweiflung auf das Lenkrad fallen lassen, als ihr trotz ihrer jämmerlichen Verfassung bewusst wird, dass sie so etwas nicht tun sollte, während sie mit 160 Stundenkilometern über die Autobahn jagt. Im letzten Moment reißt sie sich zusammen und zwingt sich dazu, sich auf den Verkehr zu konzentrieren. So richtig will ihr das jedoch nicht gelingen. Stattdessen tauchen Bilder aus dem zurückliegenden Workshop in den protzigen Räumlichkeiten von Reithofer & Friends vor ihrem inneren Auge auf, und sie verkrampft ihre Hände noch etwas mehr ums Lenkrad.

Wie konnte sie nur so naiv sein, zu glauben, dass dieser Workshop, verbunden mit der Einstellung einer neuen Mitarbeiterin, tatsächlich einen Wendepunkt in der katastrophalen Zusammenarbeit mit der Agentur markieren könnte? Das absolute Gegenteil ist der Fall! Sollte es wirklich soweit kommen, dass die während dieses Marken-Relaunch-Workshops entwickelten Strategien umgesetzt würden, würde das unweigerlich das Ende der Personalvermittlung Cornelius einläuten! Eigentlich kann sie jetzt nur noch kündigen, wenn sie sich sich weiterhin als Marketing-Expertin bezeichnen möchte. Aber was dann?

Josephine weiß, wie schwer es ist, eine Stelle im Kommunikationsbereich zu finden, die ausreichend gut bezahlt wird und zumindest auf dem Papier – wenn auch nicht in der Realität – einen anspruchsvollen Aufgabenbereich umfasst.

Sie denkt zurück an einen Tag im August vor bald sieben Jahren, als ihr Elend begann. Damals betrat sie die Personalvermittlung Cornelius zum ersten Mal, um sich auf die Stelle der Marketingreferentin zu bewerben. Sie war vierunddreißig und hatte nach ihrem Studium diverse Jahre auf schlecht bezahlten Aushilfsposten oder als befristete Schwangerschaftsvertretung in diversen Unternehmen zugebracht. Deshalb war sie geradezu begeistert von der Aussicht gewesen, endlich fest angestellt und vor allem sogar verantwortlich für den werblichen Auftritt eines Unternehmens zu sein.

Ihr Chef, Dr. Taler, Abteilungsleiter für Marketing und Öffentlichkeitsarbeit, zu jener Zeit Mitte vierzig und schon mit Bierbauch und Halbglatze ausgestattet, hatte damals davon gesprochen, dass sich die Personalvermittlung „im Bereich CI und so" professionell aufstellen müsse und es im Auftritt des Unternehmens einiges zu verbessern gäbe. Man wolle „von der Regional- in die Bundesliga der Personalvermittlungsagenturen aufsteigen", hatte er erklärt.

In Anbetracht des Erscheinungsbildes der Personalvermittlung hatte Josephine ihm nur zustimmen können und sich auf ein dankbares Betätigungsfeld gefreut. Mit Feuereifer hatte sie sich in die Arbeit gestürzt und gemeinsam mit einer versierten Werbeagentur eine verbindliche Gestaltungsrichtlinie entwickelt. Doch als sie und die Kreativdirektorin dieses Corporate Design Dr. Taler und Heribert Cornelius, dem Inhaber der Personalvermittlung, präsentierten, hatten diese es als zu unspektakulär abgelehnt. Dabei fielen Argumente wie: „Also dieses dezente Blau … ich weiß nicht. Passt Gold nicht viel besser zu unserem Qualitätsanspruch?" und „Wo finde ich denn in dem Logo die Qualifikationen unserer Arbeitnehmer wieder? Mindestens ein Schraubenschlüssel und ein Computer müssen da mit rein." Nach diversen weiteren Äußerungen dieser Qualität hatte die Kreativdirektorin paralysiert das Unternehmen verlassen, und die Herren Taler und Cornelius verständigten sich darauf, dass die Agentur nicht die geeignete für ihre Vorstellungen sei. Dem konnte Josephine nicht widersprechen. Die Vorstellungen der beiden Herren umzusetzen, setzte eine Leidensfähigkeit auf Agenturseite voraus, die den Rahmen eines seriös arbeitenden Unternehmens sprengte.

Josephine schüttelt sich unwillkürlich, als sie an jene dunkle Stunde zurückdenkt. Und das war nur der Anfang ihres beruflichen Martyriums gewesen! Denn kaum dass die Agentur das Unternehmen verlassen hatte, erinnerte sich die Assistentin der Geschäftsführung, Francine Schulze, daran, dass ihre Schwester vor vielen Jahren einmal mit dem Inhaber einer Werbeagentur liiert gewesen war und schlug vor, diesen einzuladen, damit man prüfen könne, ob er zu helfen imstande wäre. Und das war er!

Dennis Reithofer, Chef der Agentur „Reithofer & Friends – Werbung und mehr" hatte sich einst sein später abgebrochenes BWL-Studium als Surflehrer finanziert, bevor er selbstständiger Versicherungsmakler wurde. Als solcher hatte er seine Heimatstadt mit einer selbst entworfenen Anzeigen- und Plakat-Kampagne überrollt, die entgegen jeder Wahrscheinlichkeit ein durchschlagender Erfolg gewesen sein soll. Das Kampagnenmotiv hatte ihn selbst gezeigt wie er, mit Telefonhörer am Ohr, schmierig in die Kamera gegrinst, mit dem Finger auf den Betrachter gezeigt und in einer Sprechblase verkündet hatte: „Vertrauen ist gut, Reithofer ist besser! Versicherungen und mehr." Böse Zungen behaupteten, die Kampagne sei so schlecht gewesen, dass sie gerade deshalb zum Kult wurde, durch den Dennis Reithofer eine fragwürdige Berühmtheit erlangte. Danach kannte ihn jeder. Zwar hat er niemals

Fragen danach beantwortet, wie viele Kunden sich aufgrund dieses Marketingerfolgs in Versicherungsfragen tatsächlich vertrauensvoll an ihn gewandt hatten. Aber das war auch gar nicht nötig gewesen, denn mit diesem Coup, der ihn mit einem Schlag zum Stadtgespräch und damit zu einem der bekanntesten Unternehmer der Region gemacht hatte, hatte er beschlossen, dass Werbung seine eigentliche Berufung sei. Kurze Zeit später gab er sein Versicherungsgeschäft auf und gründete seine Agentur.

Eben dieser Dennis Reithofer, damals Anfang dreißig, groß, blond, braungebrannt und sehr von sich überzeugt, überzeugte auch die Herren Cornelius und Dr. Taler bei einem Essen im Sternelokal und anschließendem Nachtclubbesuch von seinen Qualitäten. Von da an konnte Josephine nur noch hilflos zuschauen, wie astronomische Summen für Kampagnen aufgebracht wurden, um, von der Öffentlichkeit und besonders der potenziellen Kundschaft der Personalvermittlung nahezu unbemerkt, zu versickern. Im Rausch des bunten Agenturlebens mit Castings, Shootings, Sektchen und Häppchen und natürlich jeder Menge Events, zu denen ihr Chef eingeladen wurde, ging jede Frage nach dem Erfolg der kostenintensiven Werbemaßnahmen unter und jeder Zweifel an der Marketingkompetenz der Agentur erstarb.

„Vermutlich kann ich nichts anderes tun, als wenigstens innerlich zu kündigen und mich auf mein Privatleben zu konzentrieren, bis ich irgendwann eine Chance erhalte, den Job zu wechseln", murmelt sie frustriert. Allerdings weiß sie genau, dass sie nicht abgebrüht genug ist, ihre Arbeitssituation einfach an sich abperlen zu lassen und emotionsneutral auszusitzen. Um deshalb nicht in einem Anfall von Verzweiflung gegen einen Brückenpfeiler zu rasen, zwingt sie sich dazu, ihre Gedanken in eine angenehmere Richtung zu lenken.

„Wenigstens in meinem Privatleben zeichnet sich endlich eine Lösung ab", seufzt sie und ruft Bilder ihres geliebten Paulhapunkt vor ihrem inneren Auge auf. „Wie gut, dass ich ihn habe. Andernfalls wäre mein Leben wirklich eine Katastrophe", stößt sie hervor.

Ihre Gesichtszüge entspannen sich, und sie beschließt, jeden Gedanken an den grässlichen Workshop und das, was er für ihre berufliche Zukunft bedeutet, über das Wochenende hinter sich zu lassen. Es reicht, wenn sie sich am Montagmorgen wieder mit der grausamen Realität ihres Jobs befasst. Bis dahin will sie lieber davon träumen, mit Paulhapunkt zusammen eine eigene schöne Wohnung, weitab von seinen Erzeugern, zu beziehen, in der sie endlich ihre traute Zweisamkeit ungestört genießen können.

Josephines angenehme Gedanken werden durch das melodische Läuten ihres Smartphones unterbrochen. Sie nimmt das Gerät vom Beifahrersitz und wirft einen kurzen Blick darauf. Liebevoll lächelnd tippt sie auf die Freisprechanlage.

„Gerade habe ich an dich gedacht", flötet sie.

„Das höre ich gerne", antwortet Paulhapunkt schnurrend. „Ich hoffe, du bist schon auf dem Weg nach Hause. Ich vermisse dich! Wie war's?"

„Quäl mich nicht mit solchen Fragen!", antwortet Josephine mit weinerlicher Stimme. „Furchtbar war es!

Und es war naiv von mir, dass ich mir etwas Besseres von diesem Termin erhofft habe."

„Was ist passiert?", fragt Paulhapunkt erstaunt. „Ich dachte, dass nun sogar dem Inhaber, diesem Heribert Cornelius, endlich aufgefallen ist, dass die Aufwendungen für das Marketing à la Reithofer in keinem Verhältnis zum erreichten Bekanntheitsgrad oder gar zu einer Verbesserung der Auftragslage stehen. Hattest du nicht sogar erzählt, dass er deinen Chef, Dr. Taler, zu sich zitiert hat und dass der aussah wie ein geprügelter Hund, als er von dem Einlauf zurückkehrte?"

„Ja, das habe ich", antwortet Josephine kleinlaut und würde am liebsten wirklich anfangen zu weinen – so groß ist ihre Enttäuschung, die der Hoffnung nach all den furchtbaren Jahren mit „Reithofer & Friends – Werbung und mehr" folgte.

Mühsam reißt sie sich zusammen und schimpft mit gepresster Stimme: „Ich hätte es wissen müssen! In dem Moment, als Dennis Reithofer es irgendwie geschafft hat, meinen Chef davon zu überzeugen, dass die Lösung aller Probleme in einem Relaunch der Marke unter seiner Regie zu finden ist, war die Messe gesungen. War doch klar, wohin das führt!" Josephine atmet tief durch, um sich zu beruhigen, was ihr jedoch nicht gelingt. „Ich vermute, dass der Meinungswechsel Dr. Talers mit der Einladung zum Presseball zu tun hatte, die nach seinem Telefonat mit Dennis Reithofer auf seinen Schreibtisch geflattert ist. Dieser Scharlatan der Werbeindustrie schreckt wirklich vor gar nichts zurück!", empört sie sich. „Nur deshalb musste ich die letzten anderthalb Tage über diesen sogenannten Relaunch, der angeblich auf direktem Weg in die Bundesliga ‚der Personalvermittlungen' führen sollte, ernsthaft diskutieren und dafür auch noch den Weg zur Agentur auf mich nehmen, die schlappe drei Stunden Fahrtzeit von uns entfernt residiert! Ich schwöre dir: Obwohl ich nun schon so viele Jahre an den Blödsinn der bekloppten Agentur gewöhnt bin, stellt das in diesem Workshop Beschlossene alles bislang Dagewesene in den Schatten!", jault sie verzweifelt auf.

„Mein armer Schatz", antwortet Paulhapunkt mitfühlend. „Kann ich dich irgendwie aufheitern?"

Unwillkürlich muss Josephine trotz ihrer Verfassung lächeln. Ja, das kann er, denkt sie. Und dazu muss er nicht einmal etwas tun, beziehungsweise erst in einigen Tagen, wenn sie den Besichtigungstermin für ihr neues Zuhause haben. Dann braucht er nur noch Ja zu sagen, und wenigstens ihr Privatleben erlebt ein Happy End!

Und weil sich Josephine wie eine Schneekönigin darauf freut, kann sie nun voller Inbrunst auf Paulhapunkts Frage antworten: „Mein Schatz, dein Anruf allein heitert mich auf!"

Dazu lächelt sie liebevoll, auch wenn Paulhapunkt das nicht sehen kann. „Und wenn der Besichtigungstermin nächste Woche erfolgreich ist und unser Wohnungsproblem der Vergangenheit angehört, dann schockt mich sogar mein Job nicht mehr", lacht sie, redlich bemüht, sich selbst davon zu überzeugen, dass sie das auch so meint.

„Du tust ja gerade so, als würden wir in einer unzumutbaren Absteige hausen", empört sich Paulhapunkt mit gespielter Entrüstung in der Stimme.

Josephine ist so klug, nicht darauf einzugehen. Sie kennt ihren Liebsten gut genug, um zu wissen, dass dieses Feld vermint ist, selbst wenn er darüber scherzt. Schnell bemüht sie sich, von ihren unterschiedlichen Auffassungen bezüglich ihrer Wohnsituation abzulenken. Jetzt bloß keinen überflüssigen Streit aufkommen lassen. Wozu auch? Die Wohnung im Haus seiner Eltern wird bald Geschichte sein.

„Aber natürlich nicht, mein Schnäuzelchen", säuselt sie in Richtung ihres Smartphones und verzieht dabei ihr Gesicht, als hätte sie in eine Zitrone gebissen, was Schnäuzelchen glücklicherweise ebenfalls nicht sehen kann. „Es ist nur schön, wenn wir endlich etwas Eigenes haben, was groß genug für zwei ist. Und du weißt, wie sehr ich mir einen Balkon oder eine Terrasse wünsche, wo wir mit Freunden zusammen grillen können ..."

„Das können wir bei uns auch!"

„Aber natürlich könnten wir das", beschwichtigt Josephine und rollt ihre Augen gen Himmel. „Nur säßen wir dabei quasi deinen Erzeugern auf dem Schoß, weil es im Obergeschoss keinen Balkon gibt und wir mit unseren Gästen durch die Wohnung deiner Eltern hindurch in den Garten gehen müssten ... meine Güte, Schnäuzelchen, darüber haben wir doch oft genug gesprochen!" Sie lacht gekünstelt, ehe sie fortfährt. „Aber darüber müssen wir jetzt nicht mehr diskutieren, denn das gehört bald der Vergangenheit an. Ich habe das sichere Gefühl, dass wir die ideale Wohnung für uns gefunden haben."

„Wieso bist du da so sicher? Vielleicht ist die Wohnung gar nicht so toll, wie du dir das ausmalst."

„Sie hört sich aber so an“, erwidert Josephine geduldig. Meine Güte, was ist nur schon wieder mit ihm los? „Außerdem finde ich, dass wir ein bisschen Glück verdient haben. Schließlich haben wir so lange gesucht.“

„*Du* hast gesucht. Ich bin eigentlich ganz zufrieden, so wie es ist.“

Diese Äußerung irritiert Josephine.

„Wie meinst du das?“, fragt sie erstaunt.

„So wie ich es sage!“ Paulhapunkt klingt gereizt, und Josephine versteht die Welt nicht mehr.

„Was ist los, Liebling?“

„Was soll schon los sein?“, entgegnet ihr Liebling aggressiv. „Ich stelle bloß klar, dass du eine neue Wohnung willst. Ich bin mit unserer durchaus zufrieden!“

Josephine ist baff. Zwar hat sie längst begriffen, dass Paulhapunkt die Wohnsituation bei seinen Eltern weit weniger unangenehm ist als ihr. Auch wenn er bislang stets behauptet hat, dass er sich nach mehr Abstand zu seinen Erzeugern sehnt – wenn nur nicht immer die Umstände gegen ihn wären! Wenn er sich nur darauf verlassen könnte, dass sein Vater seine Tabletten regelmäßig nimmt, wenn seine Mutter ihn nur nicht gerade jetzt so dringend bräuchte und so weiter und so fort. Deshalb kommt die plötzliche Begeisterung für die Wohnung im Haus seiner Eltern überraschend. Und während Josephine versucht, sich von dieser Überraschung zu erholen, schwant ihr etwas, und sie könnte sich dafür ohrfeigen, dass sie so lange gebraucht hat, um zu kapieren, warum ihr Liebster sich verhält, wie er sich verhält. Dafür kann es nur eine einzige Erklärung geben.

„Du hast nicht zufällig mit deiner Mutter über den Besichtigungstermin gesprochen?", fragt sie und bemüht sich um einen beiläufigen Tonfall. Jetzt heißt es, die Nerven zu behalten.

„Wie kommst du darauf?", fragt Paulhapunkt unwirsch.

„Also ja", seufzt Josephine.

„Was soll das denn jetzt? Was hat meine Mutter damit zu tun?"

„Nun, ich nehme an, dass deine plötzliche Meinungsänderung damit zusammenhängt, dass du ihr von dem Termin erzählt hast und sie nicht glücklich darüber ist."

Josephine realisiert, wie sich ein warmes Gefühl in ihr ausbreitet, was vermutlich damit zusammenhängt, dass ihr Blutdruck steigt. Sie weiß, dass es nicht hilfreich sein wird, ihren Gefühlen freien Lauf zu lassen. Andererseits weiß sie auch, dass es ihr kaum gelingen wird, sie unter Kontrolle zu halten, wenn Paulhapunkt den Fehler begehen sollte, jetzt das Falsche zu sagen. Gleichzeitig weiß sie, dass er ganz bestimmt diesen Fehler begehen wird, weil er bereits vorher einen Fehler beging, nämlich den, seiner Mutter von dem Besichtigungstermin zu erzählen.

„Lass bitte meine Mutter aus dem Spiel", sagt er streng. „Sie hat nichts damit zu tun! Außerdem geht es ihr gerade nicht gut ..."

Unwillkürlich stöhnt Josephine auf. Natürlich! Das war ja zu erwarten gewesen! Edeltraud hat wie üblich mit Krankheit reagiert. Vermutlich mit einer plötzlich auftretenden, denn als Josephine vor anderthalb Tagen das Haus verließ, war sie putzmunter.

„Warum sagst du es nicht einfach?", faucht sie. „Du
hast deiner Mutter von der Besichtigung erzählt, obwohl wir abgemacht hatten, dass du es nicht tust!"

„Wir haben gar nichts abgemacht", korrigiert Paulhapunkt sie. „Du hast verfügt ..."

„Geschenkt", fällt Josephine ihm ins Wort. „Du hast
ihr alles erzählt und ... lass mich raten: Spätestens eine
Stunde später klagte sie über irgendeine Unpässlichkeit."

Josephine weiß, dass es nicht klug ist, etwas gegen
Edeltraud vorzubringen, aber das ist zu viel für sie. Erst
der furchtbare Workshop mit der furchtbaren Werbeagentur, ihrem furchtbar unfähigen Chef und den
furchtbaren Konsequenzen, die das für ihre Arbeit haben wird. Einzig und allein die Aussicht auf eine ent-
scheidende Verbesserung ihres Privatlebens, das nicht
unerheblich durch ihre Wohnsituation geprägt ist,
hatte sie aufrecht gehalten. Und nun wird das infrage
gestellt, weil Paulhapunkts Mutter sich angeblich nicht
wohl fühlt?

„Meine Mutter ist nicht mehr ganz neu. Da ist es wohl
normal, dass sie auch mal krank wird."

Josephine schließt die Augen, um nicht auszurasten.
Sie öffnet sie allerdings schnell wieder, als ihr klar
wird, dass sie mittlerweile mit 190 Stundenkilometern
auf der Autobahn unterwegs ist. Sie beschließt, das
Tempo zu drosseln. Gleichzeitig atmet sie tief ein und
wieder aus und versucht vergeblich, sich zu beruhigen.

Paulhapunkt hat wohl Ähnliches versucht, denn er
fährt mit sanfterer Stimme fort.

„Sie wird sich bestimmt bald erholen. Es ist eben gerade ein ungünstiger Zeitpunkt. Wir müssen Geduld hab…“

Plötzlich bricht seine Stimme ab. Josephine schaut auf ihr Smartphone. Ist sie in ein Funkloch gefahren? Das wäre vermutlich nicht einmal das Schlechteste, sagt ihr Verstand, weil sich dieses Telefonat in eine Richtung entwickelte, die kaum noch eine konstruktive Wendung wahrscheinlich macht. Aber ihr Verstand kann sich mit diesem Einwand nicht durchsetzen, weil sich in Josephines Magen eine Unmenge Wut angesammelt hat, die sich entladen will. Ob das vernünftig ist oder nicht, ist der Wut egal. Sie schreit nur noch danach, Paulhapunkt mitzuteilen, was sie von seinem symbiotischen Verhältnis zu seiner Mutter hält!

Aber ein Blick auf das Display ihres Smartphones zeigt nicht nur keinen Balken, es zeigt gar nichts mehr. Es dauert einen Moment, bis Josephine begreift, was passiert ist: Der Akku ist leer. Ein paar Sekunden später dringt außerdem zu ihr durch, was sich im soeben unterbrochenen Telefonat mit ihrem Liebsten abgespielt hat, und diese Erkenntnis trifft sie mit voller Wucht. Paulhapunkt will den Besichtigungstermin für eine Traumwohnung platzen lassen! Weil seine Mutter angeblich unpässlich ist! Und er verlangt allen Ernstes von ihr, dass sie sich schon wieder geduldig zeigt? Nachdem sie seit drei Jahren vergeblich auf eine eigene Wohnung hofft?

Ihre Finger schließen sich so fest ums Lenkrad, als wolle sie es erwürgen. Sie atmet erneut tief ein und wieder aus und versucht sich zu beruhigen, obwohl sie weiß, dass das unter diesen Umständen vergeblich ist.

Wie soll man bloß ruhig bleiben, wenn das Leben eine einzige Katastrophe ist? Wenn es weder im Job, noch in der Beziehung eine Hoffnung auf bessere Zeiten gibt? Statt der Aussicht auf eine eigene Wohnung wartet eine wimmernde Edeltraud zu Hause, die sie bitter für den Fluchtversuch büßen lassen wird, indem sie ihren Sohn noch mehr beansprucht, als sie es sowieso schon tut. Das bevorstehende Wochenende ist unter diesen Umständen bereits gelaufen, und die nächsten zwanzig Jahre eigentlich auch, die Josephine im Haus von Paulhapunkts Eltern zubringen wird. Und dieses Elend wird nur von ihrem Arbeitsalltag unterbrochen, wo bereits das nächste Elend auf sie wartet, und zwar schon Montag, wenn sie auf einen gut gelaunten Chef trifft, der selbstverständlich von ihr erwartet, dass sie mit vollem Einsatz die unsäglichen Ideen einer unsäglichen Agentur umsetzt – und das, ohne eine Miene zu verziehen!

„Verdammte Scheiße!", bricht es mit der Aussicht auf ein komplett verpfuschtes Leben aus Josephine heraus. Dann schreit sie nur noch: „Aaaaaahhh!!!"

Josephine hört erst wieder damit auf, als die Information in ihr Hirn vordringt, dass in einiger Entfernung immer mehr orangefarbene Lichter aufblinken. Ihr Verstand reimt sich zusammen, was das bedeuten könnte. Es braut sich ein Stau zusammen. Das auch noch!

In letzter Sekunde bemerkt sie die Ausfahrt, die kurz vor dem Stauende auftaucht. Instinktiv setzt sie den Blinker, wechselt auf die Abbiegerspur und verlässt die Autobahn.

Leider hat sie keine Ahnung, wo sie ist und wie sie von hier aus nach Hause kommt. Das liegt zum einen daran, dass sie nicht mit voller Konzentration beim Autofahren war. Der zweite Grund ist, dass sie sich irgendwo im Nirgendwo befindet, wie sie feststellt, als sie auf das Ende der Abfahrt zusteuert und auf den Hinweisschildern von Orten liest, die sie bestenfalls aus dem Verkehrsfunk kennt und die sich außerdem in vielen Kilometern Entfernung befinden. Sie hat nicht die geringste Ahnung, welche Richtung sie einschlagen soll, doch hinter ihr rollen schon die nächsten Autos heran.

Spontan entscheidet sie sich dafür, nach links abzubiegen. Weil ihr Akku leer ist und sie weiß, dass sie in diesem Teil der Welt keine Chance hat, sich ohne die Navigations-App auf ihrem Smartphone zurechtzufinden, biegt sie einige hundert Meter weiter in einen Feldweg ein, um in Ruhe das Ladekabel aus ihrem Handschuhfach zu fischen. Sie steckt es in den Zigarettenanzünder und erwartet das vertraute Brummen des Geräts, das anzeigt, dass der Akku aufgeladen wird.

Leider hört sie nichts dergleichen. Sie ruckelt am Kabel, dann betrachtet sie den Stecker im Zigarettenanzünder genauer. Dort müsste jetzt eigentlich ein Lämpchen aufleuchten, aber das tut es nicht.

„Neeeiiin! Nicht jetzt!", stöhnt sie, bevor sie sich in einer Reihe nicht druckfähiger Flüche ergeht. Schon wieder ist die Sicherung hinüber! Sie weiß, dass sie keinen passenden Ersatz im Auto hat, denn sie hatte neue Sicherungen besorgen wollen, ist aber noch nicht dazu gekommen. Aber Moment! Müsste nicht irgendwo eine alte Straßenkarte im Auto herumfliegen?

Obwohl Josephine nicht wirklich daran glaubt, macht sie sich auf die Suche: im Handschuhfach, in den Taschen hinter den Vordersitzen, unter den Sitzen, im Kofferraum, unter der Abdeckung für den Ersatzreifen – vergeblich. Entnervt lässt sie sich schließlich wieder auf den Fahrersitz fallen.

„Was für ein unendlich beschissener Tag", murmelt sie.

Stoisch starrt sie durch die Windschutzscheibe und versucht einen klaren Gedanken zu fassen, aber es will sich keiner einfinden. Nach einer Zeit, die ihr wie eine Ewigkeit vorkommt, erwacht sie wie aus einer Trance. Sie fühlt sich unendlich müde, viel zu müde, um noch wütend zu sein. Für einen Moment überlegt sie, einfach hier auf diesem Feldweg stehen zu bleiben und zwar für immer! Nichts, aber auch wirklich gar nichts zieht sie nach Hause in die Dreizimmerwohnung im Haus von Paulhapunkts Eltern und schon gar nicht zurück an ihren Arbeitsplatz in der Marketingabteilung der Personalvermittlung Cornelius.

„Ist das alles, was ich von meinem Leben erwarten kann? Für die nächsten zwanzig Jahre? Oder sogar darüber hinaus?"

Sie schüttelt sich. Um Himmels willen, bloß das nicht! Aber da sie nicht einfach hierbleiben kann, muss sie wohl oder übel zurück.

Es kostet Josephine fast übermenschliche Kraft, den Zündschlüssel herumzudrehen und ihren Wagen zu starten. Zwar hat sie immer noch keine Vorstellung davon, wie sie den Weg finden soll, aber sie vertraut darauf, dass irgendwann ein Schild auftauchen wird, das auf einen größeren Ort hinweist, der ihr wenigstens ein bisschen bekannt vorkommt. Irgendwie muss es in einem dicht besiedelten Land wie Deutschland wohl möglich sein, ohne Navigations-App und Straßenkarte nach Hause zu finden, ohne sich unterwegs auf Nimmerwiedersehen zu verirren ...

So dachte Josephine. Nach mehr als einer Stunde Herumkurverei in einer Gegend, die ohne Ortschaften, von denen die Welt jemals Notiz genommen hat auskommt, weiß sie es besser. Es gibt sie noch, die Wildnis mitten in Deutschland! Immer noch hat sie nicht die leiseste Ahnung, wo sie sich befindet. Ihre Suche wird durch Dutzende von Baustellen erschwert, die wie aus dem Nichts auftauchen und sie in schöner Regelmäßigkeit – kaum, dass sie glaubt, eine Straße gefunden zu haben, die irgendwann in Drei Teufels Namen in einen größeren Ort führen muss – erneut vom Weg abbringen.

Als sie nun ein paar hundert Meter hinter in einem kleinen Dorf, das sie vermutlich niemals gefunden hätte, wenn sie danach gesucht hätte, erneut vor einer aufgerissenen Straße steht und durch ein Schild mit einem schwarzen „U" auf gelbem Grund dazu angeleitet wird, sich auf einem schmalen asphaltierten Weg links in die Büsche zu schlagen, gibt sie entnervt auf.

„Ich werde niemals zurück nach Hause finden. Niemals!", stöhnt sie auf und schlägt wutentbrannt auf ihr Lenkrad ein.

Auch, wenn sie ihrer aktuellen Unterkunft lieber heute als morgen Adieu sagen würde, so gibt es dort wenigstens ein Klo, einen gefüllten Kühlschrank und ein weiches Bett, sagt sie sich. Außerdem ist es mittlerweile nach acht Uhr, es wird dunkel und sie hat das letzte Mal am Vormittag etwas gegessen. Auf die Toilette muss sie auch, und zwar dringend!

Josephine fällt plötzlich ein, dass sie im letzten Dorf, durch das sie gefahren ist, einen Hinweis auf einen Gasthof gesehen und sich gefragt hat, ob wohl jemals ein Fremder auf der Durchreise diesem Schild gefolgt ist, um dort einzukehren. Sie kann sich das immer noch nicht vorstellen und bezweifelt außerdem, dass er geöffnet hat. Aber sie weiß auch, dass ihr kaum etwas anderes übrig bleibt, als es zu versuchen.

Josephine widersteht dem drängenden Impuls, aus dem Wagen zu steigen, das Umleitungsschild zu Boden zu reißen und darauf herumzutrampeln. Stattdessen legt sie den Rückwärtsgang ein und wendet.

Das Ortsbild wird von alten, weit von der Straße zurückgesetzten Backsteinhäusern mit Kopflinden vor den Türen und blühenden Fliederbüschen in den Vorgärten geprägt. E sieht so aus, als ob die Zeit hier stehengeblieben sei. Schließlich findet Josephine am Rande eines großen grasbewachsenen Platzes, auf dem ein Kriegerdenkmal unter hohen Eichen steht, das gesuchte Hinweisschild „Dreiseitenhof – Hotel und Restaurant".

„Hoffentlich meinen die das ernst mit dem Restaurant", murmelt Josephine. Eine weitere Enttäuschung nach einem Tag, über den sie vermutlich irgendwann einmal sagen wird, dass er den Tiefpunkt ihres Lebens markierte, würde sie nicht ertragen.

Sie folgt der Straße ungefähr hundert Meter, vorbei an dunklen Holzzäunen und blühenden Hecken. Schließlich entdeckt sie in der Dämmerung tatsächlich eine Hofeinfahrt zwischen zwei hochgewachsenen Eichen. Auf dem Torbogen kündet ein großes Schild, das von zwei schmiedeeisernen Laternen angeleuchtet wird, von dem gesuchten Gasthof. Josephines Erleichterung ist riesig.

„Vielleicht gibt es tatsächlich so etwas wie Leben in dieser abgeschiedenen Gegend", spricht sie sich Mut zu. Dabei passiert sie den Torbogen und fährt die Auffahrt entlang, die von mächtigen Bäumen gesäumt wird. Sie führt an weiten Rasenflächen mit üppig blühenden Beeten vorbei und mündet schließlich in einen Hof, der an drei Seiten von beeindruckend hübsch restaurierten Gebäuden umgeben ist.

Josephine parkt ihr Auto neben weiteren Wagen mit Kennzeichen, die ebenfalls nicht von hier stammen. Sie überlegt, ob die auch zu Menschen gehören, die an den vielen Baustellen und den völlig undurchsichtigen Umleitungen gescheitert sind. Dann jedoch erinnert ihre Blase sie daran, dass sie gerade andere Probleme hat. Eilig steigt Josephine aus und versucht sich auf dem großen Innenhof zu orientieren.

Links entdeckt sie einen großen Bau, der wie eine ehemalige Scheune aussieht. Ein großes, grob gezimmertes, zweiflügeliges Tor lässt vermuten, dass früher sogar Wagen mit hochgestapelten Heuballen hindurchgepasst hatten. Heute dagegen scheint eine in das Tor eingelassene kleinere Tür der bevorzugte Zugang zum Gebäude zu sein. Weiß gestrichene Sprossenfenster mit hellen Gardinen im Obergeschoss zeigen, dass sich Zimmer oder Wohnungen darin befinden. Diese sind durch eine an der Fassade emporgebaute Holztreppe zu erreichen, die auf einer mit blühenden Blumenkästen behängten Galerie endet. Von dieser aus führen diverse kleine grün-weiß gestrichene Holztüren ins Innere.

Auf der anderen Seite des Platzes vermutet Josephine ehemalige Stallungen. Die unebene, weiß gekalkte Hauswand, die mit groben Gittern versehenen Fensterlöcher im Erdgeschoss sowie einige zweiteilige Stalltüren, wie man sie oft auf Bildern von Pferdeställen sieht, weisen darauf hin. Heute sind die vergitterten Fenster weiß gestrichen und einladend mit bunt bepflanzten Blumentöpfen dekoriert. Über das Erdgeschoss erstreckt sich ein hohes, mit hellroten Ziegeln gedecktes Dach, in das großzügige Gauben mit bis zum Boden reichenden Fenstern eingebaut sind. Geradeaus, flankiert von diesen beiden ehemaligen Wirtschaftsgebäuden, nimmt das Haupthaus seinen Platz ein. Die hellgelb gestrichene Fassade und die hohen, hell erleuchteten Fenster strahlen Wärme und Gediegenheit aus. Eine breite Steintreppe führt ein paar Stufen hinauf zu einer zweiflügeligen Eingangstür. Darüber ist ein Schild mit dem Hinweis „Restaurant" angebracht.

Josephine ist erleichtert. Es sieht tatsächlich so aus, als hätte sie das erste Mal an diesem Tag ein bisschen Glück. Und weil sie befürchtet, dass sich daran etwas ändern könnte, wenn sie sich nicht beeilt – es ist schließlich schon fast halb neun – fischt sie ihre Tasche vom Beifahrersitz und eilt auf den einladend erleuchteten Eingang zu.

Als sie den Gastraum betritt, hält sie die Luft an. Das hat sie nicht erwartet! Hier, mitten in der tiefsten Provinz, wo es nur Wälder und Felder und ab und zu ein verschwindend kleines Nest gibt, steht sie urplötzlich in einem modernen, im Landhausstil eingerichteten

Lokal, das sie so auch in dem noblen Vorort einer Großstadt finden könnte. Staunend blickt sie auf freigelegte Backsteinmauern neben mit groben Holzplanken getäfelten Wänden, die durch indirekte, im Boden und hinter Balken versteckte Lampen vorteilhaft in Szene gesetzt werden. Sie bewundert schwere alte Tische, die sich in reizvollem Kontrast zu leichten, mit auffällig gemusterten Stoffen in verschiedenen Naturtönen bezogenen Stühlen befinden. Ihr Blick verliert sich kurzzeitig in einer Reihe von Spiegeln im hinteren Teil des Lokals. Zusammen mit geschickt eingefügten Raumteilern und einem langgezogenen Podest, auf dem einige Sitzgruppen untergebracht sind, lassen sie den Raum noch weitläufiger erscheinen als er sowieso schon ist. Überrascht muss Josephine außerdem feststellen, dass sie nicht der einzige Gast ist. Im hinteren Teil des Speiseraums, wo bis zum Boden reichende Fenster einen herrlichen Blick auf den dahinter liegenden Park gewähren, sind zwei Tische mit Pärchen und ein weiterer von einer größeren Gruppe besetzt.

Josephine geht auf einen beeindruckenden, aus Feldsteinen, Glas und dicken Ästen kunstvoll gestalteten Tresen zu, hinter dem eine drahtige, ungefähr sechzigjährige Frau mit einem flotten, jungenhaft wirkenden Kurzhaarschnitt gerade eine Flasche Wein öffnet, um zwei Gläser zu füllen. Die Frau blickt lächelnd auf, als Josephine sich nähert.

„Guten Abend", grüßt sie freundlich. Als sie Josephines erschöpftes Aussehen bemerkt, fügt sie hinzu: „Möchten Sie etwas essen?"

„Das wäre ein Traum!", seufzt Josephine dankbar und wirkt dabei so erleichtert, dass die Frau hinter dem Tresen schmunzelt. „Aber erst einmal ...", beginnt sie.

„Natürlich", fällt ihr Gegenüber ihr ins Wort. Sie scheint genau zu wissen, dass jemand, der sich hierher verirrt, das letzte Mal vor sehr langer Zeit die Möglichkeit hatte, eine reguläre Toilette zu benutzen. Sie nickt mit dem Kopf in Richtung einer Tür mit einem dezent gestalteten Hinweis. Dankbar lächelt Josephine ihr zu, stellt ihre Tasche auf einem der schicken Barhocker ab und eilt davon.

Als sie ein paar Minuten später zurückkehrt und am Tresen Platz nimmt, wo die freundliche Dame ihr bereits eine Speisekarte hingelegt hat, merkt Josephine, wie die Anspannung in ihr langsam nachlässt. Die Aussicht, es sich nach einem nervenzerfetzenden Workshop, einem nicht minder unerfreulichen Telefonat mit ihrem Liebsten und einer anschließenden Odyssee durch eine der vermutlich abgelegensten Gegenden Deutschlands endlich einmal gutgehen lassen zu können, versetzt sie in eine fast heitere Stimmung. Außerdem liegen verlockende Essensdüfte in der Luft und sie hat riesigen Appetit. Wenn es jetzt noch Schnitzel mit Bratkartoffeln gibt, ist sie vermutlich im Paradies gelandet, denkt sie. Exakt eine Sekunde später entdeckt sie genau dieses Gericht auf der Speisekarte!

„Es gibt einen Gott", murmelt Josephine.

„Wie bitte?", fragt die Dame hinter dem Tresen irritiert.

„Das Schnitzel", antwortet Josephine, während sie aufblickt und die Wirtin aus ihren hellblauen Augen

anstrahlt. „Ich hätte gerne das Schnitzel mit Bratkartoffeln."

„Möchten Sie dazu auch etwas trinken?"

Josephine überlegt. Und wie! Am liebsten Wein. Viel
Wein! So viel Wein, dass sie alles vergisst, wenigstens
für diesen Abend. Aber leider ...

„Ich habe noch einen weiten Weg vor mir", erklärt sie
und hebt bedauernd die Schultern. Dabei fällt ihr auf,
dass diese Bemerkung nicht nur auf diesen Abend, sondern auf ihre gesamte Lebenssituation zu passen
scheint. Zumindest dann, wenn sie nicht ewig in der
Hölle schmoren will.

„Deshalb nur ein Wasser, bitte."

Eine Viertelstunde später steht ein großer Teller mit
einem perfekt gebräunten Schnitzel, herrlich duften-
den Bratkartoffeln und einer großen Portion bissfes-
tem Gemüse appetitlich angerichtet vor ihr. Von nun
an zählt nur noch eins: dieses leckere Essen! Als der Teller restlos geleert ist, tupft sich Josephine die Lippen
mit der Serviette ab, trinkt einen Schluck Wasser und
nimmt zum ersten Mal, seit ihr das Essen serviert
wurde, ihre Umgebung wieder wahr.

„Hat's geschmeckt?", fragt die Dame hinter dem Tresen überflüssigerweise, während sie eine Reihe von be-
nutzten Gläsern auf die Bürste im Spülbecken taucht.

Josephine nickt. „Es war großartig!" Dankbar setzt sie
mit einem inbrünstigen Seufzer hinzu: „Ich glaube, ich
will nie wieder weg!"

Die Frau hinter dem Tresen lacht über diese Bemerkung und Josephine stimmt mit ein. Doch einen Moment später stellt sie irritiert fest, dass das sogar
stimmt.

Ich will wirklich nicht weg, realisiert sie bitter. Wo soll ich auch hin? Nach Hause zu einem Freund, den ich zwar liebe, der aber nie Zeit für mich hat, weil seine Mutter ihn ständig für sich beansprucht? Zurück an einen Arbeitsplatz, gegen den die Hölle ein Kinderspielplatz ist, um dort Dinge tun zu müssen, die ich mir niemals verzeihen kann? Was soll ich da? Wenn das mein Leben ist, dann ... dann ...

Bevor sie den Gedanken zu Ende denken kann, hört sie die Restaurantbesitzerin hinter der Bar sagen: „Sie können über Nacht bleiben, wenn Sie mögen. Wir haben Gästezimmer."

Als sie sieht, dass Josephine ernsthaft über das Angebot nachzudenken scheint und vermutlich ahnt, dass ihr Gast keinen leichten Tag hinter sich hat, fügt sie hinzu, „Wenn es richtig schlimm sein sollte, können Sie hier sogar einziehen."

Josephines schaut sie verdutzt an.

Die Dame hinter der Theke grinst. „Die Saison beginnt gerade, und ich suche eine Aushilfe. Sozusagen ein Mädchen für alles, gegen Kost und Logis und ein besseres Taschengeld", erklärt sie, während sie ein weiteres Glas auf die Spülbürste schiebt.

Immer noch verdutzt versucht Josephine, das Gehörte zu verarbeiten. Hat die Frau hinter dem Tresen ihr tatsächlich gerade den Vorschlag gemacht, zu bleiben? Hier zu leben und zu arbeiten? In einem Ort, von dem sie nicht einmal weiß, wo genau er sich auf der Landkarte befindet? Was für ein völlig abwegiger Gedanke!

„Überlegen Sie es sich", sagt die Frau hinter der Bar lächelnd. „Noch einen Kaffee? Oder einen Espresso?"

„Einen Espresso bitte. Danke", antwortet Josephine verwirrt.

Einfach dableiben und alles hinter sich lassen, wie soll das gehen? Natürlich weiß sie, dass das nicht möglich ist. Rein theoretisch wäre es das zwar schon, aber ...

Verwundert stellt Josephine fest, dass sie anfängt, über diese völlig abwegige Option ernsthaft nachzudenken. Könnte sie tatsächlich hier, im hintersten Winkel der Republik, wo sie nichts und niemanden kennt, als Aushilfe arbeiten? Sie, die ihr Studium ehrgeizig mit Bestnote hinter sich gebracht hat, um dann nach vielen Jahren harter Arbeit und einer unendlichen Anzahl von Bewerbungen endlich einen halbwegs passenden Job zu ergattern? Könnte sie das alles aufgeben, um quasi von jetzt auf gleich ein neues Leben zu beginnen? Undenkbar!

Plötzlich aber schieben sich andere Gedanken in den Vordergrund: Was hat sie bislang wirklich erreicht? Sie verdient einigermaßen gut und ist theoretisch sogar zuständig für Markenführung, Werbelinie und Kampagnenplanung eines mittelständischen Unternehmens. Das ist immer ihr Ziel gewesen. Aber praktisch? Praktisch hatte ihr der just hinter ihr liegende Workshop einmal wieder bewiesen, dass sie in ihrem eigenen Zuständigkeitsbereich überhaupt nichts zu sagen hat!

Josephine denkt zurück an den Workshop. Dort, so war ihnen versprochen worden, sollten ihr Chef und sie nicht nur die „Wunderwaffe zur Rettung der Marke", sprich Frau Gutenberg-Voss kennenlernen, sondern auch ihren Vorstellungen von einem fundierten Prozess zur Neupositionierung der Personalvermittlung mit anschließendem behutsamen Relaunch der Marke lauschen. Das hätte ein akzeptabler Anfang werden können. Tatsächlich jedoch musste Josephine leider das Resümee ziehen, dass selbst dann, wenn Frau Gutenberg-Voss etwas konnte, dieser Umstand vollkommen irrelevant war. Denn kaum, dass die frischgebackene Senior Account Managerin – Ende zwanzig, blonde Locken, die mit einem bunten Tuch lässig nach hinten gebunden waren, was unheimlich kreativ aussah – sich in knappen Worten und coolem Sprech selbst vorgestellt hatte, hatte der Agenturchef das Wort wieder an sich gerissen. Er hatte es auch nicht mehr an seine Mitarbeiterin abgegeben – außer, um ihre Bestätigung für seine wie immer fragwürdigen Vorstellungen von einem gelungenen Markenauftritt der Personalvermittlung Cornelius einzuholen.

All das bedeutet leider, dass nicht nur Josephines aktuelle Jobsituation hoffnungslos ist. Es bedeutet außerdem, dass sie auch anderswo nie wieder einen Job in einer Marketingabteilung bekommen wird, weil bei ihrer Bewerbung herauskommen würde, dass sie etwas mit dem furchtbaren Auftritt ihres jetzigen Arbeitgebers zu tun hätte. Und mit dieser Referenz hätte sie nicht einmal mehr als Praktikantin eine Chance! Unbezahlt!

Von dieser niederschmetternden Bilanz aus wandern ihre Gedanken weiter zu ihrem Privatleben, in dessen Zentrum Paulhapunkt steht. Ihr allerliebster Paulhapunkt. Geschrieben „Paul H.", wobei das „H." für Herkules steht, eine Reminiszenz an seinen Großvater mütterlicherseits.

Schon als Kind hatte Paulhapunkt eingesehen, dass er es mit dem Namen Herkules im Leben schwer haben würde. Das merkte er zum Beispiel daran, dass seine Klassenkameraden gar nicht anders konnten, als ihn deswegen aufzuziehen. Jeder, der nicht bekloppt war, hätte das ebenfalls schnell eingesehen. Nur Paulhapunkts Mutter nicht. Edeltraud hatte trotz der vielen Hänseleien, denen ihr Sohn ausgesetzt war, darauf bestanden, dass er nicht Paul, sondern Paul Herkules hieß und nicht davon abgelassen, ihn so zu nennen – auch nicht vor seinen Freunden. Das hatte irgendwann zu einer ernsthaften Meinungsverschiedenheit zwischen Mutter und Sohn geführt, weil Paul Herkules nicht einmal seiner Mutti zuliebe bereit war, weiterhin den Spott seiner Klassenkameraden auf sich zu ziehen. Nach zähem Ringen, endlosen Diskussionen und schließlich sogar Paulhapunkts Entschluss, im örtlichen Kinderheim nach einem freien Platz zu fragen, war es ihm gelungen, seiner Mutti den Kompromiss auf die Namensverkürzung Paul H., gesprochen Paulhapunkt, abzuringen.

Leider war es bei diesem ersten heroischen Kampf – und Sieg(!) – eines schmächtigen Zehnjährigen über einen furchtbaren Drachen namens Edeltraud geblieben. Jedenfalls vermutet Josephine, dass es danach keine richtigen Auseinandersetzungen zwischen den beiden mehr gegeben haben kann. Denn trotz häufiger Scharmützel, die sie wegen irgendwelcher Nichtigkeiten austragen, lebt Paulhapunkt genau das Leben, das seine

Mutter für ihn vorgesehen hat: unverheiratet, im Haus seiner Eltern und stets bereit, auf ihren Ruf hin zu springen. Zwar tut er das fast immer unter Protest, aber das ändert nichts daran, dass er springt. „Ich kann nun mal nicht anders", „Es sind eben meine Eltern" und „Da musst du Verständnis haben", sind stets seine Entschuldigungen. Josephine muss zugeben, dass es ihr nach nunmehr drei Beziehungsjahren immer schwererfällt, Verständnis zu haben. Das wiederum stößt bei Paulhapunkt auf wenig Verständnis, „weil es schließlich nicht zu ändern ist, dass meine Eltern mich brauchen". Und so wird manches Mal ein Wehwehchen seiner Mutter – auch wenn es nur ein eingebildetes ist – zu einem handfesten Zankapfel zwischen ihnen beiden, wie es auch bei all seinen vorherigen Beziehungen war. Das gibt er zwar nicht zu, aber Josephine weiß von einer Ex-Freundin, dass es so ist.

An dieser Situation hat sich nichts geändert, seit Josephine wider besseren Wissens bei Paulhapunkt eingezogen ist, weil er ihr versprach, mit ihr gemeinsam nach einer passenden Wohnung für sie beide zu suchen. Ihre Schwester Friederike hatte ihren Entschluss damals mit den Worten kommentiert, dass es gerade die Übergangslösungen wären, die am längsten Bestand hätten. Aber Josephine – blind vor Liebe, wie sie sich heute selbstkritisch vorwirft – wollte sich nicht beirren lassen und war außerdem überzeugt davon gewesen, schnell eine bessere Lösung finden zu können. Nach einigen Monaten hatte sie allerdings einsehen müssen, dass die Unkenrufe ihrer älteren Schwester begründet gewesen waren. Zwar hielten Josephine und

Paulhapunkt anfangs noch fleißig nach passenden Immobilien Ausschau – beziehungsweise hielt Josephine Ausschau und schlug Paulhapunkt Objekte zur Besichtigung vor – aber die fanden immer seltener seine Zustimmung. Bald wurde es schwierig, ihn überhaupt noch dazu zu bewegen, sich passende Angebote wenigstens anzusehen, und schließlich war es ein kurzer Krankenhausaufenthalt seines Vaters nach einem leichten Herzinfarkt und die wegen dieses Umstandes hyperventilierende Mutter, die mehr Betreuung brauchte als ihr Herr Gemahl, die die Suche vollends zum Erliegen brachte. Selbstverständlich nur vorläufig! Sobald sich die Situation stabilisiert hätte, versprach Paulhapunkt, würden sie die Wohnungssuche fortsetzen. Und wieder einmal hatte ihre Schwester, der Josephine versehentlich davon erzählte, mit ihrer Mutmaßung, dass sich ihre Auszugspläne damit endgültig erledigt hätten, recht gehabt.

Erst hatte Josephine an ihrem Glauben an Paulhapunkt und an seinem Versprechen festgehalten, dass alles nur ein Aufschieben, aber kein Aufheben sei. Aber irgendwann musste sie einsehen, dass sie den Einfluss der liebenden Mutter auf ihren ergebenen Sohn komplett unterschätzt hatte, weil sich seitdem an dem Status quo nichts änderte, obwohl Karl Gustav gesundheitlich längst wieder wohlauf war und sich kaum noch jemand an seinen Herzinfarkt erinnerte. Josephine hatte damals zähneknirschend beschlossen, stillschweigend auf den richtigen Moment zu warten, um die Sache bei passender Gelegenheit doch noch zu einem guten Abschluss zu bringen. Und genau diese Gelegenheit schien nun endlich gekommen zu sein: ein sensationelles

Wohnungsangebot, ein gesundheitlich stabiler Vater und eine nichtsahnende Mutter.

Doch diese einmalige Gelegenheit ist nun Geschichte. Und so muss sich Josephine auch hinsichtlich ihres Privatlebens eingestehen, dass es sich nicht nach einer Erfolgsgeschichte anhört.

Als sie aus ihren düsteren Überlegungen erwacht, stellt sie mit Erstaunen fest, dass der Vorschlag, hier in diesem Gasthof zu bleiben – so abwegig er auch sein mag – einiges für sich hat. Mehr noch: In ihrer verzweifelten Lage ist die Möglichkeit, zeitweise Unterschlupf auf einem friedlichen, beschaulichen Fleckchen Erde zu finden – weit entfernt von allen Übeln – geradezu ein Himmelsgeschenk! Auch, wenn sie natürlich niemals wirklich bleiben könnte.

„Soll ich Ihnen mal das Zimmer zeigen, das Sie beziehen könnten?"

Erschrocken blickt Josephine, die bis eben in ihre trüben Gedanken versunken gewesen war, auf und schaut in das lächelnde Gesicht der Frau hinter dem Tresen.

„Ich heiße übrigens Carmen. Carmen George. Mir gehört dieses Anwesen."

„Josephine Oppermann", antwortet Josephine mechanisch.

Sie findet, dass die Situation etwas extrem Surreales an sich hat und fragt sich, ob sie auf der langen Odyssee hierher irgendwo in ein Kaninchenloch gefallen ist oder versehentlich den Bahnsteig nach Hogwarts erwischt hat.

Die Gutsbesitzerin dreht sich währenddessen zu der Bedienung um, die gerade einen Tisch am Fenster abkassiert, und ruft ihr zu, dass sie kurz im Haus unterwegs ist. Dann verlässt sie ihren Platz hinter dem Tresen und bedeutet Josephine mit einer Handbewegung, ihr zu folgen.

Wie in Trance erhebt sich diese vom Barhocker, ergreift ihre Tasche und folgt der Wirtin. Sie steigen die Stufen zum Hof hinunter und gehen schräg über den Hof zur ehemaligen Scheune. Carmen öffnet die kleine Tür im großen Scheunentor und schlüpft hindurch, dicht gefolgt von Josephine.

Sofort erhellt warmes Licht das Innere des Gebäudes. Beeindruckt sieht Josephine sich in der riesigen Halle um: Zu ihren Füßen bewundert sie altes Kopfsteinpflaster, das eindeutige Abnutzungsspuren von Fuhrwerken aufweist. Fachwerk aus hell lasierten Holzbalken, gefüllt mit hellroten Backsteinen schmückt die hohen Wände, die von modernen Wandleuchtern aus Milchglas erhellt werden. Zwei einfache Holztreppen, die eine an der linken, die andere an der rechten Seite, führen hinauf in das Obergeschoss, von dem – genau wie hier unten – jeweils vier Türen an jeder Seite in Gästezimmer zu führen scheinen. Besonders entzückt ist Josephine von dem Dachstuhl, der hoch über ihr den Blick auf eine umfangreiche Balkenkonstruktion freigibt, in deren Weitläufigkeit man sich fast zu verlieren meint.

Sie hat nicht viel Zeit, sich umzusehen, denn Carmen erklimmt schon die linke der beiden Treppen, läuft die Galerie im Obergeschoss entlang und bleibt schließlich vor der letzten Zimmertür stehen. Sie schließt auf und tritt zur Seite.

„Das könnte Ihr neues Reich sein", meint sie, während sie das Licht einschaltet.

Josephine schaut in ein großes Gästezimmer mit weiß getünchten Wänden. Grobe Holzdielen führen zu zwei hohen Fenstern, an deren Seiten hellgraue Vorhänge von einem hoch unter der Decke angebrachten Drahtseil herabfallen. Massive Holzmöbel und ein breites Bett verleihen dem Raum eine wohltuende Stabilität und Einfachheit. Am meisten gefällt ihr, dass sich auch in diesem Zimmer die im Flur bestaunte offene Balkenkonstruktion bis unter das Scheunendach fortsetzt. Josephine fühlt sich sofort wohl. Ehe sie weiß, was sie tut, sagt sie: „Überredet, ich bleibe!"

3

Zwanzig Minuten später hat Josephine ihre Reisetasche, in der sich ihr Kulturbeutel, ihr Laptop und ein paar wenige Kleidungsstücke zum Wechseln befinden, aus dem Auto geholt und steht wieder in dem Zimmer, das in der nächsten Zeit ihr Zuhause sein wird. Fürs Erste hat sie alles dabei, um über die Runden zu kommen, und wer weiß, wie ihre Welt mit ein paar Tagen Abstand aussehen wird?

„Hier habe ich Dienstkleidung für dich, damit du für die Arbeit im Gemüsegarten, in der Küche oder im Restaurant ausgestattet bist", sagt Carmen, die hinter ihr das Zimmer betreten hat, und drückt ihr die Sachen in die Hand. Dann lächelt sie Josephine noch einmal aufmunternd zu und begibt sich wieder nach unten.

„Danke!", ruft Josephine ihr hinterher. Sie ist erleichtert über die Kleidung, denn das, was sie dabei hat, eignet sich nicht dafür – weder der dunkelbraune Anzug, den sie anhat, noch ein zweiter, der sorgfältig zusammengefaltet in der Reisetasche liegt. Erst recht nicht das kleine Schwarze und die kurze Jacke, die sie beim gestrigen Abendprogramm trug. Zur Feier des ersten Workshop-Tages hatte Dennis Reithofer sie nämlich in einen teuren Nachtclub „mit hohem Promi-Faktor" eingeladen, wie der Agenturchef großspurig versichert hatte. Allerdings war der einzige Mensch, der sich dort blicken ließ und es zu zweifelhafter Berühmtheit gebracht hatte, ein C-Promi aus einer Doku-Soap gewesen. Das, was Dr. Taler für Dieter Bohlen und Frau Gutenberg-Voss für Boris Becker gehalten hatte, war mit Sicherheit keiner von beiden gewesen!

Doch glücklicherweise gehörten solche, nur mit viel Alkohol zu ertragenden Diskussionen nun der Vergangenheit an. Zumindest vorläufig.

Josephine lässt ihre Reisetasche neben das Bett fallen und wirft sich stöhnend darauf.

Hatte sie tatsächlich gerade einen Job als Aushilfe angenommen? Eben noch war ihr Leben ein Albtraum, aus dem es kein Entrinnen gab, und jetzt ist sie auf einmal ... irgendwo am Ende der Welt! Hier hat weder eine Edeltraud noch die Personalvermittlung Cornelius Bedeutung. Hier war es komplett irrelevant, ob eine besitzergreifende Mutti ein Wehwehchen vortäuschte oder der Marken-Relaunch ihres Arbeitgebers zur Tragikomödie wurde. Hier ist es komplett irrelevant, ob eine besitzergreifende Mutti ein Wehwechen vortäuscht oder der Marken-Relaunch ihres Arbeitsgebers zur Tragikkomödie wird. Hier weiß niemand, dass dieser Irrsinn überhaupt existiert! Das fühlt sich großartig an!

Plötzlich mischen sich Zweifel in Josephines Gedanken. Wohin soll das führen? Bis eben war sie eine Marketingexpertin mit Anzug, Etat und einer halbwegs auskömmlichen Altersversorgung. Jetzt ist sie eine Hilfskraft, die kaum mehr als ein Taschengeld verdient. „Bin ich wahnsinnig geworden? Sollte ich dieses übereilte, unüberlegte und idiotische Vorhaben nicht lieber ganz fix abbrechen, solange noch nichts passiert ist?", fragt sie sich auf einmal laut.

Als Antwort darauf drängen sich ihr Eindrücke aus ihrem Arbeitsleben ins Bewusstsein. Sie kann die Verzweiflung, die aufkommen wird, schon fühlen, wenn sie am nächsten Montag in ihrem schicken Büro in bester Innenstadtlage steht und Dr. Taler hereinrauschen wird. Wenn er ihr – bestens gelaunt wegen des seiner Meinung nach erfolgreichen Workshops – erklären wird, was für großartige Arbeitsergebnisse sie erzielt haben, wie unglaublich kompetent Frau Gutenberg-Voss ist, und dass er es ja immer gewusst hat: Der Dennis, der wird schon eine Lösung finden!

Josephine schüttelt die bedrückenden Visionen ab. „Ich werde das jetzt durchziehen und eine Auszeit nehmen", sagt sie entschlossen. „Wie lange sie dauert, wird sich zeigen, aber jetzt brauche ich dringend Abstand!"

Dann muss sie an Paulhapunkt denken, und ihr Herz wird wieder schwer.

Sie liebt ihn und will mit ihm zusammen sein und das für den Rest ihres Lebens. Nur seine Mutter – also die ist einfach über. Und so lange Mutti das eigentliche Regiment in ihrem Zuhause und damit leider auch in ihrer Partnerschaft führt, wird ihre Beziehung darunter leiden. Also kann es nur hilfreich sein, wenn sie Paulhapunkt ein bisschen Raum lässt, damit er sich darüber klar werden kann, wie verdammt wichtig sie ihm ist!

Ihr graut davor, ihren Liebsten anzurufen und zu sagen, dass sie nicht, wie er selbstverständlich erwarten wird, auf dem Weg zu ihm ist, sondern dass er heute Abend, morgen und wer weiß wie lange noch auf sie verzichten muss.

Josephine schluckt. „Es hilft nichts. Ich muss es ihm sagen, und das am besten sofort, bevor der Mut mich verlässt." Allerdings wird sie dafür erst einmal ihren Akku aufladen müssen. Fluchend richtet sie sich auf ihrem gemütlichen Bett auf, zieht ihre Reisetasche zu sich heran und sucht nach dem Ladegerät fürs Smartphone.

Eine halbe Stunde später ist das Gerät soweit aufgeladen, dass sie die gespeicherte Nummer ihres Liebsten aufrufen kann. Dabei hofft sie ängstlich, dass ihr Smartphone ein Netz findet. Als es tatsächlich eines anzeigt, kann Josephine ihr Glück kaum fassen.

„Sogar hier in dieser absoluten Einöde gibt es Sendemasten? Unfassbar, wie weit der Ausbau der Netz-Infrastruktur bereits vorangeschritten ist!", murmelt sie überrascht.

In ihrem Ohr beginnt es zu tuten. Josephine stellt fest, dass sich ihr Magen zusammenkrampft in Erwartung von Paulhapunkts Enttäuschung.

Es tutet noch einmal, dann knackt es in der Leitung.

„Josephine?"

Als sie die Stimme ihres Liebsten hört, fährt ihr ein Stich durchs Herz.

„Wo bist du? Stehst du im Stau?"

Josephine könnte auf der Stelle losheulen. Sie stellt sich Paulhapunkts Gesicht vor und malt sich aus, wie enttäuscht er gleich aussehen wird, wenn sie ihm sagt, dass sie fortbleibt.

Sie versucht, sich zusammenzureißen und ihrer Stimme einen festen Klang zu geben. „Nein, ich stehe nicht im Stau. Ich bin abgefahren, kurz bevor ich in einen geraten konnte. Nun bin ich hier irgendwo in der Pampa in einem Landhotel. „Dreiseitenhof" oder so ähnlich heißt es. Und ... ich werde hierbleiben", setzt sie mit einiger Überwindung hinzu.

„Oh ..."

Die Überraschung ist Paulhapunkt anzuhören. Das versetzt Josephine einen weiteren Stich, und sie muss sich sehr bemühen, ihrem Liebsten keinen Schwall Tränen durchs Telefon zu schicken.

„Es ist sicher vernünftig, wenn du jetzt nicht weiterfährst", überlegt Paulhapunkt nach einer kurzen Pause. Dann fügt er zuversichtlich hinzu: „Meinst du, du schaffst es morgen zum Frühstück? Ich werde dir ein luxuriöses Mahl zaubern, um dich für die erlittenen Strapazen zu entschädigen."

Josephine schließt die Augen. Das ist ja noch viel schwieriger als sie gedacht hat! Sie merkt, wie sich die Wut und die Enttäuschung über den geplatzten Besichtigungstermin in Luft auflösen. Sie hört nur noch die vertraute Stimme ihres Liebsten, der davon ausgeht, sie bald wieder bei sich zu haben, der nichts von ihrem Vorhaben ahnt, auf unbestimmte Zeit fernzubleiben und der so furchtbar verletzt sein wird, wenn sie ihm jetzt mitteilen wird ...

„Ich ... ich werde länger bleiben", platzt sie heraus.

Paulhapunkts Stimme nimmt einen besorgten Ton an. „Josephine ... ist etwas passiert? Hoffentlich nur mit dem Auto. Soll ich dich abholen? Ich komme zu dir, jetzt gleich ..."

Das ist zu viel für Josephine. Tränen rinnen über ihr Gesicht.

Ihr Paulhapunkt würde sich sofort – egal wie spät es ist – ins Auto setzen und zu ihr eilen. Was für eine treue Seele! Wie konnte sie nur an seiner Liebe zweifeln? Er war für sie da, wenn sie ihn brauchte. Nicht einmal seine Mutti konnte daran etwas ändern! Was war sie bloß für eine dumme Kuh! Wegen einer Lappalie setzte sie ihre Beziehung aufs Spiel. War sie noch zu retten?

„Nein, nein, es ist nichts passiert", schluchzt sie ins Telefon. „Ich ... ich kann nur einfach nicht mehr", bricht es aus ihr heraus.

„Mein armes Finchen", Paulhapunkts Stimme wird weich. „Kann ich irgendetwas für dich tun?"

Sein Mitgefühl zerreißt ihr das Herz.

Was hat sie sich nur dabei gedacht, an Paulhapunkts Liebe zu zweifeln? Ist sie irre? Und das nur wegen eines abgesagten Besichtigungstermins?

Josephines Gedanken rasen. Im Geiste sieht sie sich schon ihr Netzkabel und ihren Kulturbeutel in die Reisetasche werfen, über die Treppe nach unten zu ihrem Auto hasten und losbrausen. Egal wie viele Straßen aufgerissen wären und wie viele Baustellen ihren Weg kreuzten – wenn es gar nicht anders ginge, dann würde sie einfach die Absperrungen durchbrechen, sodass die Baken im hohen Bogen zur Seite flögen. Nichts und niemand würde sie aufhalten, zu ihrem Liebsten zu kommen! Keine Macht der Welt würde sie mehr von ihm fernhalten ...

„Nein, mein Schnäuzelchen, ich komme schon klar", beruhigt Josephine ihn und überlegt, ob sie ihm sagen soll, dass sie noch heute Nacht durch dieselbe rasen wird, um so schnell wie möglich bei ihm zu sein. Oder soll sie ihn überraschen, wenn sie sich in ein paar Stunden in ihrem gemeinsamen Bett einfach dicht an ihn kuscheln wird?

„Ich bin nur durcheinander. Dieser furchtbare Workshop ... ich ertrage das alles einfach nicht mehr. Wenn das so weitergeht, wird ein Unglück passieren, bestimmt!", sprudelt es aus ihr heraus.

Erleichtert darüber, dass sich ihre dummen Zweifel an ihrer Beziehung mit einem Mal in Wohlgefallen auflösen, kann sie zulassen, dass sich ihr Schmerz, ihre Angst und ihre Enttäuschung Bahn brechen und aus ihr hinausfließen. Sie ist so froh, dass Paulhapunkt ihr zuhört. Und wenn sie erst zu Hause ist, wird er sie in den Arm nehmen, und einen wohltuenden Augenblick lang wird ihr Job-Albtraum keine Bedeutung mehr haben.

„Es macht mir solche Angst, dass ich nicht mehr weiter weiß. Noch nie habe ich mich so aufgeschmissen gefühlt", fährt sie fort, ihr Herz auszuschütten.

Während sie das tut, hört sie von Ferne eine Stimme, die sich in ihren Monolog mischt. Sie registriert sie nur beiläufig und redet einfach weiter. Auf einmal unterbricht Paulhapunkt sie.

„Mein Finchen, es tut mir leid, aber ich muss dich kurz zur Seite legen. Meine Mutter kann ihre Tabletten nicht finden. Ich werde ihr eben beim Suchen helfen und bin gleich wieder für dich da."

Josephine hört ein Scharren, dann Stimmen, die sich entfernen. Schließlich hört sie nur noch ein Rauschen.

„Ich glaub, mein Schwein pfeift", murmelt Josephine in die Stille hinein.

Dann denkt sie nichts mehr. In ihrem Kopf herrscht komplette Leere. Dafür meldet sich ihr Magen. Ein dumpfes Grollen schiebt sich empor, arbeitet sich an Zwerchfell, Herz und Lunge vorbei, um sich in ihrer

Luftröhre zu einem Kloß zu formen, der ihr fast den Atem nimmt. Kurz bevor sie daran erstickt, schleudert sie ihr Smartphone mit einem wütenden Schrei gegen die Wand. Ein kleiner Funken Verstand irgendwo weit hinten in ihrem Hirn erinnert sie daran, wo sie sich befindet. Weil sie nicht will, dass das ganze Hotel in spätestens einer Minute vor ihrer Zimmertür steht, um ein vermutetes Massaker zu verhindern, beschließt sie, auf weitere Unmutsäußerungen in dieser Intensität zu verzichten. Stattdessen wirft sie sich auf ihr Bett, verbeißt sich in ihr Kissen, um ihre Schreie zu dämpfen, und hämmert mit Fäusten und Füßen auf die Matratze ein. Als sie keine Luft mehr bekommt, hebt sie kurz den Kopf. Dann geht es weiter mit dem Verprügeln des Federbetts.

Nach einigen Minuten ist Josephine einfach zu erschöpft, um noch einen weiteren Schlag ausführen zu können. Sie dreht sich auf den Rücken und starrt in den Dachstuhl, der sich wohltuend weit über ihr erstreckt. Erstaunlicherweise beruhigt der Anblick sie, und plötzlich weiß sie genau, was sie tun wird.

„Ich gehe nicht zurück!"

Josephine sagt es laut und mit fester Stimme. Sie lauscht dem Nachhall ihrer Worte im Gebälk über ihr und wartet auf eine Reaktion ihres Gewissens, dieser vertrauten, aber ungeliebten Instanz, die sie immer dann ausbremst, wenn sie sich über irgendetwas maßlos aufgeregt und sich in diesem Zusammenhang zu einem konsequenten Kurswechsel entschließt. Dieses Gewissen, das sie ermahnt, nicht überzogen zu regieren und vernünftig zu sein, das auf die furchteinflößenden Konsequenzen hinweist, die bestimmt folgen werden und das ihr sagt, dass es ihr leid tun wird, wenn sie einen zu radikalen Entschluss fasst. Doch erstaunlicherweise ist selbst diese Instanz in ihrem Inneren endlich einmal still. Josephine befürchtet zwar, dass sie sich irgendwann wieder melden wird, aber das wird später sein. Jetzt schweigt sie. Und das fühlt sich gut an.

„Ich gehe nicht zurück", sagt Josephine deshalb noch einmal – weil es sich so gut anfühlt. Langsam richtet sie sich auf. Ihre Augen suchen nach ihrer Reisetasche, die neben dem Bett steht. Sie rutscht zur Kante, stellt ihre Füße zu beiden Seiten neben die Tasche und zieht ihr Laptop heraus. Den WLAN-Code hat sie sich vorhin von Carmen geben lassen.

„Wie gut, dass ich meinen Rechner dabei habe, sonst hätte ich jetzt echt ein Problem."

Sie wirft ihrem Smartphone, das vor der Wand auf dem Boden liegt, einen schuldbewussten Blick zu.

„Das Ding spricht sicher nie wieder mit mir", seufzt sie und zuckt die Achseln.

Dann fährt sie das Laptop hoch, gibt den Code ein und öffnet ihr Email-Programm. Ohne sich um die alsbald eintrudelnden Nachrichten von ihrer Freundin Birthe, ihrer Heilpraktikerin und der eines ihr unbekannten Herrn zu kümmern, der sie über die einmalige Gelegenheit informiert, ganz schnell ganz viel Geld zu verdienen, öffnet sie ein Formular. Die erste Mail schreibt sie an ihren Chef.

Lieber Gernot,

beginnt sie.

Seit sie mit der Agentur Reithofer & Friends zusammenarbeiten, duzen sie sich in der Marketingabteilung. Das hat Dr. Taler eingeführt, nachdem er das erste Mal mit seinen Mitarbeitern bei der Agentur war, damit sie sich alle bei einem Arbeitstreffen besser kennenlernen konnten. Ihr Chef, der bis dahin sehr darauf geachtet hatte, dass sein Titel überall Erwähnung fand, war von dem betont lockeren und kumpelhaften Ton, den die Werber untereinander pflegten augenscheinlich schwer beeindruckt gewesen und musste das umgehend auch in seiner Abteilung einführen.

Nun hat sie also schon mal die Anrede. Aber wie soll es jetzt weitergehen? Sie denkt nach. Soll sie kündigen? Am besten sofort?

Der Gedanke ist verlockend, aber Josephine kennt sich gut genug, um zu wissen, dass ihr radikale Akte der Zerstörung von existenzieller Sicherheit nur kurzzeitig behagen. Also beschließt sie, Zeit zu gewinnen, bis sie sich über ihre Situation und die daraus resultierenden Konsequenzen im Klaren ist. Und das heißt, dass sie dem lieben Gernot jetzt nicht mitteilen wird, dass sein groteskes Verständnis von dem, was eine Marketingabteilung tun sollte, um der Außenwahrnehmung eines Unternehmens mehr zu nützen als zu schaden, sie zu der einzigen Reaktion getrieben hat, die ihr Gewissen vertreten kann, nämlich der zu kündigen. Sie wird ihm auch nicht schreiben, was sie von seiner naiven Loyalität zu einer Agentur hält, die all ihr zweifelhaftes Können einsetzt, um das Image ihres Kunden restlos zu ruinieren. Auch wird sie es vermeiden, ihn darauf hinzuweisen, wie skrupellos sein lieber Dennis ihn verarscht, wenn er immer wieder das Kampagnenbudget mit fadenscheinigen Ausreden überzieht. Genauso wenig, wie sie ihm mitteilen wird, dass es sich bei dem Promi im Nachtclub weder um Boris Becker noch um Dieter Bohlen gehandelt hat. Stattdessen wird sie tun, was sie schon viel zu oft tun musste, um nicht auf Konfrontationskurs mit ihm zu geraten, nämlich ihre wahren Gedanken tarnen, über ihre tatsächlichen Gefühle hinwegtäuschen, um sich für eine dringend benötigte Auszeit zu verpissen!

Josephine schreibt.

Es tut mir sehr leid

– das tut es natürlich nicht –

aber ich muss dich um sofortigen Urlaub bitten. Ich weiß, dass der Zeitpunkt ungünstig ist, jetzt, wo die Überarbeitung der Marke ansteht und die Ergebnisse des Workshops in ein Kommunikationskonzept überführt werden müssen.

Für einen Moment meldet sich Josephines schlechtes Gewissen. Der arme Dr. Taler. Für ihn muss das ein äußerst ungünstiger Zeitpunkt sein. Auch wenn das, was die Agentur mit seinem Segen im Workshop ausgebrütet hat, fatale Auswirkungen haben würde, so ist sie trotzdem die Einzige, die den nötigen Fachverstand besitzt, um die notwendigen Umsetzungsschritte einzuleiten. Von der Überarbeitung des Corporate Design-Handbuchs über die Anpassung der Geschäftsausstattung bis hin zur Mediaplanung. Zuvor müssten die Ergebnisse des Workshops aufbereitet werden, um sie Cornelius präsentieren zu können, damit er sie absegnet. Natürlich könnte auch die Agentur einige dieser Aufgaben übernehmen – jedenfalls müsste sie es nach einem kurzen Briefing tun können, wenn Reithofer & Friends in den vergangenen Jahren aufgepasst und verstanden hätten, wie die Abläufe bei ihnen im Unternehmen funktionieren. Aber selbst so ein Briefing könnte Dr. Taler kaum selbst erstellen und zwar deshalb, weil er sich erstens für zu wichtig hält, um diesen *administrativen Kram* zu erledigen und zweitens, weil er trotz aller Inkompetenz immer noch klar genug denken kann, um zu wissen, dass ihn das überfordern würde.

„Um die Drecksarbeit zu machen, bin ich immer noch gut genug!", schimpft Josephine. Verbitterung steigt in ihr auf. Dann schluckt sie ihren Unmut und ihr schlechtes Gewissen herunter und schreibt weiter.

Leider geht es um eine dringende private Angelegenheit, die keinen Aufschub duldet.

Auch wenn Dr. Taler sie als Chef den letzten Nerv kostet, so hat er dennoch ein Herz und sie weiß, dass er sich einem Urlaubsantrag aus gewichtigen Gründen nicht in den Weg stellen wird. Jedenfalls nicht dann, wenn sie entsprechend devot darum bittet.

Ich melde mich, sobald ich absehen kann, wie sich die Angelegenheit entwickelt.

Vielleicht ist es nicht nett von mir, Dr. Talers Gutmütigkeit auf diese Weise auszunutzen. Andererseits finde ich es auch nicht nett von ihm, mein dringendes Anliegen, wenigstens ab und zu einer sinnvollen Tätigkeit nachzugehen, immer wieder zu enttäuschen und das schon seit Jahren! Wenn ich es genau betrachte, dann führt Dr. Taler auf Kosten der Personalvermittlung ein gutes Leben, indem er sich ohne Rücksicht auf die Konsequenzen von der Agentur bespaßen lässt, anstatt seine Arbeit zu machen. Schließlich können sich sein Kumpel Dennis und er Spannenderes vorstellen, als über Kundenbedürfnisse, Konkurrenzanalysen und Kommunikationsinstrumente zu philosophieren. Viel lieber diskutieren sie die Spielzüge des letzten Football-spiels, das Taler auf Einladung von Reithofer von einer VIP-Loge aus verfolgen darf, und genießen den Champagner, den man ihnen bei dieser Gelegenheit vorsetzt. Für mich dagegen bleibt immer nur die äußerst frustrierende Umsetzung von Ideen, die an Dumpfheit kaum zu überbieten sind. So gesehen kann ich mir die Sache mit dem schlechten Gewissen eigentlich sparen!

Bestimmt ist es für Reithofer & Friends kein Problem, die wichtigsten Bausteine des Relaunches und die sich daraus ableitenden Maßnahmen und Kosten in einer kurzen Präsentation für den GF zusammenzufassen.

Selbstverständlich wird das ein Problem sein, denn weder Dennis Reithofer noch Dr. Taler oder gar die frisch eingestellte Frau Gutenberg-Voss werden auch nur ansatzweise eine Vorstellung davon haben, was auf Seiten der Personalvermittlung an dem Unterfangen hängt! Aber da solche praktischen Umsetzungsfragen wegen des damit verbundenen Realitätsbezugs für Herrn Dr. Taler noch nie eine Rolle spielten, kann man bestimmt darüber hinwegsehen.

Ich hoffe auf dein Verständnis für diesen Notfall ...

Und das ist nicht einmal übertrieben!

... und freue mich darauf, meine Arbeit bald wieder aufnehmen zu können.

Okay, das ist gelogen. Aber Dr. Taler kann mit Heuchelei weit besser umgehen als mit der Wahrheit und deshalb nehme ich diese Schuld gerne auf mich. Ja, ich bin eben immer noch ein guter Mensch!

Zufrieden mit sich unterzeichnet Josephine die Mail mit

Viele dankbare Grüße

– ein bisschen schleimen schadet nie – und klickt auf Senden. Geschafft!

Sie atmet tief durch.

Dann öffnet sie ein weiteres Email-Formular. Diese Mail geht an Paulhapunkt.

„Was schreibe ich ihm bloß?", fragt sich Josephine seufzend.

Sie denkt an das vor wenigen Minuten geführte Telefonat, und sofort steigt die Wut erneut siedend heiß in ihr hoch.

„Meine Welt geht unter, und mein Liebster hilft lieber seiner Mutter dabei, ihre Tabletten zu suchen, die vermutlich genau dort liegen, wo sie sie zwei Minuten vorher versteckt hat", flucht sie laut. „Und Paulhapunkt? Er hat getan, was er immer tut, nämlich springen, wenn seine Mutter etwas will. Als ob sie ihre Tabletten nicht auch eine halbe Stunde später finden kann!" Josephine gerät immer mehr in Rage. „Will ich diese Spielchen wirklich für den Rest meines Lebens mitmachen? Niemand weiß, wie lange Mutti noch durchhält. Wenn Edeltraud mich am Ende sogar überlebt, weil Himmel und Hölle sich nicht darüber einig werden können, wer von beiden sie aufnehmen muss, was habe ich dann von der Liebe meines Lebens gehabt?"

Dieser Gedanke macht Josephine so wütend, dass sie am liebsten auch unter ihr Privatleben sofort einen dicken Strich ziehen würde. Soll Paulhapunkt doch ein kümmerliches Dasein am Rockzipfel seiner Mutter fristen, wenn ihm so viel daran liegt! Sie hat sich definitiv etwas anderes für ihr Leben vorgestellt.

Allerdings ist Josephine Realistin genug, um zu wissen, dass sie das nicht durchziehen könnte. Sie liebt ihren Paulhapunkt, auch wenn er ein Muttersöhnchen ist.

„Leider", fügt sie in diesem Moment hinzu und beginnt zu schreiben.

Lieber Paul, ...

Sie löscht „Lieber" und schreibt ein unverbindliches *Hallo*. „Lieber" zu schreiben, kann sie gerade nicht mit ihren Gefühlen für ihn vereinbaren.

Dieser Tag war zu viel für mich. Ich muss herausfinden, wie mein Leben weitergehen soll.

Am liebsten würde Josephine ihrem Lebensgefährten nun ihr fristloses Fernbleiben mitteilen und ihm ein langes, glückliches Leben an der Seite seiner Mutti wünschen. Leider jedoch würde Paulhapunkt das entweder nicht verstehen oder – wenn er es täte – beleidigt reagieren. Dann würde er auf sie sauer sein statt umgekehrt, und das ist das Letzte, was sie will. Schließlich ist sie auf ihn sauer, und das zu Recht! Aber wenn sie Paulhapunkt einen Anlass liefert, ihr Vorwürfe zu machen, könnte es sein, dass sich ihr schlechtes Gewissen auf seine Seite schlägt und sie sich schuldig fühlt. Und die Dumme zu sein und sich schuldig zu fühlen, führt unweigerlich zu Depressionen, und die kann sie gerade so gar nicht gebrauchen. Im Gegenteil: Sie benötigt jetzt dringend einen klaren Kopf, und da ist jede Form von Stress, den sie selbst hervorruft, weil sie Diskussionen beginnt, die sie nicht gewinnen kann, kontraproduktiv. Also zwingt sie sich zu einer knappen, neutralen Formulierung, was sie viel Überwindung kostet, aber letztlich die einzige vernünftige Lösung ist, um sich weniger angreifbar zu machen.

Dazu muss ich nachdenken und brauche Abstand.
Deshalb werde ich hierbleiben.
Gruß, Josephine

Sie liest sich die Zeilen noch einmal durch und ertappt sich dabei, wie sehr sie sich wünscht, dass Paulhapunkt endlich kapiert, wie verletzt sie ist und dass

sie ihn braucht. Noch viel mehr wünscht sie sich, dass
er sie vermisst und endlich begreift, wie viel sie ihm bedeutet. Jedenfalls hofft sie sehr, dass es so ist.

4

Josephine schreckt hoch. Nach dem aufwühlenden Tag ist sie endlich auf dem besten Weg gewesen einzuschlafen, als sie einen vertrauten Klingelton hört. Suchend blickt sie sich im dunklen Zimmer um. Tatsächlich! Da hinten in der Ecke sieht sie das helle Display ihres Smartphones. Sie ist überrascht, dass das Gerät noch funktioniert, nachdem sie es mit voller Wucht gegen die Wand geschleudert hat, und nimmt seine Unverwüstlichkeit anerkennend zur Kenntnis. Dann durchzuckt sie ein hoffnungsvoller Gedanke.

Ob Paulhapunkt anruft? Ob er begriffen hat, wie ernst es ihr ist? Ob er es ohne sie nicht mehr aushält? Ob er ihr sagen will, dass er sie unbedingt sehen muss und zu ihr kommt, egal wie spät es ist, wenn er nur wüsste, wo sie sich befände?

Josephine seufzt resigniert. Sie kennt ihren Paulhapunkt. Derartige Gefühlsausbrüche und spontane Aktionen sind bei ihm nicht vorgesehen.

Widerwillig tastet sie nach dem Lichtschalter, quält sich aus dem Bett und wankt zu dem leuchtenden und vibrierenden Gerät in der Ecke. Zuerst wirft sie einen Blick auf die Uhrzeit im Display: 23:47 Uhr.

„Weißt du, wie spät es ist?", blökt sie ins Telefon.

„Ehrlich gesagt nein", erfolgt prompt die Antwort.
„Warum?"

„Es ist kurz vor Mitternacht!", klärt Josephine die Anruferin auf.

„Ach so. Ich habe gerade erst die Kinder ins Bett gekriegt und dachte, das ist die Gelegenheit, um ungestört mit dir zu telefonieren."

„Deine Kinder bleiben so lange auf?", fragt Josephine entgeistert.

„Morgen ist keine Schule und sooo klein sind sie nun auch nicht mehr."

Josephine verdreht die Augen. Mag sein, dass es am Wochenende vertretbar ist, einen Dreizehnjährigen und eine Neunjährige bis kurz vor zwölf aufbleiben zu lassen – da kennt sie sich nicht so aus. Verwerflich findet sie aber, zu dieser späten Stunde noch in der Gegend herumzutelefonieren!

„Ich habe bereits geschlafen", erklärt sie missbilligend.

„Warum bist du dann ans Telefon gegangen? Ich hätte es morgen noch einmal probieren können", antwortet Friederike, und Josephine weiß, dass ihre Schwester es genau so meint, wie sie es sagt.

Bei jedem anderen würde sie vermuten, er oder sie setzt alles daran, sie zur Weißglut zu treiben. Josephine schüttelt den Kopf. Friederike jedoch denkt wirklich so ... oder denkt eben auch nicht. Beziehungsweise sie denkt nicht darüber nach, dass andere Menschen schon ins Bett gegangen sein könnten, wenn sie noch putzmunter ist. So wie sie überhaupt nie die Probleme anderer Menschen zu ihren eigenen macht. Ihr ist danach, mit jemandem zu quatschen, egal wie spät es ist, also tut sie es. Andere können ihr Telefon ja ausstellen, wenn sie nicht gestört werden wollen.

„Wenn's gerade nicht passt, kann ich auch gerne morgen Abend nochmal anru..."

„Ach du, lass mal", unterbricht Josephine sie schnell und unterdrückt ein Stöhnen.

Sich mit ihrer Schwester zu einem Telefonat zu verabreden, könnte schnell dazu führen, dass Friederike zum vereinbarten Termin anderes zu tun hätte und zurückrufen würde, sobald sie Zeit hätte. Das wiederum könnte auch spät am Abend oder mitten in der Nacht sein, möglicherweise auch erst am frühen Morgen, aber mit Sicherheit dann, wenn es Josephine überhaupt nicht passt.

„Sag mir einfach, was ich für dich tun kann", fordert sie ihre Schwester seufzend auf.

„Ich will nur wissen, ob du deine alten Rollschuhe noch brauchst. Lara will unbedingt welche haben, weil ihre Freundin Esther auch welche zum Geburtstag bekommen hat, und da fiel mir ein, dass du früher Rollschuhe hattest."

Nun kann Josephine ein Stöhnen nicht mehr unterdrücken. „Weißt du, wie lange das her ist? Woher soll ich wissen, ob die Teile noch existieren? Und wenn, dann werden sie wohl bei unseren Eltern auf dem Dachboden liegen."

„Da könntest du recht haben", überlegt Friederike. „Hm ... dann rufe ich gleich mal bei den beiden an und frage."

„Bist du wahnsinnig? Um diese Zeit?"

„Ach stimmt, Elke und Gunnar gehen ja auch immer so früh ins Bett ..."

Josephine seufzt und reibt sich das Gesicht. „Zumindest werden sie kaum Lust dazu haben, mitten in der Nacht die klapprige Bodenleiter hochzuklettern, um in verstaubten Kartons nach Rollschuhen zu suchen, die vermutlich sowieso viel zu groß für Lara sind. Ich war zwölf, als ich sie bekommen habe!"

„Und du meinst nicht, dass man sie ausstopfen kann?"

Josephine schüttelt ungläubig den Kopf. Obwohl sie ihre Schwester schon ein Leben lang kennt, ist Friederike seit jeher ein unbekanntes Wesen für sie, weil sie anders tickt als alle anderen Menschen in ihrem Umfeld. Josephine hat sich schon oft gefragt, wie ausgerechnet diese Seele ihren Weg in eine Familie finden konnte, in der alle anderen vernünftig sind und mit beiden Beinen in der Realität stehen. Friederike hatte nie in das ordentliche, aufgeräumte Leben der Familie gepasst. Sie hatte nicht begriffen, warum die Zucht weißer Mäuse in ihrem Zimmer zu einem Problem werden konnte, besonders dann, wenn man sie frei herumlaufen ließ. Sie hatte auch nicht verstanden, warum man seine Geldbörse nicht verlieh, warum ihr Vater die Atomkraft – nein danke!-Aufkleber auf seinem Auto doof fand und wozu sie Hausaufgaben machen sollte, wenn sie keine Lust dazu hatte. Einzig und allein ihre große Intelligenz hatte sie damals durch die Schulzeit gebracht, bis sie selbige plötzlich beendete und bei Nacht und Nebel mit Timothy durchbrannte. Obwohl Josephine erst neun Jahre alt war, als die siebzehnjährige Friederike mit dem sehr viel älteren „langhaarigen

Bombenleger“, wie ihr Vater ihn nannte, weglief, erinnert sie sich noch gut daran, wie verstörend es für sie war, ihre Schwester so plötzlich zu verlieren.

Danach hatte sie von Friederike jahrelang nichts gehört. Erst viel später erfuhr sie, dass sie sich in unregelmäßigen Abständen bei ihren Eltern gemeldet und auch nach ihr, Josephine, gefragt hatte. Sie hatte ihrer kleinen Schwester sogar Karten und Briefe geschrieben, aber die waren niemals bei ihr angekommen. Ihre Eltern hatten sie abgefangen, wie sie viel später erfuhr, weil sie nicht wollten, dass Josephine sich durch das Beispiel ihrer Schwester inspirieren ließ, ebenso alles hinzuschmeißen „und ihr Leben wegzuwerfen“, wie sie es nannten. Deshalb auch wurde über ihre Schwester mit dem Tag ihres Verschwindens nicht mehr gesprochen. Nur manchmal hatte Josephine den Verdacht gehabt, dass Elke und Gunnar Neuigkeiten über Friederike ausgetauscht hatten, wenn sie unvermutet das Wohnzimmer betrat und das Gespräch ihrer Eltern sofort verstummte.

Dabei weiß Josephine genau, dass sie niemals wie Friederike geworden wäre! Sie hatte nie vorgehabt, „auf die schiefe Bahn zu geraten“, wie es damals hieß. Für sie war immer klar gewesen, dass sie die Schule beenden und studieren würde. Von jeher war sie ehrgeizig gewesen und hatte sich angestrengt, um es zu etwas zu bringen. Sie war sich mit ihren Eltern absolut einig darüber gewesen, dass Friederike einen riesigen Fehler gemacht hatte, und so etwas wäre für Josephine nie infrage gekommen. Mit einem verlausten Parka-Träger ein ungewisses Dasein zwischen Parkbank und besetzten Häusern zu fristen, hatte mitnichten zu ihren Zukunftsplänen gehört.

Fünf Jahre nach ihrem Verschwinden hatte sich Friederike zum ersten Mal wieder in der Südstraße 4 blicken lassen. Damals war Josephine gerade vierzehn gewesen. Sie hatte den Erzählungen ihrer Schwester, genau wie ihre Eltern, trotz der Begeisterung über Friederikes Erscheinen mit Befremden gelauscht, als sie von ihrem Leben in einem besetzten Haus, von ihren Jobs in Kneipen und im Lager eines Supermarktes sowie von ihren Freunden sprach, die Umwelt- und Friedens-Demos organisierten und keine Gelegenheit versäumten, gegen irgendetwas zu protestieren. Viel abschreckender konnte ein Leben Josephines Meinung nach nicht aussehen, und sie konnte es gar nicht fassen, dass ihre Schwester so etwas freiwillig auf sich nahm.

Heute lebt Friederike von einem Job als Erzieherin in einem alternativen Kindergarten und leidet unter chronischem Geldmangel. Obwohl „leiden" vermutlich nicht der richtige Ausdruck ist, denn sie beklagt sich nie. Sie hat eben kein Geld, und wenn sie etwas außer der Reihe braucht, dann versteht sie es irgendwie, es sich über ihre unzähligen Kontakte zu organisieren. Dazu kommt, dass nicht davon auszugehen ist, dass die beiden Väter ihrer Kinder Reto und Lara Unterhalt zahlen. Josephine kennt sie nicht und würde auch nicht ihre Hand dafür ins Feuer legen, dass ihre Schwester das tut. Doch derartige Reizthemen, über die man sich sowieso nur aufregen würde, werden in ihrer Familie ausgeblendet. Darin sind sich alle einig – in diesem Fall sogar mit Friederike.

„Selbst wenn die Rollschuhe noch irgendwo herumfliegen, würde ich nicht darauf wetten, dass sie funktionieren. Vermutlich waren die Motten am Schuhwerk und der Rost am Kugellager. Wenn unsere Mutter sie nicht längst weggeworfen hat, dann würde ich ihr raten, das schleunigst nachzuholen“, entgegnet Josephine ungnädig.

„Sag mal, bist du schlecht drauf?“, fragt Friederike verwundert.

„Ich bin hundemüde!“, erklärt Josephine ungeduldig. „Ich habe einen entsetzlichen Tag hinter mir und war froh, mich gerade soweit abgeregt zu haben, dass ich endlich ein bisschen schlafen konnte. So viel Glück hatte ich heute gar nicht mehr erwartet. Und dann rufst du an – mitten in der Nacht – und fragst nach Rollschuhen, an die ich mich kaum erinnere, und die Lara, wenn sie ein bisschen was auf sich hält, vermutlich nicht mit dem Hintern ansehen wird, weil man sich auf so etwas heute gar nicht mehr sehen lassen kann! Warum tust du so etwas?“

Sie ist laut geworden. Dafür ist es in der Leitung still. Josephine fährt sich mit der Hand durch die Haare. Sie hätte ihre Schwester nicht so anfahren dürfen. Genau genommen ist Friederikes Anruf kurz vor Mitternacht und die Frage nach einem vermutlich längst verrotteten Kinderspielzeug so ziemlich das Harmloseste, was ihr heute passiert ist.

„Willst du darüber reden?“

Gerade hat sie sich davon überzeugt, dass sie keinen Grund hat, sich aufzuregen, da belehrt sie diese Bemerkung eines Besseren, und ihr Puls schnellt in die Höhe.

Das ist mal wieder typisch für ihre Schwester! Sie will immer über alles reden. Über den Weltfrieden, den Atomausstieg und den Hunger in der dritten Welt kann man endlos mit ihr diskutieren, auch wenn sich niemals etwas daran ändern wird, nur weil man darüber gesprochen hat. Aber wieso über ihre Probleme? Wie soll sie einer Frau, für die Leistungsorientierung bestenfalls ein abstrakter Begriff ist, erklären, dass es eine Tortur für sie darstellt, in ihrem Job nur Blödsinn machen zu dürfen? Wie soll sie ihr klarmachen, wie furchtbar sie sich fühlt, wenn ihr Partner ständig nach der Pfeife seiner Mutti tanzt, wenn Friederike jeden, der nicht mehr in ihr Konzept passte, schulterzuckend entsorgt hatte? Wie sollte sie ihr erklären, dass sie nervlich am Ende ist, weil sie ihr Leben nicht mehr erträgt, wenn ihre Schwester sich aus einem Konstrukt, das ihr nicht behagte, schon mit siebzehn, ohne mit der Wimper zu zucken, verabschiedet hatte? Wie soll sie ihr begreiflich machen, dass sie so gerne alles hinschmeißen würde, wenn sie nur keine Angst davor haben würde, ohne einen vernünftigen Job und den Halt ihrer Beziehung unterzugehen, während Friederike nicht einmal weiß, was das eine oder das andere ist? Welchen Sinn sollte es also haben, mit ihrer Schwester über ihre Situation zu reden? Eigentlich keinen, sagt sich Josephine, aber da bricht es schon aus ihr heraus.

„Meine Welt ist im Arsch, das ist alles!", blökt sie ins Telefon. „Mein Job ist eine Katastrophe, weil mein Chef genauso bescheuert ist wie die Dienstleister, mit denen er sich umgibt, und ich keine Chance habe, etwas dagegen auszurichten. Meine Beziehung ist eine Katastrophe, weil der Mann meines Lebens am Rockzipfel seiner Mutti hängt und ich für ihn in ihrer Gegenwart überhaupt nicht existiere. Und ich selbst bin eine Katastrophe, weil ich das alles zum Kotzen finde und keine Ahnung habe, wie ich es ändern soll. Ich bin kurz vorm Durchdrehen und vielleicht bin ich das sogar schon, weil ich den Scheiß einfach hingeschmissen und mir eine Auszeit genommen habe. Jetzt sitze ich in einem winzigen Ort am Arsch der Welt, wo es nicht einmal einen Supermarkt gibt, und von dem ich auch nicht weiß, wie er heißt!"

Für eine Sekunde herrscht Stille in der Leitung.

„Hört sich bis hierhin recht vernünftig an", kommentiert ihre Schwester das Gehörte.

Josephine ist erstaunt. Bis zu diesem Zeitpunkt ist sie nicht davon ausgegangen, dass das Wort „vernünftig" im Wortschatz ihrer Schwester vorkommt. Könnte es tatsächlich möglich sein, dass gerade Friederike, so unglaublich das ist, sie versteht?

„Und den Namen des Ortes kann man bestimmt herausfinden", ergänzt ihre Zuhörerin mit beruhigender Stimme.

Vielleicht sollte sie das mit dem Verständnis ihrer Schwester für ihre Situation nicht überbewerten, überlegt Josephine. Schließlich ist das Herausfinden des Ortsnamens nicht ihr Hauptproblem.

„Der Name des Kaffs ist mir ziemlich schnuppe", entgegnet sie unwirsch.

„Dann scheinst du doch alles im Griff zu haben", findet ihre Schwester.

Josephine ist verwirrt.

„Ich? Alles im Griff? Hast du mir überhaupt zugehört? Ich bin ausgestiegen! Weil ich es nicht mehr ausgehalten habe! Und ich habe keine Ahnung, wie es weitergehen soll!“

„Ach so. Das gibt sich“, beruhigt Friederike sie. „Da findet sich immer eine Lösung. Schau mich an!“

Josephine schließt die Augen. Herr im Himmel! Bitte mach, dass meine Auszeit nicht so eine hirnverbrannte Dummheit ist wie die meiner Schwester, als sie mit dem langhaarigen Bombenleger durchbrannte, um in besetzten Häusern vom Weltfrieden zu träumen, von der Hand in den Mund zu leben und nebenbei noch zwei Kinder ohne Vater großzuziehen. Im Gegensatz zu ihr habe ich nämlich immer noch nicht vor, mein Leben aufzugeben. Ich will es wiederhaben! Ich will etwas erreichen! Ich will etwas aufbauen! Eine Marke, eine Karriere, eine Beziehung, ein Zuhause – alles! Ich will ein Leben, auf das ich stolz sein kann und nicht eines, über das ich mich beim nächsten Klassentreffen geheimnisvoll ausschweigen muss, weil sich Statusberichte wie „man nennt mich Marketingexpertin, aber eigentlich arbeite ich als Nanny für Bekloppte und Bescheuerte“ und „Na klar habe ich einen Freund, aber er kann heute Abend nicht dabei sein, weil er seine Mutti nicht alleinlassen kann, bei der wir übrigens auch wohnen“ nicht nach einer Erfolgsstory anhören.

Deshalb antwortet Josephine nur resigniert: „Großartig, dass du das nachvollziehen kannst.“

Wie konnte sie nur einen Moment lang annehmen, ausgerechnet bei ihrer verrückten Schwester Verständnis zu finden?

„Vielleicht weil es eine gewisse Familienähnlichkeit zwischen uns gibt?", sinniert Friederike.

Josephine zuckt zusammen. Sie kann gerade nicht ihre Hand dafür ins Feuer legen, dass sie im Vollbesitz ihrer geistigen Kräfte handelt. Aber dass sie so weit danebenliegt, will sie nicht hoffen!

„Wo bist du eigentlich untergekommen?", fragt ihre Schwester. „Also abgesehen davon, dass du den Namen des Ortes nicht kennst – kannst du dein Umfeld irgendwie beschreiben?"

Was soll das denn jetzt? Ihre Schwester hört sich an, als sei sie unzurechnungsfähig, und es bestünde die Gefahr, dass sie nach einer Phase des Deliriums in irgendeinem Ashram, einer Ausnüchterungszelle oder mitten in der Kanalisation aufgewacht ist. Und vermutlich fände sie das auch noch „irgendwie okay"!

Josephine weiß, dass es kindisch ist, aber die Versuchung ist groß. Irgendetwas muss es schließlich geben, was sogar ihre Schwester schocken kann.

„Ich habe einen Typen getroffen, der Bullis an Landstraßen vermietet. Meiner ist eigentlich recht hübsch mit der roten Herzchen-Lichterkette an der Windschutzscheibe. Fürs Erste wird's gehen", antwortet sie.

„Solange niemand vorbeikommt, der dich für eine Liebesdienerin hält ... am besten, du machst die Lichterkette aus. Oder, wenn du wirklich umsatteln willst, meine Freundin Olga kann gut davon leben. Aber die arbeitet auch auf eigene Rechnung und in einem eigenen Bulli."

Josephine gibt sich geschlagen. Hätte sie sich eigentlich denken können, dass ihre Schwester nicht einmal so etwas befremdlich fände.

„War ein Spaß", erklärt sie resigniert.

„Weiß ich doch", kichert Friederike. „Du bist echt nicht der Typ für so etwas."

Ihr Kichern ist ansteckend, und Josephine muss mit einstimmen. Kurze Zeit später lachen beide Tränen.

„Jetzt mal im Ernst: Wo bist du gelandet?", fragt Friederike, als sie sich wieder beruhigt hat.

„Ich bin auf einem Gutshof mit Restaurant und Hotelbetrieb. Morgen fange ich als Aushilfe an." Josephine muss zugeben, dass sie fast ein bisschen stolz darauf ist, so konsequent die Reißleine gezogen und Nägel mit Köpfen gemacht zu haben. Trotzdem wächst ein Kloß in ihrem Hals. Sie fühlt sich weniger stark als sie sich fühlen möchte.

„Cool!", lobt Friederike. „Du hast ein Dach über dem Kopf und auch schon eine Arbeit. Dann ist doch alles bestens!"

So unbekümmert wie ihre Schwester vermag Josephine ihre Situation nicht zu sehen. Sie ist den Tränen nahe, als ihr bewusst wird, wie ernst ihr das Ganze ist.

Sie wünschte, das alles wäre nur so etwas wie ein Spiel, bei dem sie sich ein wenig austobt, um dann nach Hause zurückzukehren und weiterzumachen als sei nichts gewesen. Aber obwohl sie die Verbindungen zu ihrem früheren Leben längst noch nicht endgültig gekappt hat, so weiß sie doch, dass ihr Tun Folgen haben wird. Sie hat sich mit dieser Aktion eingestanden, dass ihr Leben so nicht weitergehen kann – weder beruflich noch privat. Deshalb wird es auch kein Zurück geben. Im Gegenteil: Sie wird weitergehen müssen! Aber wie dieses „Weiter“ aussehen und wohin ihr Weg sie führen wird, weiß sie nicht. Und das macht ihr Angst.

„*Bestens* würde ich es nicht nennen“, presst sie bitter hervor. „Ich bin dabei, alles zu verlieren, was ich mir aufgebaut habe. Ich habe keine Ahnung, ob ich das Richtige tue und ob ich mit den Konsequenzen leben kann.“

„Das ist nur die Angst vor dem Ungewissen“, versucht Friederike sie zu beruhigen, erreicht damit aber genau das Gegenteil.

„Natürlich habe ich Angst!“, platzt Josephine heraus. „Ich würde so etwas nie tun, wenn ich nicht befürchten müsste, dass ich meinem Chef empfehlen würde, sich seine blödsinnigen Ideen und seine unerträgliche Inkompetenz dorthin zu stecken, wo sie hingehören, er sie vermutlich aber nicht haben will. Und meinen allerliebsten Paulhapunkt würde ich niemals im Stich lassen, wenn er mir nur ein einziges Mal das Gefühl geben würde, dass ich ihm wichtig bin, dass er mich liebt und dass er sein Leben mit mir anstatt mit seiner Mutti verbringen will. Ich fühle mich furchtbar! Überflüssig! Unwichtig! Verraten und verkauft! Und außerdem so entsetzlich gedemütigt, weil ich alles, aber auch wirklich alles getan habe, damit mein Chef und mein Partner begreifen, was ich für sie tue und was für einen absurden Blödsinn sie veranstalten. Aber nichts dergleichen passiert. Das ist so ... so ...“

Unvermittelt fängt Josephine an zu weinen. „Es tut mir leid“, schluchzt sie nach einer Weile und legt das Smartphone zur Seite, um sich die Nase zu putzen.

„Weine ruhig. Es ist wohl höchste Zeit, dass du das zulässt", hört sie ihre Schwester aus der Ferne verständnisvoll sagen.

„Aber das hilft mir doch auch nicht", begehrt Josephine auf, als sie die Nase fertig geputzt hat und das Smartphone wieder am Ohr hält. „Was soll ich denn jetzt machen?"

„Nichts, beziehungsweise genau das, was du schon tust. Bleib auf dem Gut, gewinne Abstand und komm zur Ruhe."

Josephine schnieft. „Vielleicht hast du recht. Vielleicht brauche ich wirklich nur ein bisschen Distanz und finde dann viel schneller eine Lösung für meine Probleme, als ich das zu Hause könnte."

„Zuerst einmal könntest du deine Probleme dort lassen, wo sie sich jetzt schon befinden, nämlich bei Paulhapunkt und deinem Chef. Entspann dich! So wie du dich anhörst, kannst du gerade sowieso nichts ausrichten."

Josephine holt empört Luft: „Das ist nicht dein Ernst! Mein Leben explodiert, und du findest, ich soll mich einfach zurücklehnen und dabei zusehen, wie sich meine Existenz pulverisiert?"

„Quatsch! Ich habe nicht gesagt, dass dir alles egal sein soll. Aber fällt dir irgendetwas Sinnvolles ein, was du jetzt tun könntest, um deine Situation zu ändern?"

„Nein", muss Josephine zugeben.

„Na also", kontert Friederike. „Dann kannst du jetzt eine Zeit lang deine Grübeleien lassen und dich auf das Nächstliegende konzentrieren. Glaube mir, wenn die Zeit reif dafür ist, dass du dich um deine Probleme

kümmern solltest, dann bist du die Erste, die das mitbekommt.“

5

„Oh mein Gott!" In dem Moment, als Josephine ihre Augen aufschlägt, setzt die Erinnerung an den vergangenen Tag wieder ein. „Was habe ich nur getan?"

In der letzten Nacht hatte sie nach dem Telefonat mit ihrer Schwester noch lange wachgelegen. Erst am frühen Morgen hatte sie endlich ein bisschen Schlaf finden können. So lange, bis der Wecker neben ihrem Bett – ein altmodisches Modell aus Messing mit der klassischen Doppel-Glocke darauf – sie aus dem Schlaf riss. Viel zu früh nach dieser kurzen Nacht.

Blinzelnd sieht sich Josephine um. Die frühe Morgensonne scheint durch die Fenster und taucht das komfortable Bett, die hellen Holzmöbel und die herrliche offene Dachkonstruktion in ein warmes Licht.

„Was mache ich hier bloß?", stöhnt sie auf.

Einen Moment lang ist Josephine versucht, aus dem Bett zu springen, ihre Sachen zusammenzuraffen und nach Hause zu fahren, nachdem sie der Wirtin ein kurzes „Es war alles nur ein Missverständnis" zugerufen hat. Doch dann steigt die Erinnerung an das Telefonat mit Paulhapunkt in ihr hoch und damit auch ihre Wut. Anschließend denkt sie an den nächsten Montag im Büro, und ihre Wut schlägt augenblicklich in Resignation um.

Nein, in so ein Leben will sie nicht zurückkehren. Also bleibt ihr wohl nichts anderes übrig, als sich mit der völlig irrsinnigen Option auseinanderzusetzen, als Aushilfe in diesem Hotel zu arbeiten und sich dem ersten Tag ihres neuen Lebens zu stellen. Einem Leben, von dem sie vor vierundzwanzig Stunden noch nicht einmal ahnte, dass es jemals existieren könnte.

Mit diesem Vorsatz klettert Josephine aus dem Bett und geht zum Fenster. Die Aussicht, die sie dort erwartet, lässt ihre dunklen Gedanken für einen Moment in den Hintergrund treten. Eine idyllischere Umgebung als die, die hier im frühen Morgenlicht vor ihr liegt, kann sie sich kaum vorstellen. Hinter dem Haus entdeckt sie einen romantischen Küchengarten, der von schmalen Wegen durchzogen ist, die zwischen niedrigen Hecken und Weidenzäunen entlangführen. Dahinter wachsen eine Vielzahl unterschiedlicher Kräuter und Gemüsesorten neben üppig blühenden Stauden und Blumen. Am hinteren Ende des Gartens bemerkt Josephine, fast versteckt unter rankendem Wein, ein winziges Holzhäuschen mit einer knallrot gestrichenen Bank davor. Links befindet sich eine große Scheune mit einem steinernen Untergeschoss und einer von vielen Jahren silber-grau gebleichten Holzfassade, die sich mit ihrer altertümlichen Bauweise und den emporrankenden Rosen perfekt in das Bild eines verwunschenen alten Bauernhofes einfügt. Weiter rechts, auf der anderen Seite des Küchengartens, verteilt sich eine Vielzahl knorriger Obstbäume in unregelmäßigen Abständen über eine blühende Wiese, die bis zum Rand eines Wäldchens reicht. Hinter Küchengarten und Obstbaumwiese grasen Kühe in Gesellschaft einiger Hühner auf einer großen Weide. Jenseits davon gibt es nur noch eine lange Reihe hochgewachsener Pappeln vor ewig weiten Feldern, die fern am Horizont von einem dunklen Tannenwald begrenzt werden.

Trotz ihres Kummers und ihrer Zukunftsangst kann Josephine gar nicht anders, als sich von der Schönheit der Umgebung berühren zu lassen.

„Ich hätte es schlechter treffen können", murmelt sie. „Vielleicht habe ich Glück im Unglück gehabt, und es wäre geradezu leichtsinnig, diese Chance zu vertun."

Mit diesem aufmunternden Gedanken reißt sie sich von der Aussicht los, geht ins Bad und kommt zwanzig Minuten später in ihrer neuen Dienstkleidung, einer weißen Bluse und einem weiten bunten Rock, wieder heraus. Nach einem prüfenden Blick in den Spiegel – Weiß steht ihr leider überhaupt nicht, stellt Josephine kritisch fest – fasst sie sich ein Herz und verlässt ihr Zimmer, fest entschlossen, sich auf das Vorhaben einzulassen, das sie gestern begonnen hat.

Sobald Josephine die Küche im Haupthaus betritt, findet sie keine Gelegenheit mehr, über den Sinn oder Unsinn ihres Ausstiegs nachzudenken. Eine bestens gelaunte Carmen, die gerade eine silberne Vorlegeplatte poliert, begrüßt sie mit strahlendem Lächeln und stellt sie ihren neuen Kolleginnen vor.

Da ist die rundliche, ungefähr fünfundfünfzigjährige Christina mit dem pausbäckigen, von kurzen grauen Locken umrahmten Gesicht, die für das Backen von Brot, Brötchen und süßen Teilchen zuständig ist. „Ihre Plunderteilchen sind legendär", erklärt eine weitere

Kollegin mit einem leichten polnischen Akzent namens Agata, eine Mittdreißigerin, die ihre langen dunklen Haare zu einer eindrucksvollen Hochsteckfrisur aufgetürmt hat.

Josephine erfährt, dass es außerdem noch einen Koch namens Kurt sowie seine Frau Silke gibt, die ihm in der Küche hilft. Für das Mittagsbuffet mit Salat, Suppe und Fingerfood sei üblicherweise Mandy zuständig. Bärbel teilt sich mit Agata die Mittags- und Abendschichten im Service. Des Weiteren gibt es Kathrin, eine Frau aus dem Dorf, die entweder im Service oder in der Küche aushelfe, sowie Samira, die für das Putzen der Zimmer und der Seminarräume zuständig sei. Schließlich sei da noch Rouven, Carmens Allzweckwaffe für Reparaturen, grobe Gartenarbeit und die Pflege der Kühe und der Hühner.

Nach der knappen Vorstellungsrunde mahnt Carmen mit einem Hinweis auf die ersten Frühstücksgäste zur Eile. Außerdem werde eine Seminargruppe erwartet, die am Vormittag anreise. Dann schnappt sie sich ihre neue Hilfskraft und nimmt sie mit auf einen Rundgang über das Gelände, um Josephine mit den wichtigsten Gegebenheiten vertraut zu machen, bevor es richtig für sie losgeht.

Carmen eilt mit federnden Schritten durch eine kleine Tür voraus, die nach draußen auf die große Terrasse führt, die Josephine gestern durch die Fenster des Restaurants in der Dämmerung bereits erahnen konnte. Während ihr die Gutsbesitzerin erklärt, was im Service zu tun ist, bewundert Josephine im Stillen die herrliche Kulisse des hinter der Terrasse liegenden Parks. Sie ist beeindruckt von den hohen Bäumen, die

die weitläufige Rasenfläche und die sorgfältig angelegten Rosenbeete, deren Pflanzen bereits unzählige Knospen angesetzt haben und bald in voller Blüte stehen werden, einrahmen. Für einen Moment ist sie abgelenkt, bis Carmens Stimme sie wieder ins Hier und Jetzt holt.

„Nach unserem Rundgang hilfst du erst einmal Agata bei der Vorbereitung des Buffets für die Seminargäste. Der Workshop beginnt mittags, und es ist noch viel vorzubereiten."

Bei dem Begriff Workshop zuckt Josephine zusammen. Ein flaues Gefühl breitet sich in ihrem Magen aus. Sie schüttelt sich.

Carmen schaut sie verwundert an. „Hast du ein Problem mit Workshops?", fragt sie lachend. „Was ist schlimm daran? Ich beneide diese Leute. Sie dürfen an einen Ort reisen, wo andere Urlaub machen und sich verwöhnen lassen. Und das sogar während der Arbeitszeit! Ich dachte, das seien die angenehmen Seiten des Angestelltendaseins."

„Es mag Menschen geben, für die das so ist", stimmt Josephine zu und denkt an ihren Chef, der sich in den letzten Tagen blendend amüsiert hat. „Für andere dagegen kann ein Workshop schnell zum Anlass werden, Hals über Kopf als Aushilfe in einem Landhotel anzuheuern", seufzt sie. Es soll humorvoll klingen, doch sie kann nicht verhindern, dass sich ein bitterer Unterton in ihre Stimme schleicht.

Carmen wirft Josephine einen verständnisvollen Blick zu. „Mir ist schon klar, dass sich niemand ohne Grund einfach so nach einem Abendessen als Aushilfe verhaften lässt." Sie lächelt Josephine aufmunternd zu.

„Aber ich war so dringend auf der Suche nach Unterstützung, dass ich nicht widerstehen konnte, als du meintest, dass du am liebsten bleiben würdest." Sie grinst, wird aber schnell wieder ernst. „Ich kann mir vorstellen, dass du ziemlich durcheinander bist und Zeit brauchst, um dich zu sammeln. Deshalb frage ich jetzt nicht, wie lange ich mit dir rechnen kann. Bleib solange du willst, fass mit an, und wenn du soweit bist, dass du weißt, wie es für dich weitergeht, sagst du mir Bescheid."

Josephine spürt, wie ihr Tränen in die Augen steigen. Dankbar lächelt sie Carmen an. Es trifft sie unvorbereitet, auf einmal einem Menschen gegenüberzustehen, der sich Gedanken um sie macht, der Verständnis für sie hat, obwohl nicht einmal sie selbst versteht, was in ihr vorgeht. Und es tut weh, bemerkt sie, dass sie hier, am Ende der Welt, auf mehr Aufmerksamkeit trifft, als sie es in den letzten Monaten – oder sogar Jahren – bei sich zu Hause erfahren hat.

„Danke", flüstert sie und räuspert sich, weil sie einen Kloß im Hals hat.

„Gern geschehen", erwidert Carmen trocken und fügt in betont resolutem Ton hinzu, als wolle sie die emotionale Atmosphäre vertreiben, „dann lass uns den Rundgang hinter uns bringen, bevor Oliver mit seiner Truppe auftaucht."

Mit diesen Worten dreht sie sich um und läuft zum Ende der Terrasse. Josephine muss sich sputen, um ihr auf den Fersen zu bleiben.

„Oliver und seine Truppe?", fragt sie atemlos.

„Oliver Riedl. Er ist Unternehmensberater und hält hier Seminare und Workshops ab", erklärt Carmen.

Josephine schaudert erneut. Ein Unternehmensberater! Noch so eine Geißel des Berufslebens, die kein Mensch braucht! Sie erinnert sich, dass einst auch die Personalvermittlung Cornelius unbedingt eine Unternehmensberatung hatte engagieren müssen. Sechs Wochen waren die Schergen der Dr. August Weier Consulting Group vor Ort gewesen! Danach hatte die Personalvermittlung ein halbes Jahr gebraucht, um die Umstrukturierungsmaßnahmen so weit zu verkraften, dass die Kollegen sich wieder zurechtfanden und annähernd die gleiche Schlagzahl erreichten wie vor der angeblichen „Verschlankung" der Abläufe. Wenn man Josephine fragte, ob sie eine unfähige Werbeagentur oder eine übereifrige Unternehmensberatung für das denkbar schlimmste Übel hielt, das einem Unternehmen passieren kann, würde sie sich nicht entscheiden können. Obwohl so etwas auch niemand entscheiden muss, denkt sie gehässig, weil es letztendlich egal ist, ob man an Pest oder an Cholera stirbt.

Carmen registriert Josephines neuerliches Zusammenzucken, obwohl die sich Mühe gibt, es zu verbergen. Die Gutsbesitzerin ist amüsiert.

„Du scheinst vielfach traumatisiert zu sein", sagt sie lachend und fügt amüsiert hinzu: „Bislang fand ich Oliver immer sehr sympathisch und bin davon ausgegangen, dass er die Teilnehmer seiner Veranstaltungen gut behandelt. Zukünftig werde ich wachsam sein und genau beobachten, in welcher Verfassung seine Kunden und meine Gäste zum Essen erscheinen." Sie grinst. „Oliver bucht schon seit vielen Jahren bei uns. Er ist einer meiner treuesten Kunden. Du wirst ihn später kennenlernen", sagt sie in einem Tonfall, als ob das ein Beleg dafür sei, dass dieser Coach nicht so schlimm sein kann, wie Josephine zu befürchten scheint.

„Toll", erwidert diese entsprechend wenig begeistert.

Während Josephine zu verkraften versucht, dass nicht einmal hier, im hintersten Winkel der Republik, die Welt noch in Ordnung ist, erreichen sie das Ende der Terrasse. Eilig springen sie einige Stufen hinab und folgen einem Weg, der am Haus vorbei durch blühenden Flieder und Jasmin führt. Kurze Zeit später tauchen sie in einen Wald ein, um schließlich vor einer fast vollständig mit Efeu bewachsenen Mauer mit einem schmiedeeisernen Tor anzukommen. Carmen öffnet das Tor, und plötzlich stehen sie nicht mehr inmitten hoher, schattenspendender Bäume, sondern auf der sonnenbeschienenen Obstbaumwiese, die Josephine bereits von ihrem Fenster aus gesehen hat. Dort laufen sie einen Weg entlang bis zum Küchengarten, den Josephine ebenfalls bereits von oben bewundern konnte. Hier unten, inmitten der Beete, in denen die verschiedensten Gemüse und Kräuter sprießen und zwischen den vielen blühenden Blumen, ist der Garten einfach überwältigend.

Während die Gutsbesitzerin die lange Reihe von Beeten abschreitet, erklärt sie Josephine im Eiltempo, welche Aufgaben hier auf sie warten. Carmen zeigt ihr, aus welchen der zarten grünen Pflänzchen Möhren, aus welchen Radieschen und welche zu Salat werden. Sie erklärt ihr die Pflege der hochgebundenen Tomaten, Bohnen und Erbsen und stellt ihr unzählige Kräuter vor, die in der Küche benötigt werden. Sie laufen an Beeten mit bunten Blumen vorbei, die alle für den

Schmuck der Tische im Restaurant und in den Seminarräumen gedacht sind, wie Carmen erklärt. Nachdem sie Josephine noch die Himbeer- und die Brombeerhecke sowie eine Reihe von Stachel- und Johannisbeerbüschen vorgestellt hat, bleibt sie schließlich neben dem Kompostbeet für Kürbisse und Zucchini stehen und deutet auf eine große Fläche, die von wild durcheinander wachsendem Grünzeug überwuchert ist.

„Eine deiner ersten Aufgaben wird sein, dieses Beet von Unkraut zu befreien. Es ist allerhöchste Zeit, weil ich Kartoffeln setzen möchte", erklärt Carmen. Sie wirft einen sorgenvollen Blick auf die Uhr. „Leider muss ich gleich in die Stadt fahren, sonst bekommen unsere Gäste heute kein Abendessen. Deshalb will ich dir eben noch den Stall zeigen, falls Rouven einmal deine Unterstützung braucht."

Sie dreht sich um und läuft vor Josephine auf einem kleinen Pfad neben einer Scheune entlang, um bald darauf auf einen Feldweg einzubiegen, der unter einem überstehenden Dach an der Stirnseite des Gebäudes hindurchführt. Eine hölzerne Treppe schmiegt sich an die Mauer und endet hoch über ihnen an einer einfachen Tür unter dem Scheunendach. Darüber ragt ein Kran für Lastenaufzüge aus der Wand.

„Über die Treppe kommt man zum Heuboden", erklärt Carmen. „Hier fährt Rouven den Heutransporter vor und hievt die Heuballen mit dem Kran auf den Boden. Bei der Heuernte wird er dich sicher gut gebrauchen können." Wohl um Josephine die Arbeit schmackhaft zu machen, ergänzt sie schmunzelnd: „Von dort oben hat man übrigens einen großartigen Blick über die Felder.“

Als Carmen sieht, dass Josephines Augen interessiert aufleuchten, gibt sie sich trotz der knappen Zeit einen Ruck.

„Mir nach“, ruft sie. „Es ist wirklich ein großartiger Ausguck.“

In Windeseile erklimmen die beiden die Treppe. Oben angekommen zieht Carmen die Holztür auf und klettert hinein. Neugierig folgt Josephine. Dort findet sie sich auf einem riesigen dämmrigen Heuboden wieder, der nur durch zwei winzige, fast blinde Glasscheiben und die feinen Spalten zwischen den Ziegeln des hoch aufragenden Dachstuhls erhellt wird, durch die Tageslicht eindringt. Im hinteren Teil des Bodens stapeln sich unzählige Heuballen bis unter das Dach. Carmen wendet sich zur anderen Seite und klettert eine kurze Stiege auf den Teil des Bodens hinauf, der sich über der Durchfahrt befindet, in der sie eben noch standen. Sie läuft ein paar Meter zur Stirnseite der Scheune und macht sich dort geräuschvoll an etwas zu schaffen, was Josephine in der Dunkelheit nicht sehen kann. Dann flutet plötzlich helles Tageslicht den Raum, als Carmen einen hölzernen Fensterladen aufzieht.

Neugierig kommt Josephine näher, bis sie neben ihr gebeugt vor der niedrigen Öffnung steht. Wie auf Kommando nehmen beide mit geschlossenen Augen einen tiefen Atemzug der frischen, würzigen Luft, die den Duft der Wiesen und Felder, die sich weit vor ihnen ausbreiten, mit sich trägt. Als Josephine ihre Augen wieder öffnet, ist sie überwältigt: sattgrüne Wiesen, unterbrochen von strahlend gelben Rapsfeldern und vereinzelten dunkelgrünen Baumgruppen erstrecken sich bis zum dunklen Wald am Horizont. Darüber weitet sich der endlos blaue Himmel, blankgeputzt durch eine frische Frühlingsbrise, die weiße Wölkchen vor sich herschiebt. Dazu stört kein Laut der Zivilisation die Ruhe. Nur das leise Rascheln des Grases im Wind und einige entfernte Vögel sind zu hören. Für einen kostbaren Augenblick entsteht der Eindruck, als sei sie hier einer wahnsinnig gewordenen Welt mit all ihren Sorgen und Ärgernissen entronnen.

„Großartig", flüstert Josephine.

„Du sagst es! Aber leider …", fängt Carmen an, muss den Satz allerdings nicht zu Ende führen, weil Josephine ihre Unruhe auch so versteht. Bedauernd nimmt sie Abschied von der hinreißenden Aussicht, als Carmen den Laden wieder schließt. Sie weiß sicher, dass sie wiederkommen wird. Genau so einen Platz braucht sie, um ihren Gedanken freien Lauf zu lassen und Klarheit zu finden.

Nachdem sie eilig den Rückweg zum Hotel angetreten haben und Carmen ihr noch rasch die Veranstaltungs- und Seminarräume im ehemaligen Stall auf der anderen Seite des Innenhofes gezeigt hat, stehen sie kurze Zeit später wieder draußen auf dem Platz vor dem Haupthaus.

„Jetzt hast du im Schnelldurchlauf deine neue Wirkungsstätte kennengelernt", schließt Carmen ihre Ausführungen und mustert Josephine prüfend. „Kannst du dir vorstellen, uns eine Zeit lang zu unterstützen? Ich würde mich freuen."

Josephine lässt ihren Blick über den friedlich in der Sonne ruhenden Gutshof schweifen. Sie muss an Paulhapunkt denken, und es versetzt ihr einen Stich in die Herzgegend.

Am liebsten würde sie ihre Sachen packen und zu ihm eilen, aber dann würde sich an ihrer Beziehung nichts ändern – das weiß sie. Das erträgt sie nicht länger. Deshalb wird es das Beste sein, wenn sie hierbleibt – für Paulhapunkt und für sie.

Sie holt tief Luft, schüttelt die aufkeimende Niedergeschlagenheit ab und zwingt sich zur Zuversicht.

„Ja", sagt sie entschlossener als sie sich fühlt, „ich bleibe!"

***

Obwohl sich Josephine dringend vorgenommen hat, dem Rat ihrer älteren Schwester zu folgen und nicht über ihre verfahrene Situation nachzudenken, kann sie diesen Vorsatz nicht lange durchhalten.

Am frühen Morgen war ihr die Ablenkung noch recht gut gelungen. Nach dem Rundgang hatte sie alle Hände voll zu tun gehabt, um mit Agata zusammen das Begrüßungsbuffet für die Seminargäste vorzubereiten. Anschließend hatte sie Mandy, einer erstaunlicherweise nicht sächselnden hübschen blonden Frau, beim Putzen des Gemüses für das Mittagessen geholfen. Da diese mit einem großen Mitteilungsbedürfnis ausgestattet war, hielt das Josephine ebenfalls prima davon ab, über ihre häuslichen Probleme nachzugrübeln, da jeder Ansatz dazu sofort durch eine weitere Anekdote, die Mandy dringend zum Besten geben musste, im Keim erstickt wurde. Aber nun, bei der Arbeit auf dem zukünftigen Kartoffelacker im Küchengarten, ist Josephine mit sich und dem Unkraut allein. Und da das Grünzeug weit weniger gesprächig ist als die Beiköchin, schieben sich ihre Sorgen, die sie so gerne wenigstens für den heutigen Tag vergessen wollte, wieder in den Vordergrund.

Josephine seufzt und streicht sich eine Haarsträhne aus dem verschwitzten Gesicht.

So hat das keinen Zweck! Sie kann ihre Grübeleien nicht einfach auf Kommando abstellen. Vielleicht sollte sie eine kurze Pause machen und sich einfach fünf Minuten Zeit nehmen, um sich zu vergewissern, dass sie rein gar nichts tun kann, um ihre verfahrene Situation zu ändern.

Die knallrot gestrichene Bank vor dem Gartenhäuschen am Ende des Küchengartens liegt verlockend im Halbschatten einer Linde. Josephine legt die Schaufel beiseite, zieht ihre Handschuhe aus und erhebt sich stöhnend aus der Hocke, da ihr Rücken die ungewohnt gebeugte Haltung nicht gewohnt ist. Schwerfällig steuert sie auf die Bank zu und lässt sich darauf fallen.

Was wollte sie gerade noch tun? Ach ja, richtig: nachdenken. Aber jetzt, wo sie hier sitzt, findet sie es eigentlich auch mal ganz schön, nicht grübeln zu müssen, einfach nur die Sonne zu genießen, den Vögeln beim Trällern und den Bienen beim Summen zuzuhören.

Plötzlich fällt Josephine ein, dass sie ja bereits etwas getan hat, um ihren Chef und ihren Partner herausfinden zu lassen, was sie an ihr haben. Schließlich hatte sie beiden gestern Abend gemailt, dass sie eine Auszeit braucht, und sie ist sich ziemlich sicher, dass sie das nicht so gut aufnehmen werden.

Ihr Chef wird ziemlich nervös sein, überlegt Josephine, und hält es nicht für ausgeschlossen, dass er ihr nahelegen wird, ihre privaten Angelegenheiten schleunigst abzuschließen, um den Blödsinn, den „der Dennis" und er zwischen dem Austausch von Fußballergebnissen und der Frage, ob es Boris Becker oder doch Dieter Bohlen war, der ihnen zugeprostet hat, verzapft haben, in einen Maßnahmenplan einzuarbeiten.

Ganz zu schweigen von Paulhapunkt! Sie wettet, dass er äußerst beunruhigt ist, weil sie beschlossen hat, ihrem Heim auf unbestimmte Zeit fernzubleiben. Wenigstens wird er tödlich beleidigt sein! Lieber wäre ihr allerdings eine andere Reaktion, zum Beispiel die, dass er einsähe, wie sehr er sie liebt und sich nichts Schöneres vorstellen kann, als endlich mit ihr zusammen ein eigenes Leben zu beginnen. Ohne Mutti!

Durch diesen Gedanken elektrisiert sucht Josephine in den Taschen ihrer Latzhose nach ihrem Smartphone und schaltet es ein. Zwar hatte sie sich vorhin, als sie sich auf ihrem Zimmer die grüne Arbeitshose und das rote T-Shirt für die Gartenarbeit überstreifte, dringend vorgenommen, das Gerät nur im Notfall zu benutzen – man weiß ja nie, was einem weitab von der Zivilisation alles passieren kann – weil alles, was ihr Chef und Paulhapunkt zu sagen haben, gefälligst warten soll! Aber nun kann sie nicht anders: Sie muss nachschauen, wie die beiden auf ihren unerhörten Plan reagieren. Vielleicht hat ja schon so etwas wie ein Umdenkprozess begonnen? Immerhin ist es bereits kurz nach 11 Uhr!

Ungeduldig starrt Josephine auf das Gerät, bis es endlich hochgefahren ist. Sie gibt ihre PIN ein, entsperrt die SIM-Karte, wartet, bis diese ein Netz gefunden hat und ist erneut erstaunt, dass es das in dieser Abgeschiedenheit gibt. Fünf neue Emails warten in ihrem Postkorb, und tatsächlich ist eine davon von ihrem Chef, eine andere von Paulhapunkt.

Mit klopfendem Herzen öffnet Josephine zunächst die Mail ihres Chefs, weil sie weiß, dass seine Reaktion sie weit weniger belasten wird als die ihres Liebsten. Mutig klickt sie auf den Betreff „Re: Auszeit".

Liebe Josephine, natürlich ist es schade, dass du in dieser spannenden Phase des Marken-Relaunches nicht dabei sein kannst.

Das hat er jetzt aber geschickt formuliert. Bei all der Arbeit, die dieser Relaunch bedeutet, wäre katastrophal wohl der passendere Ausdruck!

Aber wenn's hart auf hart kommt, geht das Privatleben vor. Selbstverständlich kannst du Urlaub nehmen.

Josephine verspürt einen Druck im Magen, der zu einem schlechten Gewissen gehört. Sie, die immer Zuverlässige, lässt ihren Chef im Stich. Wenn man es genau nimmt, sogar das gesamte Unternehmen, weil mit dem Relaunch schließlich die Zukunft ihres Arbeitgebers gesichert werden soll.

*Dennis hat bereits angeboten, die Präsentation auszu-
arbeiten, und das halte ich in Anbetracht der Tragweite des Projekts für die beste Lösung. Außerdem
kann er ja auf die Expertise von Frau Gutenberg-Voss
zurückgreifen.*

Josephine traut ihren Augen nicht, als sie das liest. Ist
Dr. Taler noch zu retten? Wie kann er nur so etwas behaupten? Glaubt er im Ernst, was er da schreibt?

*Mach dir also keine Gedanken und regele in Ruhe
deine Angelegenheiten. Ich hoffe, dass sich alles zu
deiner Zufriedenheit lösen lässt. Nimm dir die Zeit, die
du brauchst!*
Viele Grüße, Gernot

Perplex lässt sich Josephine gegen die Rückenlehne
der Bank sinken. Sie fragt sich, ob der gute Gernot ge-
trunken hat, als er die Mail schrieb. Sie liest sich die wenigen Zeilen noch einmal durch. Dieses Mal jedoch
langsam, damit ihr auch ja keine Silbe entgeht, die dem
Ganzen vielleicht einen Sinn gibt, den sie bislang nicht
entdecken konnte.

Wie kann Dr. Taler annehmen, dass er Heribert Cornelius mit dem Unsinn, den Dennis Reithofer zusammenschreiben wird, überzeugen kann? Dafür müsste
die Präsentation wenigstens nachvollziehbare Anga-
ben zu Maßnahmen und Kosten enthalten, weil selbst
die blödsinnigsten Ideen eine umsetzungsfähige Planung benötigen. So verstrahlt kann nicht einmal Dr.
Taler sein, zu glauben, dass er diesbezüglich etwas

Brauchbares von der Agentur erwarten kann, denkt Josephine.

Für einen Moment erliegt sie der Versuchung, anzunehmen, ihr Chef sei so sauer über ihr Fernbleiben, dass er ihr auf diese Weise eins auswischen will, indem er ihr beweist, wie gut er ohne sie klarkommt. Doch sie weiß, dass solche Hintergedanken nicht zu Dr. Taler passen.

„Der denkt tatsächlich, dass er auf meine Arbeitskraft verzichten kann. Sogar jetzt, wo die Zukunft der Personalvermittlung auf dem Spiel steht. Das ist schockierend!", murmelt Josephine entgeistert. Sie schluckt. Das wird sie erst einmal verdauen müssen.

Aber nicht jetzt. Jetzt braucht sie ihre Nerven, um Paulhapunkts Mail zu lesen und hoffentlich hart und konsequent zu bleiben, egal wie betroffen, beleidigt oder vollkommen hilflos er sich ohne sie anstellt.

„Hoffentlich macht er jetzt kein Riesendrama daraus", überlegt sie laut und klickt in ängstlicher Erwartung auf Paulhapunkts Antwort.

Die beginnt mit:

Meine liebe Josephine

Josephine atmet erleichtert aus. „Meine liebe Josephine" hört sich schon mal nicht nach Drama an.

Die Situation ist sicher nicht leicht für dich.

Sehr richtig! Wie gut, dass er endlich begreift, dass ich es auch nicht immer leicht habe, denkt sie mit Genugtuung. Schließlich ist Mutti bislang die Einzige, die pausenlos Anlass zur Klage haben darf – jedenfalls scheint das fester Bestandteil seines Weltbildes und dem seiner Mutter zu sein.

Ich kann verstehen, dass du Zeit für dich brauchst.

Schön, dass er endlich mal Verständnis für mich hat! Leider reicht mir das nicht mehr. Einen Partner, der darüber hinaus auch für mich da ist, fände ich besser. Aber vermutlich kommt die Stelle noch …

Deshalb wünsche ich dir, dass du die Ruhe findest, die du brauchst, um nachdenken zu können. Wenn ich etwas für dich tun kann, dann melde dich!
Dein Paulhapunkt

Josephine stiert auf die schwarze Schrift auf hellgrau leuchtendem Untergrund.

Das kann nicht wahr sein! Paulhapunkt, der Mann, mit dem sie ihr Leben verbringen will … oder wollte … sie ist sich da gerade nicht mehr so sicher … hat Verständnis dafür, dass sie eine Auszeit braucht? Und wenn sie etwas von ihm wolle, dann könne sie sich ja melden?

Ist der irre?

Dass Dr. Taler ein Vollpfosten ist, der jeden Kontakt zur Realität eingestellt hat, kann sie verkraften. Aber dass Paulhapunkt – ihr Paulhapunkt – nicht kapiert, dass es um ihre Beziehung geht und er ihr einfach nur eine gute Zeit wünscht, als würde ihn das alles nichts angehen, das ist … ja, also das ist … unfassbar!

Erschüttert lässt Josephine ihr Smartphone sinken.

„Bin ich wirklich so unwichtig?" Ungläubig schüttelt sie den Kopf. „Wozu habe ich mir eigentlich permanent den Hintern aufgerissen, wenn alle prima auf mich verzichten können? Wozu habe ich endlose Abende im Büro verbracht, weil die Personalabteilung es mal wieder nicht geschafft hat, die Inhalte für eine Broschüre, die zur Messe fertig werden sollte, pünktlich zu liefern? Oder weil der olle Terschewski aus dem Vertrieb den Anzeigenschluss im Kreisblatt von Hintertupfingen verschlafen hat, die Anzeige aber unbedingt am übernächsten Tag erscheinen sollte? Oder weil die Geschäftsausstattung des GFs von der Agentur in der falschen Schrifttype angelegt wurde, die Dr. Taler fehlerhaft für den Druck freigab, weil er meinte, so eine Kleinigkeit könne er ja mal eben selbst erledigen, was sich natürlich als Fehler herausstellte? Überhaupt die ständigen Korrekturen in den Entwürfen der Agentur, die die von ihnen selbst entwickelten Vorgaben des Corporate Designs nicht zu kennen scheinen, was mich oft den Feierabend gekostet hat … das war alles eigentlich gar nicht nötig gewesen, weil er ja prima ohne mich zurecht kommt?", sprudelt es aus Josephine heraus.

Von dieser schockierenden Erkenntnis wandern ihre Gedanken nahtlos zu ihrem Liebsten.

Und Paulhapunkt? Der Mann, der mich einst überredete, zu ihm zu ziehen, weil er ohne mich angeblich keinen Tag mehr sein wollte? Ihm zuliebe bin ich in diese furchtbare Wohnung gezogen! Ihm zuliebe beiße ich mir ständig auf die Zunge und mache gute Miene zum bösen Spiel, wenn seine Mutter ihre boshaften Seitenhiebe auf mich nicht lassen kann. Die hält Paulhapunkt natürlich stets für ein Versehen, weil seine Mutti der liebste Mensch auf der Welt ist, der mit allen Menschen klarkommt. Warum mir das nur nicht gelingt? Unzählige Male habe ich Verständnis gehabt und Rücksicht genommen – auf seine Situation, auf seine Bedürfnisse, auf sein ständiges Einknicken seiner Mutter gegenüber und auf die Krankheit seines Vaters. Ich dachte, ich müsse tolerant, dürfe nicht so egoistisch sein, müsse Geduld haben ... Warum nur habe ich das alles getan, wenn es auch ohne mich geht? Wenn es am Ende niemanden interessiert, ob ich da bin oder ein Frosch in einen Fischteich kotzt?", flucht Josephine laut.

Sie sitzt wie erstarrt auf der Bank, unfähig, sich zu rühren. Sie kann ihren eigenen Worten nicht glauben, denn sie sind ungeheuerlich.

„Nein, so kann es nicht sein! Ich muss etwas falsch verstanden haben. Das ist doch nicht möglich!"

Nach einer Zeit, die ihr wie eine Ewigkeit erscheint, kommt sie zu sich.

Sie zwingt sich von der Bank hoch. Für Quecke, Kletten, Giersch und Brennnesseln ist sie genau in der richtigen Stimmung! Denen wird sie den Garaus machen. Ihr blaues Wunder werden die erleben! So gnadenlos wurden sie noch nie gerupft und für alle Zeit von diesem Fleckchen Erde ausgerottet!

Wie in Trance schleppt sich Josephine zurück zum Kartoffelacker. Dort fischt sie nach den Handschuhen, packt die Schaufel und den Korb und fährt mit ihrer Arbeit fort.

Was bilden die sich eigentlich alle ein? Dass sie so leicht zu ersetzen ist? Na wartet!

Energisch sticht sie mit der Schaufel in den Sandboden, um ein Büschel Gras anzuheben und herauszuziehen. Dann folgen die Brennnesseln daneben. Mit Schwung landet alles im Korb.

„Was denkt sich mein Chef eigentlich? Dass er keine Marketingexpertin braucht, weil deren Arbeit ja von einer Agentur erledigt werden kann, die sich nicht mal in ihrem eigenen Geschäft auskennt, geschweige denn in dem einer Personalvermittlung?", schimpft sie laut.

Josephine reißt eine Ansammlung von Klee heraus, sticht Löwenzahn aus und wischt eine Handvoll Franzosenkraut mit einer energischen Bewegung vom Acker. In Windeseile füllt sich der Korb. Dann erreicht sie eine Stelle, die von kleinen Pappeltrieben durchdrungen ist, die so tief verwurzelt sind, dass selbst die schaufelschwingende Josephine an ihre Grenzen stößt. Trotzdem gibt sie nicht auf, buddelt noch tiefer und zerrt noch rabiater an dem hellen Grün, während sie an Paulhapunkt denkt.

„Glaubt der wirklich, dass er jemals eine Frau findet, die seiner Mutti genehm ist und mit der er eine richtige Beziehung führen kann?", fragt sie sich wutschnaubend.

Weil sie einen Pappeltrieb nicht richtig zu fassen bekommt und Teile der Wurzel im Boden bleiben, sticht sie fluchend noch heftiger mit der Schaufel zu, zerrt und reißt, um auch den letzten Rest des Grünzeugs vollständig aus dem Boden zu bekommen.

„Was meint das Muttersöhnchen wohl, wie einsam es ohne mich im Dachgeschoss seiner Eltern sein wird, wenn nur noch seine Mutti ihn besucht, die permanent etwas von ihm will?"

Ihr Korb ist längst bis obenhin gefüllt, aber Josephine hat keine Zeit, ihn auszuleeren. Gerade ist sie so schön in Fahrt!

„Paulhapunkt wird es noch bereuen, ein eigenes Leben an der Seite einer Frau, der er wirklich etwas bedeutet, aufgeben zu haben! Einsam wird er sein und verzweifelt, wenn ich erst weg bin!"

Mittlerweile wirft Josephine das Unkraut nur noch hinter sich, weil der Korb nichts mehr aufnehmen kann. Mit dem Aufsammeln wird sie sich später befassen, wenn sie mit dieser undankbaren Brut fertig ist, die sie jetzt mit Stumpf und Stiel ausrotten wird. Kein noch so kleiner vorwitziger Trieb wird ihr entgehen ...

Der Sand aus den Wurzeln spritzt nach allen Seiten und verteilt sich über ihr, als sie das Grünzeug hinter sich wirft, aber das stört sie nicht. Sie macht einfach immer weiter, bis sie plötzlich eine Männerstimme hinter sich hört.

„Sind Sie sicher, dass dieses Zeug auf die Gurken gehört?"

„Das sind Zucchini!", brüllt Josephine aufgebracht. Energisch fährt sie herum. „Wer sind Sie denn?", fragt sie überrascht, als sie sich einem Fremden gegenübersieht.

In seinem Anzug sieht er wie ein Gast aus, überlegt sie rasch und beschließt, sich zusammenzureißen. Schnell bemüht sie sich um ein kühles Lächeln, um ihre schroffe Anrede abzumildern. Dann zieht sie ihre Augenbrauen fragend hoch und schaut ihr Gegenüber unverwandt an, während sie seelenruhig auf seine Antwort wartet.

Jetzt einfach arrogant tun, denkt sie. Soll dieser Besserwisser sich ruhig wie der letzte Idiot fühlen. Was habe ich diese Leute gefressen, die einen erst zur Weißglut treiben, um dann verständnislos zu gucken, weil man sich aufregt. Na warte, Bürschchen, nicht mit mir!

„Riedl. Oliver Riedl", antwortet das Bürschchen freundlich. „Ich wollte nicht stören. Ich kam nur gerade vorbei, und dann flog plötzlich das hier durch die Luft." In seiner ausgestreckten Hand hält er ein Büschel Quecke. „Ich dachte, dass es vielleicht auf dem Kompost besser aufgehoben ist?"

Auch das noch! Der Unternehmensberater. Dass der sich auch in die Abläufe des Unkrautzupfens einmischt, wundert sie nicht.

Leider kann Josephine nicht verhindern, dass sie rot wird. Tapfer versucht sie, ihre gefühlte Gesichtsfarbe zu ignorieren.

„Unkraut auf den Kompost zu werfen, ist äußerst kontraproduktiv", doziert sie und versucht ein überlegenes Lächeln. „Es sei denn, Sie planen, das Zeug mit dem Verteilen der erzeugten Erde im gesamten Küchengarten auszuwildern."

Sie streckt dem Unternehmensberater die Hand entgegen, damit er die Quecke hineinfallen lassen kann.

„Tut mir leid, wenn ich Ihren Anzug ruiniert haben sollte", sagt sie und mustert ihn von oben bis unten. „Aber vielleicht ist das auch nicht der richtige Aufzug, um die Abläufe im Gemüsebeet zu rationalisieren?"

Josephine nimmt erstaunt zur Kenntnis, dass ihre Bemerkung den Unternehmensberater zum Schmunzeln bringt. Sie muss zugeben, dass ihn das sympathisch macht. Bis eben hat sie in ihm nur einen Anzugträger gesehen, der aussieht wie alle aussehen, mit denen sie tagtäglich zu tun hat: ordentlich frisiert, glattrasiert, mit frischem Hemd und gestreifter Krawatte zu einem Anzug in neutralen Farben und glänzend geputzten Schuhen. Doch jetzt sieht sie einen Mann mit einem fröhlichen Lächeln vor sich, der ihr sogar sympathisch sein könnte.

Sie mustert ihn unverhohlen. Er ist ungefähr so groß wie sie, scheint aber etwas älter zu sein, wie die Lachfältchen um die Augen und die angegrauten Schläfen verraten. Seine ansonsten dunkelbraunen Haare stehen in auffälligem Kontrast zu seiner hellen Haut, und die großen Augen mit dem warmen Lächeln scheinen irgendwie nicht zu dem kühlen Stil seiner Kleidung zu passen. Vielleicht hat er ein paar Kilo zu viel auf den Hüften, bemerkt Josephine kritisch, aber es steht ihm. Es macht ihn irgendwie menschlicher.

„Da kann ich Sie beruhigen", erklärt ihr Gegenüber unbekümmert. „Ich wollte nur meinen Kopf auslüften, bevor ich mit dem Workshop beginne. Und außerdem, wie Sie richtig bemerkt haben, kann ich nicht mal Zucchini von Gurken unterscheiden."

„Seit wann hält Unkenntnis einen Unternehmensberater davon ab, zu tun, was er sich zu tun vorgenommen hat?", kontert Josephine reflexartig. Dann beißt sie sich auf die Lippen. „Tut mir leid", sagt sie zerknirscht. „Das war nicht nett. Sie haben mich in einem ungünstigen Moment erwischt."

Der Unternehmensberater scheint ihr die Bemerkung nicht übel zu nehmen. „Was ist passiert? Sind Sie an einen meiner Kollegen geraten?", fragt er und grinst spitzbübisch.

Damit wird er Josephine gleich noch ein bisschen sympathischer.

„Nein, ich muss zugeben, dass weder Sie noch Ihre Kollegen etwas für meine Verfassung können", seufzt sie. „Leider bin ich selbst schuld daran, weil ich mich für Menschen aufreibe, die nicht zu schätzen wissen, was ich für sie tue."

„Dann wünsche ich Ihnen, dass Sie andere Menschen finden, die Sie mehr zu schätzen wissen", antwortet er.

Josephine lächelt verkrampft und zuckt die Schultern. Da sie das Thema nicht weiter diskutieren möchte, macht sie eine wegwerfende Handbewegung.

„Vergessen Sie es", sagt sie, lächelt ihm noch einmal kurz zu, dreht sich um und macht sich wieder an die Arbeit.

6

Als Josephines Smartphone vibriert, ist sie sofort hellwach. Sie schaut auf ihre Armbanduhr. Es ist erst fünf Minuten vor acht am Abend. Sie muss eingeschlafen sein, obwohl sie sich eigentlich nur kurz auf ihr Bett legen wollte, um sich auszuruhen. Die ungewohnte körperliche Arbeit scheint ihren Tribut gefordert zu haben.

Ob Paulhapunkt anruft?

Mit einem Satz springt sie vom Bett auf und läuft hinüber zu dem kleinen Tisch, über den ihr vibrierendes Smartphone alle paar Sekunden ein Stückchen weiter wandert. Energisch ergreift sie es und schaut hoffnungsvoll auf das Display. Leider ist es nur Friederike.

Für einen Augenblick ist sie versucht, einfach nicht dranzugehen. Doch weil ihre Schwester es fertigbrächte, mitten in der Nacht ein weiteres Mal anzurufen, entschließt sich Josephine zähneknirschend, das Telefonat hinter sich zu bringen.

Ob Friederike jetzt ihren alten Walkman für Reto haben will, den der absolut indiskutabel finden wird, weil er niemals mit solcherlei Vorkriegsware bei seinen Freunden auftauchen würde? Abgesehen davon, dass er vermutlich nicht einmal weiß, was eine Musikkassette ist?

„Hallo Schwester", meldet sich Josephine und bemüht sich, ein Gähnen zu unterdrücken.

„Habe ich dich schon wieder geweckt?", fragt Friederike erstaunt. „Dabei habe ich extra noch vor der Gameshow angerufen."

„Du guckst Gameshows?", fragt Josephine erstaunt.

„Quatsch!", weist Friederike sie zurecht. „Meine Kinder natürlich. Die sind verrückt danach."

„Ach so." Josephine ist beruhigt. Wenn ihre Schwester plötzlich anfinge, etwas so Gewöhnliches zu tun, wie Samstag Abend vor dem Fernseher zu sitzen, um sich eine Show für die ganze Familie anzusehen, würde sie anfangen, sich ernsthaft Sorgen zu machen.

„Was kann ich heute für dich tun?", fragt sie und hofft, dass ihre Frage nicht so genervt klingt, wie sie sich fühlt.

„Nichts. Ich wollte nur mal hören, wie es dir geht."

Josephine ist überrascht. Sie überschlägt im Geiste die wenigen Male, die sie in den letzten zwanzig Jahren, seit sie von zu Hause ausgezogen ist, mit ihrer Schwester telefoniert hat. Vermutlich könnte man die Zahl fast noch mit den Fingern ihrer beiden Hände abzählen. Dabei hat Josephine nichts gegen Friederike, und sie freut sich, wenn es ihr gutgeht. Aber telefonieren? Wozu?

„Hast du mittlerweile herausbekommen, wie der Ort heißt, an dem du bist?", fragt Friederike.

„Wanne-Eickel", platzt Josephine heraus.

„Echt?", ruft Friederike erstaunt. „Ich dachte, der Name ist gar nicht mehr gebräuchlich, weil der Ort seit den Siebzigern zu Herne gehört. Und dort gibt es noch nicht einmal einen Supermarkt?"

Josephine reibt sich das Gesicht.

Genau das ist das Problem, überlegt sie. Meine Schwester und ich leben in verschiedenen Universen. Jeder andere Mensch in meinem Bekanntenkreis hätte gewusst, dass ich diese Bemerkung unmöglich ernst gemeint haben kann. Dafür hätte vermutlich niemand anderes sagen können, von welchem unbedeutenden Kaff Wanne-Eickel ein unbedeutender Vorort ist und vor allem seit wann!

„Ich bin müde. Die ungewohnte Arbeit macht sich bemerkbar", versucht Josephine das Thema zu wechseln, weil sie nicht mit ihrer Schwester über Wanne-Eickel diskutieren möchte.

„Hat sie dich wenigstens vom Grübeln abgehalten?", fragt Friederike.

„Ehrlich gesagt ... nein. Man kann beim Abwaschen und Eier einsammeln wunderbar ein paar Probleme wälzen. Während Unkraut zupfen und Klo schrubben eher etwas für die Seelenhygiene ist, weil man hier seine Aggressionen besser loswird."

„So habe ich das noch nie gesehen." Friederike scheint beeindruckt von Josephines Erkenntnissen zu sein. „Das werde ich bei meinem nächsten Hausputz zwischen Weihnachten und Neujahr ausprobieren. Aber die Hauptsache ist, dass es dir besser zu gehen scheint."

„Ich denke, das tut es. Ich sehe Einiges klarer", stimmt Josephine zu.

„Und was ist das genau?", will Friederike wissen.

„Dass es so nicht weitergeht", stellt Josephine fest.

„Hört sich vernünftig an."

„Genau." Plötzlich ist Josephines Müdigkeit wie weggeblasen und sie spürt erneut heiße Wut in sich hochsteigen. „Ich lasse mir das nicht mehr bieten! Schließlich kann ich etwas! Ich bin es wert, geschätzt zu werden", erklärt sie ihrer Schwester leidenschaftlich.

„Genau", bestätigt Friederike.

„Paulhapunkt kann froh sein, dass ich es immer noch bei ihm aushalte. Welche andere Frau würde das mitmachen, mit seinen Eltern unter einem Dach zu leben, wenn auch noch ständig der alte Drache auf der Matte steht und irgendetwas will?", schimpft Josephine. „Ja, er sieht gut aus, er verdient viel Geld, er hat Familiensinn, er ist der Prototyp des Schwiegermutter-Lieblings. Ich weiß, dass mich viele Frauen um ihn beneiden. Wenn schon! Bin ich etwa nichts? Ich sehe auch gut aus ..."

„Besser!", wirft ihre Schwester ein.

„... und ich verdiene auch nicht schlecht. Natürlich nur einen Bruchteil von dem, was Paulhapunkt nach Hause trägt, aber für mich reicht es. Außerdem bin ich nett, sogar zu seiner Albtraum-Mutter, und die dummen Sprüche seines Vaters toleriere ich ebenfalls, obwohl der richtig nerven kann. Das alles mache ich für meinen Liebsten. Aber er? Was macht er eigentlich für mich?"

Josephine denkt über diese Frage nach, und tatsächlich will ihr gerade nichts einfallen, was sie ihrem Partner in dieser Hinsicht zugutehalten kann.

„Außerdem, wo wäre er ohne mich? Allein, in seiner kleinen Butze unterm Dach, mit seinen Eltern, die ihm oft genug auf den Wecker gehen, wie er selbst behauptet. Und das mit zweiundvierzig! Als Führungskraft in einem internationalen Konzern! Das ist nix, was man bei einem Geschäftsessen stolz von sich gibt. Kann er nicht froh sein, dass ich sein Leben teile und außerdem versuche, ihn aus seinem Loch herauszuholen? Schließlich will er das angeblich selbst. Er schafft es nur nicht alleine, weil er ein Weichei und ein Muttersöhnchen ist. Jawohl! Doch anstatt mir dankbar zu sein, tut er so, als wäre ich nichts als eine weitere Belastung für ihn. Wieso macht er das?"

„Menschen tun oft seltsame Dinge", gibt sich Friederike philosophisch.

Ungerührt fährt Josephine fort: „Bei meiner Arbeit ist es kein bisschen anders. Wo wäre das Marketing der Personalvermittlung Cornelius ohne mich? Wo? Dr. Taler kann ja nicht einmal Briefpapier bestellen, ohne für einen Vermögensschaden zu sorgen. Geschweige denn darauf achten, dass seine unfähige Lieblings-Agentur das von ihr selbst entwickelte Corporate Design einhält. Wenn es nach denen ginge, würden wir die Öffentlichkeit bei jeder Anzeigenschaltung mit einer komplett neuen Gestaltung erfreuen. Ein unvoreingenommener Beobachter müsste auf die Idee kommen, dass wir ganz viele sind und Personalvermittlungen wie Pilze nach einem warmen Spätsommerregen aus dem Boden schießen!"

„Vielleicht stehen die in der Agentur auf Pilze?", überlegt ihre Schwester.

Josephine stutzt: Das könnte vieles erklären!

„Aber das ist ja nicht einmal das Schlimmste", ereifert sie sich. „Habe ich dir schon erzählt, dass wir mal einen Bewerber hatten, der dachte, wir wären eine Teppichreinigungsfirma, die sich auf schwierige Flecken in

der Auslegware von Clubs im Rotlicht-Milieu speziali-
siert hat?"

„In echt? Wie kam er darauf?"

„Weil die bescheuerte Agentur für das Logo die Ab-
kürzung ‚PVC' für ‚Personalvermittlung Cornelius' ge-
wählt hat. Die fanden das witzig! Und im Zusammenhang mit einer Kampagne, wo eine vollbusige Blondine
lasziv mit einem Schraubenschlüssel posierte, war
diese Annahme sogar naheliegend!"

Josephine denkt daran, wie Dennis Reithofer es tatsächlich fertiggebracht hatte, das gut bestückte Model
im offenherzig aufgeknöpften Blaumann mit einem
mächtigen Schraubenschlüssel in der Hand auf der
Motorhaube eines Rennwagens unter der Überschrift
„Du kannst mich mieten" zu platzieren. Mit dem Unter-
titel „Arbeitnehmerüberlassung neu gedacht"! Zugegeben, die Kampagne hatte zu beachtlicher telefonischer
Resonanz geführt. Allerdings waren die meisten Anru-
fer ziemlich sauer gewesen, weil sie nicht mit der Dame
verbunden worden waren. Eingestellt wurde die Kampagne jedoch erst, als sich die Gattin von Herrn Cornelius darüber beschwerte, dass ihre Freundinnen im Spa
gefragt hatten, in welchem Gewerbe ihr Mann tätig sei
und ob sie sich einst bei der Arbeit kennengelernt hätten.

„Ist das denn schlimm, wenn jemand sowas denkt?",
unterbricht Friederike die Gedanken ihrer Schwester.

„Es ist eine Katastrophe!", echauffiert sich Josephine.
„Welcher Firmenkunde soll da noch auf die Idee kom-
men, sein Personalproblem ausgerechnet mit unserer
Hilfe lösen zu wollen?"

„Ein Bordell vielleicht?"

Josephine seufzt. Manchmal ist ihre Schwester nervenzerfetzend. „Friederike! Wenn ein Bordell ein Nachwuchsproblem hat, wird es wohl eher auf einschlägig bekannte Menschenhändler zurückgreifen, als auf ein Unternehmen, dessen Geschäftsführung noch nicht einmal im Knast saß oder jemanden umgebracht hat. Uns fehlt die Reputation für so etwas! Da kann ich auch mit Marketing nicht viel machen.“

„Ach so.“

Diese Erklärung scheint Friederike einzuleuchten, und darüber ist Josephine froh. Einer längeren Diskussion auf dieser Ebene der Realitätswahrnehmung fühlt sie sich nach dem anstrengenden Tag nicht gewachsen. Ob Dr. Taler sich gut mit ihrer Schwester verstehen würde, wenn die beiden einmal aufeinanderträfen?

„Aber das ist ja auch gar nicht wichtig“, hört sie Friederike in ihre Gedanken hinein sagen. „Denn eigentlich geht es ja um etwas anderes.“

„Genau“, bestätigt Josephine und lächelt zufrieden wie eine Lehrerin, die einem Schüler nach langen, aufreibenden Mühen beigebracht hat, den Füller zu halten, ohne sich beim Schreiben damit zu verletzen. Sollte es ihr wirklich gelungen sein, zu ihrer Schwester durchzudringen, damit die sie versteht?

„Nämlich darum, dass du weißt, was du wert bist und was du willst.“

„Absolut!“, muss Josephine ihr recht geben.

„Und deshalb suchst du dir jetzt einen neuen Job, in dem du und deine Qualitäten geschätzt werden“, stellt Friederike fest. „Hm. Weißt du schon, was du machen willst? Vielleicht in diesem Landhotel bleiben?“

„Bist du verrückt? Was soll ich hier?" Josephine rollt ihre Augen gen Himmel. „Ich bin doch nicht plötzlich bescheuert geworden! Ich habe einen gut bezahlten Job. Weißt du, wie schwierig es ist, heutzutage im Kommunikationsbereich etwas zu finden, wovon man auch noch leben kann?"

Friederike ist verwirrt. „Ja, aber ... was willst du denn sonst tun?"

Das weiß Josephine genau.

„Ich werde Dr. Taler zeigen, was ich wert bin! Er wird einsehen müssen, was er an mir hat und was diese unsägliche Agentur nicht hat, nämlich fundierte Marketingkompetenz. Und außerdem eine Mitarbeiterin, die zuverlässig funktioniert. Immer! Eine, die weiß, was sie tut, und vor allem eine, die er dringend braucht, um selbst nicht unterzugehen. Warum soll ich woanders von vorne anfangen, um meine Qualitäten zu beweisen? Das habe ich in den letzten Jahren bei meinem Arbeitgeber schließlich ausreichend getan. Pausenlos habe ich Brände ausgetreten, die mein Chef gelegt hat, weil er mal wieder keine Ahnung von nichts hatte. Ich habe für ihn Projekte durchgezogen, mit deren Ergebnissen er vor dem GF glänzen konnte. Ich habe Unmögliches möglich gemacht und für jedes Problem eine Lösung gefunden. Immer!" Josephine holt tief Luft. „Aber ich habe es ihm zu leicht gemacht. Bevor er überhaupt ahnte, was als nächstes auf der Tagesordnung stand, hatte ich es schon für ihn vorbereitet. Er musste nur noch abnicken, was er im günstigsten Fall auch kommentarlos tat, wenn ihn die Planung seiner nächsten Urlaubsreise mehr beschäftigte als der schnöde Arbeitsalltag. Wenn ich Pech und er gerade Langeweile hatte, hat er noch seinen wenig zielführenden Senf hinzugeben. Aber selbst diesen Mist habe ich immer noch irgendwie verwursten können! Klaglos und zuverlässig habe ich ihm alles hinterhergetragen und jedes Konzept und jede Präsentation zusammengeschrieben, mit der er beim Geschäftsführer vorsprach, damit er und seine Abteilung einen halbwegs sortierten Eindruck machten."

„Warum sagst du ‚halbwegs sortiert'? So wie ich dich kenne, hast du ihn perfekt präpariert. Du kannst ruhig positiver von deinen Leistungen sprechen", ermuntert Friederike sie.

Da muss Josephine widersprechen. „Bin ich Jesus? Er ist schließlich immer noch derselbe Mensch, nur eben dank meiner Vorarbeit mit vernünftigen Unterlagen. Sobald er meint, mündlich etwas ergänzen zu müssen, bin ich machtlos!"

„Aber für das, was dein Chef tut, kannst du nix. Das muss er selbst wissen, oder?"

„Genau das ist das Problem", antwortet Josephine gereizt. „Er weiß es nämlich nicht! Er hat nicht die geringste Ahnung, was für einen Blödsinn er und sein Busenfreund Dennis aushecken, sobald sie die Gelegenheit dazu haben, was leider viel zu häufig vorkommt. Aber ich kann ihnen schließlich nicht verbieten, miteinander zu telefonieren, obwohl uns das eine Menge Ärger ersparen würde."

„Du könntest es versuchen?"

Josephine rollt ihre Augen. „Dann smsen oder twittern sie. Jeder weiß, dass das heutzutage mindestens genauso verheerende Auswirkungen haben kann!"

Sie atmet tief durch, um sich zu beruhigen.

„Nein, ich werde etwas anderes tun. Ich werde die Samthandschuhe ausziehen, meine gute Kinderstube vergessen und Dr. Taler knallhart vor Augen führen, was bei uns schiefläuft. Schließlich gibt es allgemeingültige Grundsätze einer vernünftigen Markenführung, auch wenn Dennis und er die nicht kennen. Dann werden sie sie eben kennenlernen! Ich war immer viel zu zurückhaltend, aber nun werde ich kein Blatt mehr vor den Mund nehmen. Ich werden ihm beweisen, welche immensen Kosten die Agentur verursacht und dass wir rein überhaupt keinen Nutzen davon haben. Vom Aufbau eines Images als seriöser und kompetenter Dienstleister ganz zu schweigen! Ich werde ihm die Zahlen unseres Controllings um die Ohren hauen, dass es nur so rumst! Zahlen versteht er wenigstens. Und so fett und rot, wie ich ihm die direkten und indirekten Agenturkosten unter die Nase reiben werde – zum Beispiel das, was uns diese dämliche Sonderfarbe Gold beim Logo-Druck zusätzlich seit Jahren kostet – kann er gar nicht anders, als endlich zu kapieren, dass die biblischen sieben Plagen auch nicht verheerender waren als die Ratschläge dieser Agentur. So! Und während er noch damit beschäftigt ist, zu erkennen, wie viel Geld er diesem Smaug der Werbeindustrie sinnlos in den goldgierigen Rachen wirft, werde ich ihm mal ein paar Takte zu seinen blödsinnigen Workshop-Ergebnissen erzählen! Ich werde ihm klarmachen, dass Reithofers bekloppte Vorschläge allen Grundsätzen moderner Markenführung widersprechen und auch dieser schwachsinnige Versuch, endlich in die ‚Bundesliga des Personalvermittlungsgeschäfts‘ aufzusteigen, nur scheitern kann, eben deshalb, weil der Versuch schwachsinnig ist! Und bleibt! Und immer sein wird! Basta! Schließlich wäre er der erste und vermutlich bis ans Ende des Bestehens unseres Sonnensystems auch der letzte Marketingverantwortliche, der es schaffte, mit Reithofer & Friends eine Marke zu etablieren, die nicht Inkompetenz und Blödheit im Markenkern hat! Jawohl!"

Josephine könnte diesen Vortrag stundenlang weiterführen, allerdings muss sie zwischendurch Luft holen. Diese Pause nutzt Friederike.

„Puh, da hast du dir ordentlich was vorgenommen."

„Stimmt! Aber etwas anderes bleibt mir wohl nicht übrig, wenn ich verhindern will, dass alles so weiterläuft wie bisher."

„Hm", brummt Friederike nachdenklich. „Und was machst du, wenn er nicht will?"

„Wie? Nicht wollen?" Josephine versteht nicht, worauf ihre Schwester hinauswill.

„Naja, es könnte immerhin sein, dass ihn vernünftige Argumente nicht interessieren. Dass er trotzdem an seinem Vorgehen und an der Agentur festhält. Das hat er doch bislang auch getan."

Josephine ist verwirrt. Was hat denn das mit wollen zu tun? Wenn sie Dr. Taler mit der Nase in die Scheiße drückt, die er angestellt hat, so wie ihre Mutter das einmal mit ihrem alten Kater Alfons getan hatte, als der schon wieder aus lauter Frust über das Katzenfutter, das er nicht mochte, mitten auf den Wohnzimmerteppich gekackt hat, dann kann er doch schlecht nicht wollen, oder?

„Richtig! Weil ich immer zu höflich war, um ihn unmissverständlich auf die Konsequenzen seiner Inkompetenz hinzuweisen und außerdem viel zu zurückhaltend, um meine fachlichen Fähigkeiten vor ihm und der Agentur-Dumpfbacke auszubreiten. Das ist nämlich das Problem: Keine Frau, die auf sich hält, würde ständig mit ihrem Wissen und ihren Leistungen prahlen. Schon gar nicht würde sie anderen pausenlos Vorträge darüber halten, was die alles falsch machen. Aber das ist ein Fehler! So lernt mein Chef nichts! Deshalb werde ich zukünftig, wenn er Schwachsinn erzählt, diesen auch als solchen benennen!"

„Es ist bestimmt hilfreich, ohne falsche Bescheidenheit zu dem zu stehen, was man kann", stimmt ihr Friederike zu. „Und zu sagen, was einem auf dem Herzen liegt, ist gut gegen Magenprobleme."

„Richtig!", stellt Josephine resolut fest.

„Außerdem kann Dr. Taler bestimmt eine Menge lernen, wenn du ihm das mit dem Relaunch-Dingens noch mal erklärst", überlegt Friederike weiter. „Trotzdem: Männer sind manchmal eigen. Sie lassen sich nicht gerne vor Augen führen, was sie falsch machen. Auch wenn es offensichtlich ist. Als ich Gottfried vor vielen Jahren einmal sagte, dass es böse ins Auge gehen kann, wenn er auf einem wackeligen Gartentisch Sprengsätze für die nächste Friedensdemo zusammenbaut, war er total sauer und meinte, mir fehle der revolutionäre Geist. Dabei weiß jedes Kind, dass Nitroglycerin bei Erschütterungen sensibel reagiert. Und Volker konnte ich nicht davon abhalten, Strommasten anzusägen, obwohl er nicht einmal wusste, wie man einen Baum kontrolliert fällt. Dass Strommasten allein schon deshalb gefährlich sind, weil sie Stromleitungen tragen, fand er irrelevant und meinte, ich solle nicht so klugscheißern. Gemacht hat er es trotzdem, und es wäre auch beinahe schiefgegangen, weil der Mast zur falschen Seite kippte. Aber daran war ja nicht er schuld, sondern die Leute, die den Mast aufgebaut hatten. Die hatten seiner Meinung nach furchtbar geschlampt, was er für ein Verbrechen hielt."

Josephine läuft es kalt den Rücken herunter. Ihr wäre es lieber, sie hätte nicht gewusst, in welcher Lebensgefahr ihre Schwester ein ums andere Mal geschwebt hatte. Auch wenn sie ihr manchmal so fremd war wie eine Außerirdische – Schwester ist nun einmal Schwester!

„Glaube mir, Josephine, wenn Kerle etwas unbedingt durchziehen wollen, dann sind sie taub für Logik und Vernunft. Da kannst du dir den Mund fusselig reden. Soweit ich weiß, ist daran irgendein Gen Schuld."

„Mag sein. Aber ich kann mir Dr. Taler nur schwerlich beim abendlichen Molotow-Cocktail-Bauen im heimischen Keller vorstellen. Ich glaube, aus dem Alter ist er raus", entgegnet Josephine schnippisch. „Irgendetwas muss ich tun! Oder soll ich mich einfach mit den Verhältnissen abfinden? Das rätst ausgerechnet du mir?"

„Quatsch! Natürlich musst du etwas unternehmen. Ich will ja bloß nicht, dass du dir selbst schadest."

„Keine Sorge! Ich habe nicht vor, Strommasten ohne die nötigen Vorkenntnisse anzusägen", beruhigt Josephine sie. „Und wenn Dr. Taler das versuchen sollte, werde ich schnell Reißaus nehmen."

Friederike seufzt: „Ich finde, dass du zu negativ an die Sache herangehst."

Josephine schweigt bockig.

„Zumindest befürchte ich, dass dein Chef das so sehen könnte", fügt Friederike begütigend hinzu. „Stell dir vor, du stellst dich vor ihn hin und tischst ihm all das auf, was du mir vorhin erzählt hast: Er macht alles falsch, er hat keine Ahnung, seine Agentur auch nicht, und du findest ihn blöd. Mann, Josephine! Das ist zu viel Frust für einen Mann. Und besonders für einen Chef."

Josephine dreht ihre Augen gen Himmel. Erstens hatte sie nie vor, ihre Anmerkungen so ungeschönt wie eben vorgetragen zu formulieren, und zweitens kann sie nichts dafür, wenn ihr Chef ein Sensibelchen ist. Für seine Inkompetenz ist sie ja auch nicht verantwortlich.

„Also, was schlägst du vor?", fragt sie unwirsch.

„Ich vermute, es bringt nichts, über die Fehler der Vergangenheit zu streiten. Vielleicht wäre es besser, du konzentrierst dich auf einen neuen, zukunftsweisenden Weg?"

„Einen neuen Weg?", fragt Josephine erstaunt. „Du meinst also", beginnt sie langsam, „ich sollte ihm lieber nicht erklären, was alles falsch läuft mit der Agentur und dem Relaunch und so ..."

„Richtig", fällt ihr Friederike ins Wort, „weil Chefs es nicht mögen, wenn man ihnen mit Problemen kommt. Nicht mal dann, wenn sie sie selbst verursacht haben. Die meisten mögen Lösungen lieber. Ist es nicht so?"

Josephine nickt verstehend, auch wenn ihre Schwester das nicht sehen kann. „... und deshalb sollte ich ihm nicht erklären, was falsch läuft, sondern lieber, wie man die Marke richtig aufbaut? Was einen gelungenen Positionierungsprozess ausmacht? Wie ein Relaunch normalerweise funktioniert, wenn man eine fähige Agentur an seiner Seite hat?"

„Nicht direkt", unterbricht Friederike schnell, aber Josephine ist so fasziniert von der Idee, die sich gerade in ihrer Vorstellung aufbaut, dass sie den Einwand gar nicht wahrnimmt.

„Aber natürlich!" Sie schlägt sich die Hand vor die Stirn. „Ich werde meinem vertrottelten Chef die Lösung all seiner Probleme servieren", überlegt sie begeistert. „Ich skizziere ihm ein Vorgehen für den Relaunch, das sogar er versteht und das mit finanziellen Mitteln umsetzbar ist, die ihn nicht in Erklärungsnöte gegenüber dem Geschäftsführer bringen. Ich werde ihm erklären, wie die Identifizierung des Marken-Kerns funktioniert, wie man daraus einen relevanten Kundennutzen ableitet und einen einlösbaren USP entwickelt. Darüber hinaus werde ich ihm zeigen, wie wir den Relaunch-Prozess selbst als Story inszenieren können, um so über gezielte Öffentlichkeitsarbeit via Social Media, die uns nur wenig kostet, unsere Zielgruppe in den Prozess mit einzubeziehen. Auf diese Weise könnten wir für viel Aufmerksamkeit und Reichweite sorgen", schwärmt sie.

Friederike versucht, sie zu unterbrechen: „Ich habe das ein bisschen anders gemeint ...", beginnt sie, aber weiter kommt sie nicht. Josephine ist in ihrem Element und nicht zu bremsen.

„Ich werde Dr. Taler ein Konzept fix und fertig auf den Tisch knallen, dem er nur noch zustimmen kann! Das Ding wird mein Meisterwerk. Die Präsentation von Reithofer & Friends wird daneben aussehen wie das

Machwerk eines Schülerpraktikanten, was es vermutlich auch ist!"

Friederike holt Luft für einen neuerlichen Versuch, etwas einzuwerfen, doch ihre Schwester redet einfach weiter.

„Darüber hinaus werde ich eine detaillierte Budget-Planung dranhängen und das Ganze mit einer Zieldefinition versehen, die so verlockend ist, dass sie sogar Cornelius begeistern wird. Juhu! Danke Schwester! Tolle Idee!"

Am anderen Ende der Leitung ist ein leises Seufzen zu hören. „Das war es eigentlich nicht, was ich sagen wollte."

„Egal", wischt Josephine den Einwand großzügig beiseite. „Du hast mich auf die richtige Fährte gesetzt. Ich weiß jetzt, was ich tun werde!"

„Vielleicht solltest du nichts überstürzen und erst noch ein bisschen Abstand gewinnen", versucht Friederike sie zu bremsen.

„Natürlich", beruhigt Josephine sie. „Ich habe nicht vor, gleich wieder nach Hause zu reisen."

„Dann ist es ja gut." Friederike wirkt erleichtert.

„Hier habe ich viel mehr Ruhe, um das Konzept zu basteln, als wenn ich das im Büro machen müsste, während Dr. Taler mich andauernd mit seinen spinnerten Ideen nervt", erklärt Josephine.

„Aber musst du im Landhotel nicht auch den ganzen Tag arbeiten?", fragt Friederike.

„Schon", bestätigt Josephine. „Aber dabei kann ich prima nachdenken. Meine Einfälle diktiere ich in mein Smartphone, und in den Pausen tippe ich dann alles Verwertbare in den Rechner."

Noch einmal hört Josephine ein leises Seufzen durchs Telefon.

„Du musst tun, was du tun musst", meint ihre Schwester resigniert.

„Genau! Und jetzt muss ich schlafen. Danke für deine Hilfe, Schwesterherz", verabschiedet sie sich bester Dinge.

Dann fällt ihr noch etwas ein. „Übrigens: Ich bin hier gar nicht in Wanne-Eickel. Das habe ich vorhin nur so gesagt."

„Weiß ich doch", antwortet Friederike. „Wanne-Eickel galt schließlich mal als Großstadt. Einen Supermarkt haben die dort bestimmt!"

7

„Ausgangspunkt eines gelungenen Relaunches ist die sorgfältig herausgearbeitete Marken-DNA der Personalvermittlung Cornelius", diktiert Josephine via Headset in ihr Smartphone, während sie den Camembert aus der Folie nimmt und in der Mitte der Käseplatte platziert.

„Marken-DNA ..."

Josephine wiederholt das Wort und lässt es genießerisch auf der Zunge zergehen. Ein zufriedenes Lächeln breitet sich auf ihrem Gesicht aus.

Auf so etwas steht Dr. Taler, das weiß sie mit Sicherheit. Die Begrifflichkeiten in ihrem Konzept müssen sich wahnsinnig wichtig und unheimlich professionell anhören, dann wird alles andere zur Nebensache. Deshalb darf so ein stylisher Begriff wie „Marken-DNA" auf gar keinen Fall im Exposé fehlen!

Als ein Piepton anzeigt, dass der Backofen die gewählte Temperatur erreicht hat, schiebt Josephine die hellen kleinen Teigklöße, aus denen in einer knappen Viertelstunde wunderbar frische Brötchen fürs Frühstücksbuffet werden, hinein. Dann wendet sie sich wieder der Käseplatte zu, die sie mit aufgeschnittenen Radieschen und etwas Petersilie garniert. Zufrieden mit der optischen Qualität ihrer Arbeit ergreift sie die

Platte schwungvoll und trägt sie stolz vor sich her durch die Schwingtür in den Speiseraum. Dort steuert sie auf den mit bodenlangen weißen Decken verhüllten Tisch zu, auf dem sie das Frühstücksbuffet anrichtet. Fischfilets, Aufschnitt, Marmelade, verschiedene Müsli-Sorten, eine Quarkspeise, diverse Joghurts und verschiedene Brotsorten stehen bereits an ihrem Platz. Es fehlen nur noch die Brötchen, Eier, Säfte und der Obstsalat, den sie als nächstes zubereiten wird.

Eifrig eilt Josephine zurück in die Küche und nimmt sich das Obst vor. Sie legt Schneidebrett und Messer zurecht, tippt zur Fortsetzung der Aufnahme auf ihr Smartphone und diktiert dem Gerät weitere Gedanken zum Relaunch-Prozess.

Seit dem Telefonat mit ihrer Schwester, in dem die Idee entstand, ihren Chef mittels „einer Lösung für alle seine Probleme" von einem sinnvollen Vorgehen zum Marken-Relaunch zu überzeugen, hat sie kaum noch an etwas anderes gedacht. Noch in derselben Nacht hatte sie mit einem Konzept begonnen, obwohl sie wusste, dass sie um halb sechs aufstehen musste, um Agata beim Aufbau des Frühstücksbuffets zu helfen. Aber die Aussicht darauf, endlich etwas tun zu können, um ihrer frustrierenden beruflichen Situation ein Ende zu bereiten, hatte sie wachgehalten.

„Ich werde eine mitreißende Story um den Relaunch entwickeln und mithilfe ausgeklügelter Guerilla-Taktiken für eine große virale Verbreitung sorgen. Am Ende wird die Personalvermittlung Cornelius als kleiner, aber dynamischer und kompetenter Partner im Markt der Personaldienstleister wahrgenommen werden, der eine relevante Nische überzeugend bedient. Anders ausgedrückt: Die Personalvermittlung Cornelius wird endlich den Weg vom Regionalligisten in die Bundesliga antreten! Jawohl! Dorthin, wo Dr. Taler das Unternehmen angeblich schon bei meiner Einstellung vor sieben Jahren positionieren wollte, es aber aus hinlänglich bekannten Gründen nicht geschafft hat!", erklärt sie dem Apfel, während sie ihn entkernt und in kleine Stücke schneidet.

Das einzige Problem, das Josephine noch Kopfzerbrechen bereitet, ist die nicht von der Hand zu weisende Befürchtung ihrer Schwester bezüglich der mangelnden Kritikfähigkeit ihres Chefs.

„Es muss mir irgendwie gelingen, Dr. Taler ‚abzuholen‘, und das bedeutet, dass er auch ein paar seiner eigenen Gedanken in dem Konzept wiederfinden muss", überlegt sie. Das würde nicht leicht werden! Aber auch dafür würde sich eine Lösung finden ...

Mit dieser Zuversicht gesegnet sprudeln die Ideen nur so aus Josephine heraus, während sie den appetitlich angerichteten Obstsalat zusammen mit den frisch gebackenen Brötchen und dem Eierkorb auf ein großes Tablett packt und die Küche verlässt.

„... und gaaanz wichtig: Hinter jede Position kommt ein Euro-Betrag für die Kosten und der prozentuale Zielerreichungsgrad im Hinblick auf das Gesamtergebnis, das ich eingangs definiert habe. Die Aufstellung muss idiotensicher sein, sonst kapiert Dr. Taler das wieder nicht. Zu guter Letzt bastele ich noch einen Chart mit einer Gegenüberstellung der Aufwände, die mit der Planung der Nullnummer Reithofer verbunden sind, und denen, die mein Konzept kostet. Spätestens da müsste selbst meinem Chef ein Licht aufgehen und Cornelius nervös werden, weil's schließlich um seine Kohle geht", erklärt Josephine, während sie die Frühstücksutensilien auf dem Buffet verteilt.

„Wenn es sich dabei um ein Führungsproblem handeln sollte, kann ich vielleicht behilflich sein?"

Josephine fährt herum. Erschrocken starrt sie den Mann an, der unbemerkt den Raum betreten hat. Erstaunt blickt der zurück, dann scheint er zu begreifen.

„Es tut mir leid. Ich bin davon ausgegangen, dass Sie mich gehört haben, als ich hereinkam." Er lächelt entschuldigend.

Josephine schiebt sich das Headset vom Kopf und starrt den Unternehmensberater irritiert an, den sie vor zwei Tagen versehentlich mit Quecke beworfen hat.

Mit einer ausgeprägten Beobachtungsgabe scheint er nicht gesegnet zu sein, stellt sie im Stillen fest. Und mit besonders viel Empathie auch nicht, wenn er es für wahrscheinlich hält, dass ich seelenruhig mit dem Obstsalat darüber diskutiere, was für ein Vollpfosten mein Chef ist und mit welchen Mitteln ich ihm die Grundbegriffe wirtschaftlichen Handelns beibringen will, während sich hinter mir das Restaurant mit Gästen füllt.

„Guten Morgen. Sie sind früh dran", sagt sie mit einem Blick auf die große Uhr über der Schwingtür zur Küche und versucht, nicht allzu missbilligend auszusehen. Die Frühstückszeit beginnt schließlich erst in einer Viertelstunde.

„Da haben Sie recht", antwortet Herr Riedl unbekümmert. „Ich hoffe, das ist kein Problem? Ich wollte fragen, ob ich eventuell schon einen Kaffee bekommen kann?"

„Natürlich."

Eigentlich hat Josephine noch einiges für das Buffet vorzubereiten, doch da sie hier im Service arbeitet und der Gast, auch wenn er die Uhr nicht lesen kann, König ist, und außerdem die Sache jetzt auch nicht mehr zu ändern ist, zwingt sie sich zu einem Lächeln. Flink läuft sie hinter die Theke, wo der teure Vollautomat steht, der herrlichen Kaffee, Cappuccino, Latte Macchiato und was es sonst noch an Kaffeespezialitäten gibt, zaubert. Agata hat ihr gestern gezeigt, wie sie die Maschine anwirft, und sie hofft, dass sie es heute auch ohne ihre Hilfe hinbekommt.

Nach kurzer Suche findet Josephine den Schalter auf der Rückseite des Geräts und drückt ihn so, wie Agata es ihr gestern gezeigt hat, aber es tut sich nichts. Ratlos steht sie vor dem Gerät und wartet darauf, dass es einen Laut von sich gibt oder wenigstens im Display anzeigt, wie es sich den weiteren Verlauf der Inbetriebnahme vorstellt, aber das geschieht nicht.

„Oben auf dem Gerät ist noch ein Schalter. Der hinten ist nur für das Netz", vernimmt sie hinter sich die Stimme von Herrn Riedl.

War ja klar, dass der sich auch mit den Abläufen rund ums Kaffeekochen bestens auskennt, wobei er vermutlich noch nie selbst einen zubereitet hat, denkt Josephine unwirsch und unterdrückt den Impuls, tief Luft zu holen, was den Eindruck erwecken könnte, dass sie ungeduldig wird, was leider stimmt.

„'Tschuldigung", ertönt es gut gelaunt hinter ihrem Rücken.

Auch den neuerlichen Impuls sich zu schütteln, unterdrückt Josephine erfolgreich. Darauf ist sie sehr stolz! Dann meißelt sie sich ein Lächeln ins Gesicht, weil man das sogar durchs Telefon hören kann, wie sie einmal bei einem Kommunikationstraining gelernt hat, flötet „Danke!" und drückt den On/Off-Schalter auf der Maschine. Sofort beginnt diese zu blinken und leise Geräusche von sich zu geben. Das Display zeigt an, dass sie sich nun im Aufheiz-Modus befindet.

„Kaffee? Cappuccino? Latte Macchiato?", fragt sie, während sie den Kühlschrank unter der Maschine öffnet und eine Glasflasche mit hofeigener Kuhmilch herausholt.

„Ein Milchkaffee wäre großartig", antwortet Herr Riedl erfreut.

Josephine schaut prüfend auf das Display, doch wie befürchtet gehört Milchkaffee nicht zur Standardauswahl. Sie muss kurz nachdenken, dann fällt ihr ein, dass sie dieses Produkt sicher über das Rädchen oben auf der Maschine wählen kann. Und tatsächlich: Nach kurzem Drehen erscheint „Milchkaffee" im Display. Zufrieden mit sich, weil sie auch dieses Problem gelöst hat, öffnet sie die Milch, stellt sie neben den Vollautomaten und steckt den durchsichtigen dünnen Milchschlauch hinein.

„Allerdings gerne mit laktosefreier Milch ... wenn Sie haben."

Josephine stockt und beißt die Zähne zusammen. Natürlich – wie dumm von mir, ohrfeigt sie sich innerlich.

Ich hätte wissen müssen, dass sich so ein neunmalkluges Kerlchen, das bestimmt nicht von ungefähr Unternehmensberater geworden ist, nicht mit einem Getränk zufriedenzustellen lässt, das völlig unkompliziert und ohne größeren Aufwand herzustellen ist. Noch dazu, wo gerade keine laktosefreie Milch im Kühlschrank steht – die muss ich jetzt auch noch aus der Kühlkammer holen. Verdammter Mist!

Sie sieht auf die Uhr über der Schwingtür zur Küche. Noch elf Minuten, bis die Frühstückszeit regulär beginnt, und sie muss noch Säfte abfüllen und auf dem Buffet platzieren. Außerdem fällt ihr siedend heiß ein, dass sie die Gemüsesticks frisch aufschneiden muss. Die hätte sie fast vergessen!

„Aber natürlich", flötet Josephine und bemüht sich erneut um ein Lächeln, das etwas angespannt ausfällt. Dann verschwindet sie in der Küche. Kurz hinter der Schwingtür bleibt sie stehen, schließt die Augen und atmet tief durch. Nachdem sie sich daran erinnert hat, dass es keinen Zweck hat, sich aufzuregen und Ruhe bewahren nie verkehrt ist, geht sie in die Kühlkammer, um die laktosefreie Milch zu suchen.

Als sie die Kammer gerade verlassen will, fällt ihr Blick auf die Kästen mit den Fruchtsäften. „Stimmt! Die brauche ich ja auch noch! Aber das muss warten, weil das Kerlchen da draußen auf seinen Milchkaffee wartet ..."

Plötzlich hält sie in ihrer Bewegung inne.

„Moment mal! Was mache ich hier eigentlich? Dafür, dass irgendein Typ einfach so hereingeschneit kommt und erwartet, dass ich alles stehen und liegen lasse, als wüsste er nicht, dass es Frühstück um sieben und nicht um Viertel vor gibt, hätte ich keine Auszeit nehmen müssen! Darüber hinaus plustert dieser Kerl sich auch noch mit Klugscheißerei über die Kaffeemaschine auf und diktiert mir seine Extrawünsche, weil an seiner Herrlichkeit völlig vorbeigeht, dass ich anderes zu tun habe. Und mir fällt nichts anderes dazu ein, als die Zähne zusammenzubeißen und ihm alles hinterherzutragen! So wie ich es auch bei meinem Chef und meinem Partner tue, die ebenfalls nicht realisieren, was um sie herum vorgeht. Wieso mache ich das? Herr Riedl ist um diese Zeit noch nicht vorgesehen! Basta! Ich habe ein Buffet zu richten, von dem alle Frühstücksgäste etwas haben, die darüber hinaus vielleicht schon in fünf Minuten auf der Matte stehen. Würde nicht sogar ein Unternehmensberater dazu raten, sich erst einmal darum zu kümmern, anstatt die Sonderwünsche eines Einzelnen zu bedienen?"

Mit einem Schlag fühlt Josephine ihren Unmut von sich abfallen. Zufrieden mit ihrer jüngsten Erkenntnis stellt sie einen Kasten mit Säften zusammen, die sie fürs Buffet benötigt, legt die Packung mit der Milch zuoberst und trägt alles in die Küche. Dort holt sie einige Glaskaraffen aus dem Schrank, spült sie mit kaltem Wasser aus und füllt sie mit den Säften. Dann trägt sie diese, in jeder Hand zwei Karaffen, durch die Schwingtür ins Innere des Restaurants.

„Ich bin gleich wieder für Sie da!", flötet sie fröhlich, während sie vollbepackt an dem Unternehmensberater vorbeischießt. Sie stellt die Karaffen an den dafür vorgesehenen Platz auf dem Buffet, dreht sich um, wirft ihm ein strahlendes Lächeln zu, was ihr nun auch viel leichter fällt als zuvor, und verschwindet erneut in der Küche. Dort holt sie Salatgurke, Möhren und Radieschen aus der Kühlkammer, fischt eine große Platte aus dem Schrank, schält in Windeseile ein paar Möhren, schneidet in Rekordzeit die Salatgurke auf, wäscht und trocknet die Radieschen und richtet alles auf der Platte an. Sie schaut auf die große Küchenuhr: Es ist genau sieben Uhr! Äußerst zufrieden schnappt sie die Milchtüte und den Teller mit den Gemüsesticks und verlässt die Küche.

„Tut mir leid, dass Sie einen Moment warten mussten", wirft sie Herrn Riedl auf dem Weg zum Buffet zu, wo sie die Platte abstellt. Dann dreht sie sich auf dem Absatz um und schwebt mit strahlendem Lächeln hinter die Theke. Dabei beobachtet Josephine ihn genau.

Zumindest könnte es sein, dass er irritiert ist, denkt sie und dreht sich schnell zum Kaffeevollautomaten um, damit er nicht sieht, wie gut sie das findet. Seelenruhig schraubt sie den Verschluss der laktosefreien Milch ab und taucht den Schlauch hinein. Suchend blickt sie sich um, entdeckt dann die Schalen für den Milchkaffee oben im Regal, holt einen Stapel davon zu sich herunter, stellt eine unter den Auslauf und bestätigt der Maschine, dass sie einen Milchkaffee produzieren soll.

„Sie machen das hier noch nicht so lange, oder?", ertönt es plötzlich hinter ihr.

Der muss ein Ass in seinem Job sein, wenn er Zusammenhänge so schnell durchschaut, denkt Josephine bissig.

„Wie kommen Sie darauf?", fragt sie trotzdem, weil er das vermutlich erwartet und außerdem ein Gast des Hauses ist.

„Na ja, wegen des Schalters an der Kaffeemaschine zum Beispiel“, erklärt der Unternehmensberater.

„Stimmt“, antwortet Josephine in einem Ton, als wäre sie tatsächlich ein wenig beeindruckt von seiner scharfen Beobachtungsgabe. „Ich habe vor zwei Tagen als Aushilfe angefangen, und heute bereite ich zum ersten Mal alleine das Frühstück zu.“

„Oh“, entfährt es Herrn Riedl, und er hört sich fast ein wenig betroffen an. „Und ich bringe gleich als erstes Ihre Abläufe durcheinander“, sagt er schuldbewusst.

„Macht man das nicht so als Unternehmensberater?“

Diese Bemerkung ist Josephine herausgerutscht. Sie beißt sich auf die Lippen.

Wenn ich so weitermache, muss ich Carmen irgendwann erklären, warum Herr Riedl keine Seminare mehr bei ihr veranstaltet. Ich sollte mich wirklich zusammenreißen!

Mit dem Milchkaffee in der Hand dreht sie sich um. „’Tschuldigung“, murmelt sie lächelnd.

„Ist schon okay“, antwortet Herr Riedl.

Er bleibt am Tresen stehen und probiert einen Schluck von seinem Getränk, während Josephine Gläser und Tassen aus dem Regal über ihrem Kopf herunterholt und sie in Vorbereitung auf die bald eintreffenden Frühstücksgäste neben der Kaffeemaschine aufbaut.

„Was machen Sie eigentlich sonst so, wenn Sie nicht hier aushelfen?“, fragt Herr Riedl nach einer Weile.

Josephine lächelt amüsiert. „Sie sind ganz schön neugierig!“

„Tut mir leid – ist auch so eine Berufskrankheit. Wie Abläufe durcheinanderbringen.“

Damit entlockt er Josephine ein Schmunzeln.

„Tja, was mache ich sonst so … manchmal frage ich mich das auch", antwortet Josephine nachdenklich. Es soll scherzhaft klingen, aber sie kann nicht verhindern, dass sich ein Hauch von Bitterkeit in ihre Stimme schleicht. „In meinem richtigen Beruf versuche ich, andere für ein Marketing zu begeistern, das den Namen auch verdient. Und wie Sie vorhin bereits bemerkten, ist die Führung dabei ein großes Problem."

„Weil Ihre Mitarbeiter nicht so wollen wie Sie?"

„Weil das Management nicht so will wie ich und zwar in erster Linie mein Chef", entgegnet sie trocken.

Herr Riedl wiegt bedächtig den Kopf. „Von dieser Warte aus kann man Führungsprobleme natürlich auch betrachten."

Über diese Bemerkung müssen beide lachen.

„Entschuldigen Sie meine Neugier, aber ich habe in meinem Beruf meistens mit Führungskräften zu tun, und so lerne ich fast ausschließlich deren Seite eines Führungsproblems kennen. Ich komme wenig in Kontakt mit der entgegengesetzten Perspektive."

„Dabei ist das Problem auf der Seite der Mitarbeiter mindestens genauso groß, denken Sie nicht? Vielleicht sollten Sie mal Workshops zum Umgang mit schwierigen Chefs anbieten. Ich kann mir vorstellen, dass das eine interessante Marktlücke ist."

„Davon bin ich überzeugt. Allerdings wird das von den Unternehmen nicht nachgefragt, und das sind nun mal meine Auftraggeber." Herr Riedl nimmt noch einen Schluck Milchkaffee. „Trotzdem – oder vielleicht gerade deswegen – finde ich es spannend zu erfahren, was Sie zu dem Thema zu sagen haben."

Er schaut Josephine ehrlich interessiert an, was sie irritiert.

„Warum ich?"

„Wie gesagt: In meine Workshops kommen fast nur Manager. Auf Mitarbeiter treffe ich selten – wenn man einmal davon absieht, dass Führungskräfte auch Mitarbeiter sind, solange über ihnen noch eine Geschäftsleitung das Sagen hat. Aber diese Führungskräfte sind, zumindest meinem Empfinden nach, andere Mitarbeiter als solche, die ausschließlich Mitarbeiter sind. Verstehen Sie?"

„Vielleicht", meint Josephine zögernd. „Aber was hat das mit mir zu tun? Was könnte ausgerechnet ich Ihnen erzählen?"

„Ich möchte nicht indiskret erscheinen, aber ich wüsste wirklich gerne etwas aus erster Hand über Probleme, die Mitarbeiter mit ihren Chefs haben – in diesem Fall also Ihre Probleme mit Ihrem Chef. Bestimmt kann ich etwas daraus lernen. Und bitte", er hebt abwehrend die Hände, als er sieht, dass Josephines Miene versteinert, „voyeuristische Aspekte interessieren mich dabei nicht. Schmutzige Details oder persönliche Dinge will ich gar nicht wissen. Mir geht es um Ihre Sicht auf die Chef-Mitarbeiterin-Beziehung im Allgemeinen. Was denken Sie über Ihren Boss als Führungskraft? Hat er Eigenarten, die für Sie ein Problem darstellen? Und was würden Sie sich von ihm wünschen, wenn er Sie danach fragte, was leider meistens diejenigen Chefs nicht tun, die es unbedingt tun sollten?"

Josephine lächelt gequält. „Wie viel Zeit habe ich, um Sie über das Wichtigste aufzuklären?"

Wieder lachen beide, aber Josephine hat trotzdem Bedenken.

„Sie erwarten viel, wenn Sie meinen, dass ich einfach aus meinem Nähkästchen plaudere. Was habe ich davon?“

„Nun, ich könnte Ihnen helfen zu verstehen, wie Ihr Chef tickt und wie Sie ihn am besten anpacken.“ Als Herr Riedl ihren zweifelnden Blick sieht, ergänzt er: „Glauben Sie mir: So unergründlich und einzigartig sind die Wesen von Führungskräften nicht. Es gibt eine Handvoll unterschiedlicher Typen und diverse Mischformen. Und ich kenne sie alle, weil ich sie massenhaft in meinen Workshops oder vor Ort in den Unternehmen beobachtet habe.“

Diesen Aspekt findet Josephine interessant. Möglicherweise sollte ich mir sich diese Gelegenheit nicht entgehen lassen, überlegt sie. Außerdem ist es angesichts meines Leidensdrucks vermutlich vertretbar, einen Fremden in die Abgründe meines Arbeitsverhältnisses einzuweihen. Der Name des Unternehmens tut schließlich nichts zur Sache, und so kann ich auch niemandem schaden. Außerdem wird Herr Riedl kaum das Risiko eingehen, seine neu gewonnenen Erkenntnisse mit Namen und Daten zu versehen, die er außerdem erst noch recherchieren müsste, um sie in seinen Veranstaltungen als schlechtes Beispiel zu verwenden. Und überhaupt könnte ein Berater mit solchen Indiskretionen in einem Geschäft, das von Diskretion lebt, sicher kaum überleben.

„Einverstanden“, sagt sie schließlich.

„Schön", freut er sich. „Was halten Sie davon, wenn wir uns zu diesem Zweck heute Abend hier im Restaurant auf ein Glas Wein treffen?"
„Abgemacht!"

8

Gerade als Josephine den Schlüssel ins Schloss ihrer Zimmertür steckt, hört sie drinnen ihr Smartphone läuten. Nachdem sie es den ganzen Vormittag lang im Einsatz hatte, um ihre Ideen festzuhalten, musste sie ihm nachmittags eine Aufladung des Akkus gönnen. Ein positiver Nebeneffekt dieser Notwendigkeit war, dass sie so nicht in Versuchung geriet, alle fünf Minuten draufzuschauen, ob Paulhapunkt oder ihr Chef es sich anders überlegt hatten und sie nun doch brauchten!

Dabei kann sie auf die Anrufe ihres Chefs eigentlich ganz gut verzichten. Doch dass Paulhapunkt seit seiner erschütternden Antwort auf ihre Auszeit nichts mehr von sich hören lässt, irritiert sie. Keine Mail, keine SMS und erst recht kein Anruf. Nichts! Das verursacht ihr Magenschmerzen.

Deshalb ist Josephine jetzt, als sie das Klingeln hört, wie elektrisiert. So schnell sie kann, dreht sie den Schlüssel herum und stößt die Tür auf. Mit einem Satz ist sie bei ihrem Smartphone und schaut hoffnungsvoll auf das Display. Aber es ist nicht Paulhapunkt. Enttäuscht, aber bemüht, ihre Enttäuschung zu verbergen, nimmt sie das Gespräch an.

„Hallo Friederike."

„Ich will gar nicht lange stören“, ertönt es aus dem Gerät. „Ich habe mit Elke telefoniert – wegen deiner Rollschuhe – und sie hat sie tatsächlich auf dem Boden gefunden. Sie meint, dass man sie noch benutzen kann. Allerdings möchte sie, dass ich dich frage, ob du sie wirklich nicht mehr brauchst und Lara sie haben kann.“

Josephine schüttelt fassungslos den Kopf. Erstens über ihre Mutter, die überkorrekt darauf besteht, die Eigentumsverhältnisse zu klären, obwohl niemand davon ausgehen kann, dass sie Wert auf Rollschuhe legt, die sie als Zwölfjährige bekommen hat und ohne die sie schon mehr als ein halbes Leben prima klarkommt. Und zweitens über ihre Schwester, die auch mal ohne lästige Umschweife und Höflichkeitsfloskeln wie eine Begrüßung oder eine Erkundigung nach dem aktuellen Befinden ihres Gegenübers sofort zur Sache kommt, wenn sie etwas auf dem Herzen hat. Den Rest kann sich der Angerufene mit ein bisschen Mühe ja auch selbst denken.

„Na klar kann sie die Rollschuhe haben, wenn du wirklich meinst, dass sie etwas für sie sind. Hatte ich das nicht gesagt?“

„So direkt nicht“, entgegnet Friederike. „Bevor wir das abschließend diskutieren konnten, sind wir bei deinem Leben gelandet, das du katastrophal findest. Apropos Katastrophe: Wie geht es dir?“

Josephine zuckt zusammen.

Natürlich ist ihr Leben eine Katastrophe oder zumindest kurz davor, eine zu werden. Diese Formulierung jedoch aus dem Mund eines anderen zu hören, findet sie beunruhigend. Irgendwie fände sie es besser, wenn ihr Umfeld die Angelegenheit weniger pessimistisch betrachtete als sie selbst. Manchmal hilft ein wenig Selbst- und Fremdbescheißen, um nicht den Kopf zu verlieren.

„Es geht mir den Umständen entsprechend", antwortet Josephine lakonisch. „Zurzeit arbeite ich am Exposé zum Relaunch und komme gut voran."

„Du ziehst das durch?", fragt Friederike und wirkt ehrlich überrascht. „Wäre es nicht vernünftiger, dir erst einmal Zeit zu geben, um zu dir zu kommen, und erst dann zu handeln, wenn du dich besser fühlst?"

„Vielleicht wäre das wirklich vernünftiger", muss Josephine zugeben und stutzt. Immer noch ist es ungewohnt für sie, einen Vorschlag ihrer Schwester mit dem Begriff „vernünftig" zu umschreiben. „Aber vernünftig ist auch, Magengeschwüre zu vermeiden. Und ich laufe Gefahr, mir ein solches einzufangen, wenn ich nichts tue und alles auf mir sitzen lasse, was Paulhapunkt und mein Chef mir vor den Latz knallen. So will ich auf keinen Fall weitermachen! Deshalb ist damit jetzt Schluss, und es wird höchste Zeit, dass alle Beteiligten davon erfahren", schließt Josephine dramatisch.

„Das heißt, auch Paulhapunkt?", fragt Friederike.

Josephine überlegt. Sie muss ehrlich zugeben, dass es ihr leichterfällt, ihre kompromisslose Haltung auf ihre Arbeitssituation anzuwenden als auf ihr Privatleben. Ob sie es fertigbrächte, genauso konsequent auch ihrem Paulhapunkt gegenüber zu argumentieren, muss sie bezweifeln. Schließlich kann er furchtbar niedlich sein, wenn er sie mit seinen braunen Augen unschuldig wie ein angeschossenes Reh ansieht, sobald sie versucht, ihm ihren Standpunkt klarzumachen, den er überhaupt nicht nachvollziehen kann. Er ist eben wahnsinnig sensibel und schnell beleidigt, wenn es um seine Eltern geht. Doch welcher Mensch kann schon von sich sagen, bei seinen Vorfahren nicht empfindlich zu reagieren? Und zwar umso empfindlicher, je furchtbarer die Altvorderen sind, weil man ja um Himmels willen genau diese Wahrheit nicht sehen will?

„Ja", seufzt sie dennoch, „auch Paulhapunkt. Das wird schwer, aber es muss sein. Ich will keinen einzigen Monat mehr Geduld haben müssen, bis sich endlich etwas ändert. So geht es nicht weiter! Deshalb wird er sich entscheiden müssen, ob er weiter seiner Mutti zuliebe auf ein eigenes Leben verzichtet oder ob er kapiert, wie sehr sie ihn manipuliert, um sich ihren treuen Diener, der jederzeit für sie springt, warmzuhalten. Ich wünschte, er würde erkennen, wie unsere Beziehung daran kaputtgeht! Und deshalb kann ich nicht länger darauf warten, dass Edeltraud gerade mal kein Zipperlein hat, das sie bemühen kann, um unsere gemeinsame Zukunft zu torpedieren, denn dieser Zustand wird bei ihr nicht eintreten."

„Du denkst, Edeltraud ist das Problem?", fragt Friederike verwundert.

„Ja, wer denn sonst?", blafft Josephine verständnislos zurück.

Manchmal ist ihre Schwester aber wirklich ein bisschen schwer von Begriff. Hört sie ihr eigentlich überhaupt zu?

„Sie will ihn nicht aus ihren Klauen lassen, und er ist der gute Sohn, der es nicht übers Herz bringt, seiner Mutti Grenzen zu setzen", erklärt sie ungeduldig.

„Meinst du wirklich, er leidet unter der Situation?“ Friederike hört sich an, als könne sie sich das nicht vorstellen.

Das wiederum kann Josephine nicht fassen.

„Natürlich tut er das!“, erwidert sie gereizt. „Kein erwachsener Mann setzt sich freiwillig pausenlos mit den fast immer völlig überflüssigen Problemen seiner Eltern auseinander! Davon ist Paulhapunkt schließlich selbst total genervt. Schon als wir uns kennenlernten, hat er davon gesprochen, wie sehr ihn die häusliche Situation bei seinen Eltern belastet und dass er unbedingt ausziehen will, um endlich ein wenig Raum für sich zu haben.“

„Und warum ändert er es dann nicht?“, fragt Friederike.

Josephine seufzt hörbar. Das kann nicht wahr sein! Wie bescheuert ist ihre Schwester eigentlich? Es hatte immer geheißen, dass sie sehr intelligent sei, weswegen es ihre Eltern besonders wurmte, dass sie keinerlei Interesse an einem Studium und einer glänzenden Karriere zeigte, um stattdessen lieber mit einem schrägen britischen Vogel durchzubrennen und die Welt zu retten. Aber wenn das stimmt und Friederike wirklich so klug ist, wie man sich erzählt, warum gibt sie sich dann nicht wenigstens ein bisschen Mühe, ihr zu folgen?

„Weil seine Mutti das nicht will und ihn mit ihren Schwächeanfällen erpresst! Und damit, dass sie angeblich nicht mit seinem Vater klarkommt, der schon immer komplett vertrottelt gewesen sein soll und sein Leben noch nie auf die Reihe bekommen hat“, erklärt Josephine genervt.

„Echt jetzt? Hast du nicht mal erzählt, dass Karl Gustav seine eigene Versicherungsagentur mit vier Angestellten geleitet hat?"

Josephine denkt nach. „Das wird jedenfalls behauptet. Hm …", sie runzelt die Stirn. „Keine Ahnung wie er das gemacht hat", setzt sie nachdenklich hinzu und versucht, den vermeintlichen Widerspruch aufzulösen, kommt aber zu keinem Ergebnis.

„Wie dem auch sei", fährt sie fort, „Paulhapunkt befürchtet, dass seine Eltern alleine nicht überlebensfähig sind, was seine Mutter ihm auch mindestens einmal täglich aufs Brot schmiert."

„Und wie schafft er das mit der Pflege, wenn er den ganzen Tag arbeiten muss?"

„Er muss sie doch nicht pflegen! Das könnte er gar nicht neben seiner Arbeit schaffen." Josephine schnalzt ungeduldig mit der Zunge. So langsam kann kein Zweifel mehr daran bestehen, dass ihre Schwester bekloppt ist. „Er muss einfach nur da sein", versucht sie einen hilflosen Erklärungsversuch.

„Ach so, ich verstehe."

Na hoffentlich, denkt Josephine.

„Eigentlich will er gar nicht ausziehen", fasst Friederike ihre Erkenntnis zusammen.

Josephine stutzt. Wie kann ihre Schwester nur so etwas Abwegiges behaupten?

„Natürlich will Paulhapunkt ausziehen! Das hat er mir immer wieder gesagt!"

Unwillkürlich drängen sich Gesprächsausschnitte aus dem Telefonat in ihr Gedächtnis, das sie mit ihrem Liebsten geführt hat, als sie auf der Autobahn war und noch unter dem Eindruck des grauenhaften Workshops die Frage bewegte, ob nicht ein Brückenpfeiler die Lösung all ihrer Probleme sein könnte. Sie erinnert sich an Paulhapunkts Worte, kurz bevor sie durchdrehte und nur ein sehr gewiefter Schutzengel sie vor dem Auslösen einer Massenkarambolage rettete. *Ich stelle bloß klar, dass du eine neue Wohnung willst. Ich bin mit unserer Wohnsituation durchaus zufrieden,* hatte er gesagt. Sie hatte das damals nicht fassen können, und eigentlich kann sie immer noch nicht glauben, dass er das wirklich ernst meint. Oder will sie es nur nicht wahrhaben?

Josephine muss sich setzen. Schwer lässt sie sich aufs Bett fallen und schließt die Augen. Nach einer Weile dringt die Stimme ihrer Schwester wieder zu ihr durch.

„Hallo? Ist alles in Ordnung bei dir?"

Josephine reißt sich zusammen, um in die Gegenwart zurückzufinden.

„Ich war nur einen Moment abgelenkt", murmelt sie konfus.

Ihre Zweifel an Paulhapunkts tatsächlichem Standpunkt bezüglich ihrer Wohnsituation ziehen ihr den Boden unter den Füßen weg, aber sie will das Thema nicht diskutieren. Nicht jetzt.

„So oder so sieht es so aus, als würde ich meinen Traum von Zweisamkeit erst verwirklichen können, wenn meine Schwiegermutter in spe ins Gras gebissen hat", sinniert Josephine, als sie sich wieder gefangen hat. „Die Frage ist, ob ich diesen Prozess beschleunigen soll, weil sich die Angelegenheit sonst noch ewig hinziehen könnte."

„Du willst sie umbringen?", fragt Friederike interessiert.

Josephine wiegt nachdenklich den Kopf hin und her. „Verdient hätte sie es ... oder hast du eine bessere Idee?"

„Ehrlich gesagt ... nein", muss ihre Schwester zugeben.

„Das heißt, du findest auch, ich sollte es tun?"

„Das würdest du nie machen!"

„Wetten dass?", kontert Josephine.

Beide fangen gleichzeitig an zu lachen.

„Fakt ist, dass ich Paulhapunkt dem alten Drachen nicht kampflos überlassen werde", stellt Josephine energisch fest. „Schließlich bin ich das Beste, was ihm je passiert ist."

„Hat er das gesagt?"

„Ich sage das!", erklärt Josephine selbstbewusst. „Und er liebt mich", ergänzt sie. „Jedenfalls hat er das mal gesagt ..." Sie denkt nach. „Irgendwann ..." Sie verzieht das Gesicht. „Er schmeißt mit solchen schwülstigen Begriffen eben nicht so gerne um sich. Das findet er kitschig, hat er mir mal erklärt. Aber einmal, das weiß ich genau, da hat er es gesagt."

Josephine ist verwirrt. Was faselt sie da eigentlich? Das hört sich ja selbst in ihren eigenen Ohren wie kompletter Blödsinn an!

Verunsichert fährt sie nach einer Weile fort: „Im Ernst: Paulhapunkt hat sich, als wir uns kennenlernten, sehr um mich bemüht. Und immer noch ist dieses Gefühl da, dass wir uns nahe sind und uns verstehen, auch ohne ein Wort. Wirklich! Zwischen uns ist alles bestens. Nur dann, wenn seine Mutter die Bildfläche betritt, wird es problematisch."

„Aber genau das tut sie öfter?“, fragt Friederike vorsichtig.

„Das tut sie ständig. Das ist das Problem.“

Eine Weile lang sagen beide kein Wort.

„Glaubst du, dass du daran jemals etwas ändern kannst?“ Friederike hört sich an, als hätte sie Zweifel daran.

„Ich muss!“, ruft Josephine umso überzeugter. „Ich halte es nicht mehr aus, und das muss Paulhapunkt begreifen.“

„Und wie willst du das anstellen?“

„So, wie ich es gesagt habe. Ich werde ihm klarmachen, dass ich das Spiel nicht mehr mitmache. Das habe ich viel zu lange getan! Er wird erkennen müssen, was er riskiert: Nämlich ein Leben am Rockzipfel seiner Mutti, aber ohne mich. Das kann er nicht wollen. Am Ende wird er sich entscheiden müssen: sie oder ich.“

„Die Entscheidung verlierst du“, platzt Friederike heraus. „Paulhapunkt ist viel zu sehr daran gewöhnt, seinen Willen durchzusetzen, als dass er sich von irgendwem unter Druck setzen lässt – außer von seiner Mami natürlich. Selbst dann nicht, wenn er weiß, dass es der Fehler seines Lebens ist“, gibt sie zu bedenken.

„Hm. Und wenn nicht *ich* ihm das erkläre, sondern einen seiner Freunde dafür gewinne, ihm ins Gewissen zu reden, dass er seine Beziehung aufs Spiel setzt, wenn er weiter nach Muttis Pfeife tanzt?“

„Vergiss es!“, erwidert Friederike knallhart. „Kennst du etwa einen Mann, der ohne Mutti-Komplex funktioniert? Da sind die sich alle einig, und eine Krähe hackt der anderen kein Auge aus.“

Eine Weile herrscht erneut Stille in der Leitung.

„Ha! Ich hab's!", ruft Josephine plötzlich. „Ich mache ihn eifersüchtig. Na klar! Ich bringe einen anderen Mann ins Spiel, der mit mir flirtet. Einen neuen Kollegen zum Beispiel! Wenigstens kann ich ihm davon erzählen und ihn immer dann auftauchen lassen, wenn Edeltraud wieder besonders lästig fällt. Dann wird sogar Paulhapunkt begreifen, was ihm blüht, wenn er so weitermacht wie bisher. Denkst du nicht?"

Ihre Schwester ist auch für diese Idee nicht zu erwärmen. „Josephine, das ist Sandkasten-Niveau!"

„Na und? Krieg ist Krieg", kontert Josephine beleidigt.

„Das ist nicht der Punkt", meint ihre Schwester. „Ich glaube nur, dass du das nicht durchhältst. Du bist so nicht! Du hast keine Übung in so etwas."

„Soll das ein Kompliment sein?", fragt Josephine sarkastisch.

„Nö", stellt Friederike klar, „du kannst schließlich nichts dafür, dass du bist, wie du bist."

„Das hört sich an, als wäre das schlimm", mault Josephine.

„Niemand kann aus seiner Haut raus", erklärt ihre Schwester ungerührt. „Deswegen denke ich, du solltest dich nicht auf solche Spielchen einlassen. Du kannst sie nicht gewinnen!"

„Du bist heute sehr aufbauend", seufzt Josephine und fährt sich durch die Haare.

„Bin ich das?", fragt ihre Schwester verwundert. „Das ist mir gar nicht aufgefallen."

Josephine reibt sich über das Gesicht. „Geschenkt", murmelt sie. „Also, sag es mir jetzt klipp und klar: Worauf willst du hinaus?"

„Abstand. Du brauchst Abstand, um wieder klar sehen zu können. Wenn du dir eine Zeitung direkt vor die Augen hältst, kannst du sie auch nicht lesen. Für so etwas brauchst du Abstand."

Mit diesem Vorschlag kann Josephine gerade überhaupt nichts anfangen.

„Ich glaube, ich denke doch noch mal darüber nach, Edeltraud um die Ecke bringen zu lassen", seufzt sie.

„Du bleibst immer meine Schwester. Egal was du tust."

Josephine weiß, dass es scherzhaft gemeint ist. Trotzdem steigen ihr Tränen in die Augen. Ärgerlich zwinkert sie sie weg. Friederike war ihre geliebte und bewunderte große Schwester, als sie ein neunjähriges Mädchen war. Dass sie sie schon damals nicht verstanden hat, war egal. Friederike war immer gut zu ihr gewesen, hat auf sie aufgepasst, hat ihr vorgelesen und mit ihr gespielt ... und dann war sie einfach aus ihrem Leben verschwunden. Später, als sie selbst vierzehn war und Friederike das erste Mal wieder bei ihnen in der Südstraße auftauchte, war das Band zwischen ihnen zerrissen. Sie hat nie wieder das Gefühl gehabt, eine ältere Schwester zu haben.

Ich bin einfach ein bisschen angeschlagen durch die Ereignisse, denkt Josephine und beschließt, nicht weiter darüber nachzudenken. Bevor sie jedoch weiterreden kann, muss sie erst einmal den Kloß in ihrem Hals herunterschlucken.

Anschließend wechselt sie das Thema. „Morgen werde ich übrigens eine Wohnung besichtigen", verkündet sie und bemüht sich, zuversichtlich zu klingen.

„Huch! Du bist aber fix." Friederike ist beeindruckt.

„Gar nicht", erwidert Josephine grinsend, „der Termin steht schon seit einigen Tagen fest. Eigentlich hatte ich die Wohnung mit Paulhapunkt zusammen ansehen wollen, aber seine Mutti hat mal wieder erfolgreich interveniert."

Sie spürt, wie heiße Wut in ihr hochsteigt. Wahrlich, die Alte hat es verdient, dass man ihr den Hals umdreht! Das würde jeder Richter einsehen!

„So oder so werde ich eine neue Unterkunft brauchen, weil ich nicht länger im Haus von Paulhapunkts Eltern bleiben kann, ohne dass ein Unglück passiert. Die Frage ist nur, ob er mitkommt. Also kann ich mir die Wohnung auch allein ansehen."

„Wenn du sie dir leisten kannst – natürlich", findet ihre Schwester.

„Das ist das Problem", seufzt Josephine. „Mit unseren beiden Gehältern wäre das ein Klacks. Für mich alleine wird das mehr als eng. Eigentlich ist es unmöglich. Aber irgendetwas muss ich tun, und irgendwo muss ich anfangen", erklärt sie resolut. „Und vielleicht reicht ja schon die Tatsache, dass ich die Wohnung allein besichtige, aus, um Paulhapunkt zum Nachdenken zu bewegen. Wenn sie darüber hinaus noch so klasse ist, wie sie sich der Beschreibung nach anhört, kann ich vielleicht sogar meinen Liebsten von ihr überzeugen. Was sagtest du unlängst so schön über den Umgang mit schwierigen Chefs? Sie wollen keine Probleme, sie wollen Lösungen. Vielleicht trifft das auch auf meinen Partner zu?"

„Zumindest ist es ein Schritt in die Zukunft. Versuch es!", ermuntert Friederike sie.

Josephine schaut auf die Uhr. „Apropos Schritt in die Zukunft: In einer halben Stunde bin ich mit einem Unternehmensberater verabredet. Es will mir ein paar Tipps zur Handhabung meines Chefs geben.“

„Die haben sogar Unternehmensberater in einem Kaff ohne Supermarkt?“

„Der ist nur zu Besuch“, erklärt Josephine. „Aber er scheint ganz nett zu sein und hat angeboten, mir zu helfen.“

„Er ist nett? Wie nett?“, fragt Friederike, plötzlich sehr interessiert.

„Na ja – nett eben“, erwidert Josephine lapidar.

„Und wie alt ist er?“

Josephine ist irritiert. Wieso interessiert sich ihre Schwester plötzlich für Unternehmensberater? Da sie sich darauf keinen Reim machen kann, zuckt sie nur die Achseln und antwortet: „Vermutlich ein bisschen älter als ich. Ich schätze ihn auf Mitte vierzig.“

„Ach, das ist ja interessant! Und wie sieht er aus?“

Ihr war nie aufgefallen, wie neugierig ihre Schwester sein konnte. Friederike hatte sich immer vornehmlich für ihre eigenen Angelegenheiten interessiert und nicht für die anderer Leute. Vermutlich weil sie fand, dass Probleme anderer dort bleiben sollten, wo sie sind, nämlich bei den anderen.

„Ehrlich gesagt sieht er genauso aus, wie man sich einen Unternehmensberater vorstellt: Anzug, Krawatte, ordentlicher Haarschnitt und ein paar Kilo zu viel auf den Hüften aufgrund mangelnder Bewegung. Das müssen schließlich nur diejenigen, die er berät, oder genauer gesagt deren Mitarbeiter“, fügt sie boshaft hinzu.

Sie beißt sich auf die Zunge. Geht das schon wieder los? Ja, Unternehmensberater haben keinen guten Ruf und das zu Recht. Auch über ihren eigenen Arbeitgeber hatten sie einst Chaos und Verderben gebracht. Außerdem nervte Herr Riedl und weiß alles besser. Aber gegen einen wie Dennis Reithofer wirkte er geradezu harmlos. Warum kann sie ihm nicht einfach nachsehen, dass er den falschen Beruf ergriffen hat und fertig?

„Wenigstens ist er nett", nimmt ihre Schwester ihn in Schutz, was Josephine erneut irritiert.

„Sag mal – interessierst du dich plötzlich für Managertypen?", fragt Josephine ungläubig.

„Ich? Wie kommst du denn darauf?", fragt Friederike erstaunt. „Was soll ich von einem Anzugträger wollen, der sich noch dazu an einem Ort aufhält, dessen Namen ich nicht einmal weiß. Du hast Ideen! Ts!"

„Und warum fragst du mir seinetwegen dann ein Loch in den Bauch?"

„Ich bin nur neugierig, mit wem du heute Abend ein Date hast! Ich finde sowas immer rasend spannend." Friederike hört sich ehrlich begeistert an.

Josephine ist es eher nicht. „Ein Date? Mit Herrn Riedl? Bist du wahnsinnig?"

„Natürlich mit Herrn Riedl, mit wem denn sonst? Wenn das Nest so klein ist wie du behauptest, wird es nicht so viel Auswahl geben. Oder gibt es dort auch andere interessanten Kerle?"

Josephine bleibt die Spucke weg.

„Sag mal, hörst du mir überhaupt zu?", fragt sie teils ungeduldig, teils belustigt. „Ich habe dich gerade ausführlichst in meine Pläne eingeweiht, Paulhapunkt von seiner schrecklichen Mutter loszueisen, weil ich mir ein Leben ohne ihn nicht vorstellen mag, wohl aber ohne seine Mutter! Und du denkst, dass ich ein Date habe? Wie kommst du auf so etwas?"

„Was hat denn das eine mit dem anderen zu tun?"

Josephines Augen werden immer größer. „Du hast mir doch gerade davon abgeraten, Paulhapunkt mit einem eingebildeten Kollegen eifersüchtig zu machen. Wie kannst du mir dann, kaum ein paar Minuten später, eine Affäre mit einem Mann nahelegen, nur weil der zufällig gerade hier ist? Oder meinst du, dass Paulhapunkt einen Seitensprung im Landgasthof weniger verwerflich findet als einen im Büro?"

„Ach was! Ich meine doch nicht, dass du mit diesem Riedl ins Bett gehen sollst, um es anschließend brühwarm Paulhapunkt aufs Brot zu schmieren", erklärt ihre Schwester beschwichtigend.

Das beruhigt Josephine. „Und ich dachte schon", kichert sie los.

Friederike kichert mit. „Paulhapunkt würde ich natürlich nichts davon sagen. Wozu auch? Das würde die Sache nur unnötig verkomplizieren."

Josephine stockt der Atem. Ungläubig starrt sie auf das Display ihres Smartphones. Doch, sie telefoniert mit ihrer Schwester, auch wenn die kurzzeitig etwas durcheinander geraten zu sein scheint.

„Lass mich das mal zusammenfassen – nur um sicherzugehen, dass wir nicht aneinander vorbeireden: Du rätst mir zu einem Abenteuer mit Herrn Riedl, wovon Paulhapunkt nichts erfahren soll, weil ihn eifersüchtig zu machen kindisch ist. Ja aber wozu soll ich mich denn dann mit diesem Unternehmensberater einlassen?

Denkst du, dass der vielleicht auch auf diesem Gebiet spannende Tipps zur Verbesserung der Abläufe hat?“

„Auf die Idee bin ich noch gar nicht gekommen“, wundert sich ihre Schwester. „Warum nicht? Wer weiß, wen der schon alles beraten hat. Vielleicht arbeitet er auch fürs Rotlichtmilieu und hat einiges aufgeschnappt?“

„Natürlich“, seufzt Josephine gottergeben, „das klingt wahrscheinlich.“

„Das ist allerdings nicht der Grund. Der Grund ist, dass Abstand hilfreich ist. Der hilft zum Beispiel dabei, andere weniger ernst und dafür sich selbst wichtiger zu nehmen. Das kann dir nicht schaden.“

Da könnte was dran sein, denkt Josephine.

„Außerdem ist es nicht verkehrt, sich mal richtig durchvögeln zu lassen. Das entspannt, wenn es gut gemacht ist.“

Josephine kann über die eigenartigen Ansichten ihrer Schwester nur den Kopf schütteln.

„Ehrlich gesagt kann ich mir nicht vorstellen, wie es mich entspannen soll fremdzugehen. Ich würde ständig an Paulhapunkt denken und hätte ein rasend schlechtes Gewissen.“

„Warum? Er erfährt es doch nicht. Oder befürchtest du im Ernst, dieser Riedl rennt zu deinem Liebsten, um es ihm unter die Nase zu reiben?“

„Mann Friederike, bist du sicher, dass wir Schwestern sind?“

„Sicher weiß ich das auch nicht. Da musst du Elke und Gunnar fragen. Ist das jetzt wichtig?“

Josephine muss sich ein Lachen verkneifen. „Nein, natürlich nicht. War nur so ein Gedanke ...

9

Eine halbe Stunde später steht Josephine vor dem großen Spiegel neben dem Kleiderschrank und beäugt ihre Aufmachung kritisch. Da sie weder in ihrer Service-Ausstattung mit dem biederen Rock und der weißen Bluse noch in der grünen Latzhose und dem T-Shirt für die Gartenarbeit oder gar in einem ihrer Business-Anzüge zur Verabredung erscheinen will, hat sie sich für das Outfit, welches sie bei der Abendveranstaltung des Workshops mit der Agentur trug, entschieden: ein schlichtes schwarzes, die Figur betonendes Kleid, das knapp über dem Knie endet. Darüber trägt sie eine kurze, legere hellblaue Jacke und an den Füßen schicke schwarze Stilettos. Und weil sie findet, dass sie in diesem Fummel unmöglich herumlaufen kann, ohne sich zu schminken, hat sie auch Make-up aufgelegt. Als sie sich nun, auf diese Weise ausstaffiert, im Spiegel betrachtet, fühlt sich das irgendwie fremd an. Ist es wirklich erst drei Tage her, dass sie ihren Business-Look gegen Trachtenrock und Arbeitshose eingetauscht hat?

Allerdings muss sie feststellen, dass es sie durchaus kleidet, sich ein wenig zurechtzumachen. Nichts gegen den ländlichen Charme ihrer Arbeitsoutfits, aber ihre jetzige Aufmachung ist schon bedeutend eindrucksvoller. Sie ertappt sich dabei, sich vorzustellen, wie überrascht Herr Riedl von dieser Verwandlung sein wird, weil er sie bislang nur ungeschminkt in unförmigen Gewändern kennt, wozu Josephine auch einen Faltenrock mit weiter Bluse und einer Schürze darüber zählt.

„Ich denke, das macht Eindruck", murmelt sie und lächelt zufrieden, während sie sich vor dem Spiegel hin und her dreht.

„Moment mal!" Sie erstarrt. „Was soll das denn werden? Das kann mir doch völlig gleich sein, was Herr Riedl von meinem Aussehen hält! Habe ich am Ende doch ein bisschen was von meiner Schwester?"

Kurze Zeit später beruhigt sie sich selbst: „Quatsch! Das ist reine Eitelkeit. Ich will einfach nur attraktiv aussehen! Das ist gut fürs Selbstbewusstsein, und außerdem kann mir ein bisschen Bewunderung in meinem desolaten Zustand nicht schaden."

Sie dreht sich noch einmal um die eigene Achse, wirft ihrem Spiegelbild einen aufmunternden Blick zu und verlässt das Zimmer.

Josephine findet Herrn Riedl an einem der Tische am hinteren Ende der Terrasse. Dort unterhält er sich mit einem Teilnehmer seines Workshops, der ihm gegenüber Platz genommen hat. Als Josephine sich nähert, schaut er auf und nickt ihr zu. Das ist für den anderen Herrn, einen großen blonden Hünen mit roten Wangen, Anlass, sich neugierig umzudrehen. Als der Josephine erblickt, mustert er sie interessiert. Geht doch, denkt Josephine und wirft dem Hünen ein strahlendes Lächeln zu. Dann wandert ihr Blick weiter zu Herrn Riedl, aber der scheint ihre Aufmachung gar nicht zur

Kenntnis zu nehmen. Er wendet sich an seinen Gesprächspartner und raunt ihm etwas zu. Der Mann erhebt sich daraufhin und verabschiedet sich. Als er sich umdreht, um den Tisch zu verlassen, steht er Josephine plötzlich gegenüber. Er lächelt sie charmant an.

„Schönen Abend", wünscht er, wendet noch einmal den Kopf, um Herrn Riedl zuzuzwinkern, dann nickt er Josephine zu und geht.

„Bitte, setzen Sie sich!" Herr Riedl weist einladend auf den Stuhl, den der Blonde gerade frei gemacht hat.

„Danke", sagt Josephine und nimmt Platz. Als sie aufschaut, begegnet sie dem Blick ihres Gegenübers. Immer noch kann sie keinerlei Reaktion in seinem Gesicht erkennen, die darauf schließen lässt, dass er ihre veränderte Erscheinung überhaupt bemerkt hat. Das irritiert sie.

„Darf ich Sie zu einem Wein einladen? Oder möchten Sie lieber etwas anderes?"

Josephine fragt sich, ob dieser undurchdringliche Gesichtsausdruck zur Grundausstattung eines Unternehmensberaters gehört.

„Ich hätte gerne ein Glas Wein. Danke!", sagt sie.

Herr Riedl winkt Agata zu, die für den Service eingeteilt ist, und gibt seine Bestellung auf. Dann wendet er sich wieder an Josephine. Er schaut sie mit der gleichen distanzierten Freundlichkeit an wie sonst.

Vielleicht ist er schwul, schießt es Josephine durch den Kopf. Sie muss ein Grinsen unterdrücken, als sie an das Telefonat mit ihrer Schwester zurückdenkt. Was die ihr nun wohl raten würde? Vielleicht den Unternehmensberater Unternehmensberater sein zu lassen, um sich lieber auf den blonden Hünen zu stürzen?

Sie lächelt Herrn Riedl an und merkt, wie sie sich entspannt. Irgendwie tut es gut, dass sich dieser mögliche Aspekt ihres Zusammentreffens gerade in Luft aufgelöst hat. So kann sie einfach hier sitzen, den herrlichen lauen Frühsommerabend auf der wunderschönen Terrasse genießen und sich auf die Tipps des Unternehmensberaters zum Umgang mit ihrem Chef konzentrieren, ohne selbst Hintergedanken zu haben oder bei ihrem Gegenüber vermuten zu müssen. Herrlich!

„Wollen wir gleich zur Sache kommen, und Sie erzählen mir, was für ein Führungsproblem Sie mit Ihrem Chef haben?", eröffnet Herr Riedl das Gespräch.

Dagegen hat Josephine nichts einzuwenden. Sie beginnt sogleich, in groben Zügen ihren Arbeitsalltag als Marketingexpertin für eine nicht näher genannte Personalvermittlung zu beschreiben. Dabei schildert sie ihre Sorgen um die öffentliche Wahrnehmung des wenig professionellen Auftrittes des Unternehmens und erläutert die problematische Konstellation zwischen ihr und ihrem Chef bezüglich der sehr voneinander abweichenden Vorstellungen über erfolgreiches Marketing. Leider kann sie sich dabei einige sarkastische Äußerungen über Herrn Reithofer und seine Agentur („Der Claim ‚Reithofer & Friends: Werbung und mehr‘ sagt alles, was man über die wissen muss") nicht verkneifen. Sie kommt außerdem auf den Workshop und dessen Ergebnisse zum geplanten Relaunch zu sprechen, die sie äußerst beunruhigend findet, und schildert anschließend in knappen Worten, wie sie dazu kam, eine Auszeit als Aushilfe in diesem Landhotel zu nehmen. Zum Schluss erzählt sie, wie ihr Chef auf ihre Ankündigung, kurzfristig Urlaub zu nehmen reagierte, nämlich schockierenderweise sehr entspannt. Dies lasse angesichts der Tatsache, dass es zurzeit niemanden im Unternehmen gebe, der auch nur ansatzweise in der Lage sei, ein Projekt von dieser Tragweite umzusetzen, auf einen kompletten Realitätsverlust schließen.

Während ihres gesamten Vortrags lauscht Herr Riedl aufmerksam und unterbricht sie nur ein, zwei Male, um eine Verständnisfrage zu stellen.

Das fühlt sich gut an, realisiert Josephine, dass ihr mal jemand zuhört und auch zu verstehen scheint, worum es geht, ohne dass sie jedes Detail erklären muss. Vermutlich wäre das anders, wenn dieses Mann-Frau-Dingens zwischen ihnen stünde, weil er ihr dann bestimmt imponieren wollen würde und sie darauf überhaupt nicht könnte.

„Also, was denken Sie über mein Problem?", beendet Josephine zwanzig Minuten später ihren Monolog. „Gibt es Anlass zur Hoffnung, oder sind mein Chef und Herr Reithofer ein aussichtsloser Fall?"

Herr Riedl schaut sie schweigend an. Auf Josephine wirkt das weder aufdringlich noch unangenehm.

Wahnsinn, wie einfach alles wird, wenn der Gesprächspartner schwul ist, findet sie. Jetzt verstehe ich auch, warum der beste Freund vieler Frauen ein homosexueller Mann ist!

„Ich fasse zusammen", beginnt der Unternehmensberater unvermittelt, als Josephines Gedanken abzuschweifen beginnen. „Sie sind Marketingexpertin, fühlen sich als solche in Ihrem Job aber nicht gewürdigt, da Ihre Kompetenz nicht abgerufen wird."

Josephine nickt. Ja, so sieht sie das.

„Hinzu kommt, dass Ihr Chef es nicht einmal für erforderlich hält, Sie bei der operativen Umsetzung des aktuell anstehenden Relaunches mit einzubeziehen. Im Gegenteil: Es scheint ihm ziemlich gleichgültig zu sein, ob Sie da sind oder nicht, da er davon ausgeht, genauso gut auf die Agentur zurückgreifen zu können."

Josephine schluckt. Diese Sichtweise ist nicht von der Hand zu weisen, denn tatsächlich hat Dr. Taler Entsprechendes in seiner Mail geschrieben. Dabei ist sie allerdings davon überzeugt, dass er nicht weiß, was er tut, und das möchte sie gerne klarstellen.

„Da haben Sie recht, so scheint er die Sache zu bewerten. Allerdings bin ich mir sicher, dass er seine Meinung schnell ändern wird, wenn die Arbeit erst einmal beginnt und schneller, als er die Telefonnummer seines Freundes Dennis wählen kann, die ersten Schwierigkeiten auftauchen werden. Spätestens dann wird ihm auffallen, dass niemand da ist, den er mit der Beseitigung des entstehenden Chaos beauftragen kann. Nur weiß er das noch nicht, weil ich in der Vergangenheit den Fehler begangen habe, ihm geräuschlos alle Probleme aus dem Weg zu räumen, sodass er gar nicht weiß, was das ist", schließt sie selbstkritisch.

Herr Riedl nickt bedächtig und sagt erst einmal nichts. Nun wird Josephine doch ein bisschen unbehaglich zumute. Sein Schweigen macht sie nervös, und sie nimmt einen Schluck Rotwein, um die Anspannung, die sie plötzlich erfasst hat, herunterzuspülen.

„Sie geben immer einhundert Prozent, nicht wahr?", fragt ihr Gegenüber unvermittelt. „Sie sind jederzeit fachlich kompetent, einsatzbereit, zuverlässig und

würden den Laden sofort, ohne mit der Wimper zu zucken, zur Not auch alleine schmeißen, wenn Ihr Chef
Sie nur endlich machen ließe“, stellt er fest.

„Natürlich!“, platzt Josephine heraus. „Das wäre ein
Traum! Etwas Besseres könnte gar nicht passieren. Mir
nicht und ihm auch nicht! Soll er doch die Lorbeeren
für meine Arbeit einheimsen, wenn er das braucht. Alles, was er tun muss, ist, sich zurückzulehnen und mich
meinen Job machen zu lassen! Ich habe noch nicht einmal vor, an seinem Stuhl zu sägen!“

„Warum nicht?“

„Was? Ist das Ihr Ernst?“, fragt Josephine entgeistert.

„Natürlich! Sie haben die Kompetenz, die ihm augenscheinlich fehlt. Das wissen Sie, und er weiß es vielleicht auch. Dazu kommt, dass Sie Ihren Chef nicht nur
fachlich, sondern auch als Leiter der Abteilung für eine
Nullnummer halten. Fakt ist: Sie denken, das Unternehmen wäre ohne ihn besser dran.“

„Stimmt“, muss Josephine nach kurzem Überlegen
zugeben. „Sie müssten nur mal einen einzigen Blick auf
unser Corporate Design werfen, nur mal eine einzige
Kampagne sehen – vielleicht die mit dem Supermodel
im Business-Kostüm, das in einer amerikanischen
Großstadt telefonierend aus einem Yellow Cab steigt.
Das bildet nämlich unheimlich treffend die ganz normalen Bürokaufleute und Mechatroniker ab, die wir
hauptsächlich vermitteln. Hier in Deutschland wohlgemerkt! Kunden aus Übersee fehlen bislang, und durch
diese Kampagne haben wir auch nicht einen einzigen
von dort gewonnen“, bemerkt sie ironisch.

„Ich verstehe.“ Herr Riedl nickt langsam. „Aber darum geht es nicht.“

„Um Himmels willen, worum soll es denn sonst gehen?", fragt Josephine verständnislos.

„Das Problem ist nicht das Fachliche, sondern Ihre Beziehung zueinander", erklärt ihr Gegenüber gelassen. „Sie halten Ihren Chef für eine Fehlbesetzung und haben möglicherweise sogar recht damit. Das ist an sich nicht problematisch, das gibt es öfter. Problematisch ist, dass Sie daraus schließen, dass Ihr Chef umso dankbarer dafür sein müsste, eine so fleißige und kompetente Mitarbeiterin wie Sie zu haben."

Josephine nickt zustimmend und ergänzt: „Ich würde sogar noch weiter gehen und sagen, dass das zwingend logisch ist und er total bekloppt sein muss, wenn er diejenige, die die Arbeit macht, nicht hegt und pflegt, damit sie ihm hoffentlich gewogen bleibt!"

Herr Riedl lehnt sich in seinem Stuhl zurück und schüttelt bedauernd den Kopf. „Vergessen Sie's! Immerhin ist der Mann nicht nur fachlich ein Idiot, sondern auch als Führungskraft. Wie soll er also begreifen, was er an Ihnen hat? Er wäre schließlich eine viel weniger große Niete, wenn er ein stimmiges Selbstbild hätte. Und selbst, wenn er – was ich für unwahrscheinlich halte – ahnt, wie begrenzt seine Qualitäten sind, dann wird er bestimmt keine Lust dazu haben, die Ihren anzuerkennen. Wozu auch?"

„Weil ...", beginnt Josephine, weiß dann aber nicht weiter.

„In dieser Konstellation können Sie nicht gewinnen", stellt Herr Riedl emotionslos fest.

Josephine schluckt. Du liebes bisschen, was für ein Abend, denkt sie erschrocken. Sie war vorher schon völlig frustriert. Und jetzt sagte ihr dieser Berater auch noch, dass ihre Lage hoffnungslos ist! Ob es Leute gibt, die für so eine Analyse Geld bezahlen?

Sie nimmt einen Schluck Wein und bemüht sich, ihre Fassung wiederzugewinnen. Nachdem sie das Glas energisch wieder auf dem Tisch abgestellt hat, geht sie zum Angriff über.

„Wenn meine Situation dermaßen aussichtslos ist, was empfehlen Sie mir dann? Soll ich ausblenden, welche skurrilen Züge unser Markenauftritt bereits angenommen hat und mich daran erfreuen, dass es bestimmt noch schlimmer sein könnte und vermutlich auch werden wird, wenn nicht ein Wunder passiert und der Geschäftsführer die Reißleine zieht? Soll ich mir jeden Morgen vor dem Spiegel vorbeten, dass mein Chef auch seine guten Seiten hat, die ich bestimmt irgendwann erkennen werde, wenn ich nur lange genug an mir arbeite? Oder soll ich mich einfach zurücklehnen und darauf vertrauen, dass nichts für die Ewigkeit ist und deshalb auch Reithofer & Friends irgendwann Geschichte sein werden? Was davon ist Ihrer Meinung nach die beste Strategie?"

„Ist das nicht offensichtlich?"

„Jetzt sagen Sie nicht, dass ich den Job wechseln soll. Für den Tipp brauche ich nun wirklich keinen Unternehmensberater! Außer, wenn Sie mir gleich noch erklären, wo ich eine neue, hoffentlich passendere Stelle herbekomme."

Herr Riedl macht eine wegwerfende Handbewegung, als sei so ein Vorschlag tatsächlich unter seiner Würde. „Davon gehe ich aus, dass Ihnen niemand sagen muss, was Sie tun sollen. Das wissen Sie selbst am besten. Woran es meiner Meinung nach hapert, ist, dass Sie Ihre Situation richtig einschätzen."

Josephine schluckt erneut. Sie findet ihre Situation ungemütlich genug. Was meint dieser Mensch damit, wenn er behauptet, sie habe diesbezüglich Nachholbedarf? Was für unerquickliche Einsichten warten denn noch auf sie?

Erstaunlicherweise scheint Herr Riedl das Thema nicht weiter diskutieren zu wollen. Stattdessen wechselt er es.

„Aber dazu kommen wir später. Jetzt interessiert mich die Frage, warum Sie, wenn Sie bereits viel Verantwortung für die Marke übernehmen und die Arbeit in der Abteilung zu einem beträchtlichen Anteil steuern, nicht den nächsten Karriereschritt in Angriff nehmen und sich auf eine Führungsposition bewerben?"

Josephine schaut ihn misstrauisch an. Will er sie auf den Arm nehmen? Sie? Eine Führungsposition? Wer sollte sie denn zu einer Führungskraft machen? Wenn sie nicht einmal in der Lage ist, neben einem unfähigen Chef und einer offensichtlich inkompetenten Agentur zu überzeugen? Schließlich hat Heribert Cornelius schon mehrfach Gelegenheit gehabt, ihre Fähigkeiten zu bemerken, was ihn jedoch nie interessiert zu haben schien, denn sonst wären die Verhältnisse im Marketing nicht so, wie sie sind. Er hätte mindestens darauf dringen können, dass Dr. Taler konstruktiv mit ihr zusammenarbeitet, oder etwa nicht?

„Vielleicht, weil ich das für aussichtslos halte?", antwortet sie nachdenklich und mit viel Bitterkeit in ihrer Stimme. „Es war für mich nicht leicht, überhaupt eine

Stelle wie meine jetzige zu bekommen. Erklären Sie mir, wie ich es schaffen soll, irgendeinen Arbeitgeber dazu zu bewegen, mir die Marketingleitung anzutragen?"

Für eine Weile hängen ihre Worte zwischen ihnen in der Luft, während beide schweigen. Dann zerstreuen sie sich wie von einer leichten Sommerbrise aufgewirbelt, und zurück bleibt nur ein Kloß, den Josephine in ihrem Magen spürt, und der undurchdringliche Blick, mit dem Herr Riedl sie anschaut.

„Ich verstehe Sie", bricht er nach einer Weile das Schweigen. „Ich verstehe Sie wirklich. Und es tut mir leid für Sie, aber ich bleibe dabei: Sie haben keine Chance, etwas zu verändern, wenn Ihre Vorgesetzten das nicht wollen. Punkt."

„Das kann ich nicht akzeptieren!", presst Josephine hervor. „Es ist meine einzige Chance!"

Wieder sieht er sie lange an.

„Es ist keine Chance. Sie haben keine. Seit Jahren beweisen Sie unermüdlich, was sie können. Ohne jeglichen Erfolg. Glauben Sie wirklich, Sie könnten irgendetwas erreichen, wenn Sie sich nur noch mehr anstrengen? Was wollen Sie denn noch beweisen?"

Josephine behagt der Verlauf des Gespräches nun gar nicht mehr. Was hat sie vorhin gedacht? Wie angenehm unkompliziert es ist, mit Herrn Riedl zu reden? Oje, da hat sie wohl falsch gelegen!

„Es ist meine einzige Chance", wiederholt sie und schiebt ihr Kinn nach vorne. „Ich habe keine andere."

„Als erfolglos darum zu betteln, endlich anerkannt zu werden?", vervollständigt er ihren Satz.

Josephine spürt, wie sich ihr Nacken verspannt. Wütend funkelt sie Herrn Riedl an, aber der reagiert völlig unbeeindruckt.

„Wenn Sie wirklich eine Chance haben wollen, dann werden Sie etwas anderes ausprobieren müssen. Die Frage ist nur, wie lange Sie sich noch quälen wollen, bis Sie diese Erkenntnis zulassen."

10

„Au!" Stöhnend lässt sich Josephine auf das Kissen zurückfallen. Ihr Kopf pocht und ihr Nacken fühlt sich an, als wäre er aus Beton gegossen. „Das habe ich nur diesem blöden Unternehmensberater zu verdanken", keucht sie. „Pest und Cholera sollen ihn heimsuchen!"

Nach und nach bauen sich die Bilder des gestrigen Abends vor ihrem geistigen Auge auf.

Wie, um alles in der Welt, ist sie nur auf die völlig idiotische Schnapsidee gekommen, diesem Menschen ihr Leid zu klagen? Ist sie vollkommen verrückt geworden? Sie weiß schließlich, wozu diese Spezies fähig ist. Sie hat in ihrer beruflichen Laufbahn mit einigen von ihnen zu tun gehabt und ihre Erfahrungen sind nie gut gewesen. Niemals würde sie offen mit einem Vertreter dieser Zunft sprechen, wenn er an ihrem Arbeitsplatz aufgetauchen würde, weil sie weiß, dass dabei unmöglich etwas Gutes herauskommen kann. Warum, um Himmels willen, tut sie es dann hier, noch dazu, wenn es um ihr eigenes Schicksal geht? Sowas Blödes!

Josephine tastet nach ihrem Nacken und knetet ihn vorsichtig mit den Händen, um ihn zu lockern. Dabei hallen die Worte von Herrn Riedl, die er ihr gestern

Abend, in dieser herrlich lauen Sommernacht, um die Ohren geknallt hat, in ihrem Kopf wider: dass sie keine Chance hat, etwas zu verändern und vor allem, dass sie um Anerkennung bettele.

Was bildet sich dieser Wichtigtuer eigentlich ein? Glaubt der im Ernst, dass Menschen ohne Wertschätzung überleben können? Wie wohl seine Geschäfte laufen würden, wenn ihm niemand mehr Kompetenz zubilligt! Wie konnte sie nur so naiv sein und einem Mann, der sein Geld damit verdient, Existenzen zu zerstören, wenn er nicht gerade Führungsseminare abhält, wo er Chefs erkläre, wie sie mit ihren unbequemen Mitarbeitern fertig werden, eine offene Flanke bieten? Natürlich hatte er nicht widerstehen können, ihr ihre vermeintlichen Schwächen und die Aussichtslosigkeit ihrer Situation unter die Nase zu reiben. Von so etwas lebte er! So funktioniert das Geschäftsmodell Unternehmensberatung! Jetzt geht es ihr schlechter als zuvor, und das ist mehr als überflüssig!

„Ich mach das nie wieder“, verspricht sie sich weinerlich. „Dafür spucke ich ihm nachher in seinen laktosefreien Milchkaffee. Mal sehen, ob ich mich dann besser fühle.“

Über diesen Gedanken kann sie sich wenigstens ein bisschen freuen. Herr Riedl wird schon sehen, was er davon hat, wenn er so unvorsichtig ist, sich beim Fußvolk, das jedes Unternehmen braucht, weil es sonst gar nicht existiert, unbeliebt zu machen!

Leider muss Josephine es zur Umsetzung dieses zweifellos amüsanten Vorhabens erst einmal schaffen, das Bett zu verlassen und das möglichst zeitnah, denn sie ist auch an diesem Morgen dafür zuständig, das Frühstück zu richten. Sie quält sich hoch, schwingt ihre Beine über den Bettrand und setzt sich auf. Noch einmal bearbeitet sie ihren Nacken, aber es hilft nichts: Er fühlt sich weiterhin steif wie ein Brett an.

Ob sich Paulhapunkt endlich gemeldet hat, schießt es ihr durch den Kopf.

Sie ignoriert ihren Nacken und eilt hinüber zur Kommode, wo ihr Smartphone am Ladekabel hängt. Leider findet sie in ihrem Posteingang nur drei Werbemails, einen Marketing-Newsletter und eine Einladung von ihrer Freundin Ilona zum Sonntagsbrunch. Keine Nachricht von Paulhapunkt. Enttäuscht legt sie das Gerät zurück und schlurft wieder zum Bett zurück.

„Ich scheine tatsächlich nicht wichtig zu sein", murmelt sie. „Wenigstens nicht für die beiden Männer in meinem Leben, für die ich in den letzten Jahren alles gegeben habe. Wie bescheuert muss man sein, um so etwas mitzumachen?"

Josephine stützt ihre Ellbogen auf den Knien auf und lässt ihren Kopf schwer in ihre Hände fallen. Sie fühlt sich entsetzlich ausgelaugt und müde, und das hat nur teilweise damit zu tun, dass es früh am Morgen ist und sie Nacken hat. Es ist einfach alles entsetzlich aussichtslos!

Sie haben keine Chance. Diese Worte, die sie gestern mehr als einmal aus dem Mund des Unternehmensberaters gehört hat, hallen in ihr wider und wider. Sie fühlt Tränen in ihre Augen schießen.

Dann wird aus ihrer Traurigkeit Wut. „So eine verdammte ..."

Gerade noch rechtzeitig kann sie sich davon abhalten, ihren Frust herauszuschreien. Stattdessen packt sie ihr Kopfkissen und pfeffert es quer durch den Raum. Dabei erwischt sie versehentlich auch ihr Smartphone auf der Kommode, das unsanft mitgerissen und gegen die Wand geschleudert wird. Schuldbewusst starrt Josephine auf das am Boden liegende Gerät. Ärgerlich wischt sie sich die Tränen aus den Augen.

„Auch, wenn ich ansonsten keine Chance habe, so kann ich mir heute wenigstens eine neue Wohnung ansehen", sagt sie leise zu sich selbst.

Bis zu diesem Moment ist sie unsicher gewesen, ob die Besichtigung wirklich eine gute Idee ist, weil sie daran zweifelt, dass sie es tatsächlich fertigbrächte, bei Paulhapunkt auszuziehen. Ohne ihn, versteht sich! Seine Monster-Mutti hin oder her: Er ist schließlich ihr Paulhapunkt, ihr Ein und Alles, und sie liebt ihn. Jetzt allerdings weiß sie mehr denn je, dass sie dem Elend nicht länger tatenlos zusehen kann. Sie muss etwas tun!

„Ich werde mir heute die Wohnung ansehen. Und was danach passiert ... das werde ich dann schon sehen!"

***

„Friederike, die Wohnung ist ein Traum", frohlockt Josephine, als ihre Schwester endlich abhebt. Sie kann es gar nicht erwarten, die aufregenden Neuigkeiten mit ihr zu teilen.

Gerade hat sie die Stadt hinter sich gelassen und ist auf den Zubringer zur Autobahn abgebogen, die sie zurück in das Kaff am Ende der Welt und zum Landhotel führen wird. Die schöne Wohnung und die Vorstellung, dass sie es vielleicht irgendwie bewerkstelligen kann, dort ein neues Zuhause zu finden, um ein für alle Mal das ungeliebte Provisorium hinter sich zu lassen, versetzen sie in geradezu euphorische Stimmung. Endlich eine Zukunftsperspektive!

Dabei war sie zu Beginn ihres Ausflugs am frühen Nachmittag alles andere als überzeugt, dass der Besichtigungstermin erfolgreich verlaufen könnte. Kurzzeitig hatte sie sogar daran gezweifelt, ob sie überhaupt in der Lage wäre, ihren Weg aus der ländlichen Einöde mit den unzähligen Baustellen und den ebenso vielen in die Irre führenden Umleitungsempfehlungen finden zu können. Doch zu ihrem großen Erstaunen war das überhaupt kein Problem gewesen. Jedenfalls nicht mit einem funktionierenden Navi. Sogar die Baustelle kurz hinter dem Dorf, an der sie am Freitagabend endgültig gescheitert war, war wie von Zauberhand geräumt worden. Nur ein Stück neue Asphaltdecke wies darauf hin, dass sie einmal existiert hatte.

„Wirklich? Erzähl!", bittet ihre Schwester gespannt.

Das lässt sich Josephine nicht zweimal sagen. Sie schwärmt von dem geschmackvoll renovierten Bau aus den sechziger Jahren, der mit vier großen Zimmern, einer modernen Küche, einem komfortablen Bad und riesigen Panoramafenstern zu einem kleinen Garten hinaus, hinter dem sich direkt ein Park mit großen Bäumen anschließt, die Erfüllung all ihrer Wohnwünsche ist.

„Ich habe mich sofort wohlgefühlt. Eine wunderbare Atmosphäre. Und die Lage! Eine ruhige Seitenstraße mit Bäumen am Straßenrand. Richtig idyllisch!"

„Wann ziehst du ein?"

Josephine seufzt. „Musst du mir gleich alles kaputt-
machen?", beschwert sie sich. „Lass mich einfach ein
bisschen träumen! Mit der Realität befasse ich mich
später."

„Was ist das Problem? Gibt es noch andere Interessen-
ten für die Wohnung?"

„Nein, glücklicherweise nicht, weil sie noch gar nicht
inseriert ist. Sie wird erst in drei Monaten frei, und
wenn ich sie haben will, dann hat Meike, die Schwester
meiner Kollegin, nichts dagegen, wenn ich dort einziehe. Ich habe natürlich gleich zugesagt. Ich bin ja
nicht bescheuert. So eine Gelegenheit kriege ich nie
wieder!"

„Ja, aber dann ist doch alles gut", findet Friederike.

„Ist es nicht", seufzt Josephine. „Ich kann mir die
Wohnung alleine nicht leisten."

„Wieso alleine? Vier große Zimmer – das reicht für
zwei, oder?"

Josephine schaut ihr Smartphone in der Halterung
am Armaturenbrett an, als sei es ein lästiges Insekt. Das
ist wieder einer jener Momente, in denen sie an den
geistigen Kapazitäten ihrer Schwester zweifelt.

„Sag' mal, die Problematik mit Paulhapunkt und seiner krankspielenden Mutter hast du aber schon noch
auf dem Schirm? Oder soll ich es dir noch einmal erklären?"

„Nö. Warum? Willst du jetzt doch mit ihm dort einziehen?"

Josephine schüttelt den Kopf in der Hoffnung, die
Verwirrung, in die sie die Kommentare ihrer Schwester

stürzen, zu beseitigen. Wie zu erwarten war, gelingt ihr das nicht.

„Erklärst du mir, mit wem ich diese Wohnung teilen soll, wenn nicht mit meinem Partner?", fragt sie und bemüht sich, die Ungeduld in ihrer Stimme zu unterdrücken.

„Am besten mit jemandem, der so ähnlich tickt wie du", rät ihre Schwester. „Ich habe schon in vielen WGs gewohnt und kann dir sagen: Das Wichtigste ist, dass man sich von Anfang an bei der Nutzung von Küche und Bad einig ist. Sonst gibt es nur Probleme! Das im Nachhinein regeln zu wollen, kannst du vergessen."

„Eine WG?", fragt Josephine entgeistert. Daran hat sie noch gar nicht gedacht.

Während sie das nachholt, kramt Friederike in ihrem Kopf nach nützlichen Erfahrungen, die sie ihrer jüngeren Schwester diesbezüglich mit auf den Weg geben kann.

„Ich erinnere mich noch gut an Hartmut, den Greenpeace-Aktivisten. Der geriet bei jedem neuen Schwamm im Bad in Verzückung und konnte total aggro werden, wenn einer meinte, dass der die Bausubstanz angreifen würde und deshalb beseitigt werden müsse. Oder Susanne, die mal kurz bei uns wohnte, hat doch tatsächlich versucht, das Fleischverbot in der Küche zu umgehen. Ulli hat sie dabei erwischt, wie sie sich ein Steak in seiner Pfanne briet. Er ist fast ausgetickt! Seine Pfanne! Die nur Kartoffeln und Zucchini und noch nicht einmal auch nur ein Ei gesehen hatte! Am schlimmsten aber war es mit Elisabeth, weil die sich immer Arbeit mit nach Hause brachte und ihre Bakterien-Kulturen in unserem Kühlschrank lagerte. Das war an sich zwar ungefährlich, weil die ja nicht aus ihren Behältern ausbrechen konnten. Aber irgendwie war es trotzdem unangenehm, wenn man dachte, dass das vielleicht Chlamydien sind, die in dem Glas neben dem Gurkensalat stehen."

Josephine schluckt. Eben hat sie sich noch ernsthaft mit der Idee *Ich gründe eine Wohngemeinschaft* auseinandersetzen wollen, aber jetzt ist sie sich nicht mehr sicher, ob das wirklich zu ihr passt.

„Wenigstens hat keiner mit Sprengstoff für die nächste Anti-Atomkraft-Demo experimentiert", scherzt sie ein wenig bemüht. „Von daher hätte es wohl schlimmer kommen können."

„Was die Leute in ihren Zimmern gemacht haben, war deren Sache. Hartmut hatte sicher ein paar Utensilien unter seinem Bett – spätestens, nachdem seine Mutter sein Lager in ihrem Keller gefunden hatte und wollte, dass er das räumt."

„Das ist jetzt nicht dein Ernst!"

„Wieso? Wo hätte er denn sonst damit hin sollen? Außerdem hat er aufgepasst. Eigentlich war das ein ganz Vernünftiger."

Josephine schüttelt entgeistert den Kopf. „Bestimmt bin ich altmodisch, aber mich hätte das irritiert. Das mit dem Sprengstoff, den Chlamydien, dem Schwamm im Bad ..."

„Deshalb sage ich ja, dass du dir genau überlegen solltest, wer bei dir einzieht und dass du von vorneherein ein paar Regeln aufstellst. Sonst gibt es nur unnötigen Stress. Aber wem sage ich das? Das weißt du ja selbst."

„Wie meinst du das?", fragt Josephine verwirrt. „Ich habe noch nie in einer WG gewohnt."

„Nenn es, wie du willst. Aber an deiner Stelle würde ich darauf bestehen, dass dein Mitmieter sein Mutter-Thema geklärt hat und sie nicht versehentlich mit einzieht.“

„Gütiger Himmel!“, platzt Josephine heraus. „Dann lieber Chlamydien im Kühlschrank!“

„Sehe ich genauso“, stimmt ihre Schwester zu, woraufhin beide in Gelächter ausbrechen.

Als Josephine sich wieder beruhigt hat, überlegt sie, ob sie dem Thema WG vielleicht wirklich eine Chance geben soll. Wenn das eine Möglichkeit wäre, ihr diese Traumwohnung zu sichern, müsste sie ja bekloppt sein, wenn sie es nicht wenigstens versuchte!

„Also gut“, sagt sie. „Ich denke darüber nach.“ Sie seufzt: „Dann muss ich die Sache nur noch Paulhapunkt beibringen.“

„Ist das ein Problem? Sag ihm einfach, dass die Wohnung toll ist und du gerne mit ihm dort einziehen möchtest. Wenn er nicht will, dann zieht eben jemand anderes mit ein. Du jedenfalls suchst dir jetzt eine eigene Wohnung.“

Josephine überlegt. Eigentlich hörte sich der Vorschlag ihrer Schwester logisch an.

„Ich glaube, du hast recht. Und je eher ich diesen Tagesordnungspunkt hinter mich bringe, desto besser“, seufzt sie.

„Viel Glück“, wünscht Friederike mitfühlend.

„Das werde ich brauchen“, stimmt Josephine zu.

Ein paar Minuten später setzt Josephine den Blinker und biegt auf einen Rastplatz ein. Weil sie weiß, dass das Gespräch mit ihrem Liebsten sie weitaus mehr fordern wird als das mit ihrer Schwester, will sie es mit ungeteilter Aufmerksamkeit führen. Sie will ihn aber auch nicht erst vom Landhotel aus anrufen, weil es dann schon Abend sein wird und Paulhapunkt vermutlich bereits zu Hause ist. Bei Mutti, wie sie in Gedanken hinzufügt. Jetzt, um kurz nach sechs, hat sie gute Chancen, ihn noch im Büro zu erwischen und hoffentlich ungestört mit ihm sprechen zu können.

„In normalen Beziehungen ist das umgekehrt", murmelt sie frustriert, während sie ihr Smartphone aus der Halterung nimmt und bis zur Telefonnummer von Paulhapunkt scrollt. Dann hält sie sich das Gerät ans Ohr und wartet mit klopfendem Herzen darauf, dass er sich meldet.

„Josephine!"

Paulhapunkt hört sich ehrlich erfreut an. Josephine atmet erleichtert aus und stellt fest, wie schön es ist, seine Stimme zu hören.

„Hallo Schatz."

Für einen Moment wissen beide nicht, was sie sagen sollen.

„Wie geht es dir?", fragt er.

Josephine stockt. Was soll sie darauf sagen?

„Den Umständen entsprechend, sagt man wohl in solchen Fällen. Ich versuche, das Beste daraus zu machen", antwortet sie nach einem kurzen Moment des Überlegens.

Wieder herrscht Stille in der Leitung.

„Wenn ich dir helfen kann ..."

Josephine merkt, dass sie ins Schwimmen gerät.

Wenn sie nicht aufpasst, würde sie schwach werden und einknicken, weil sie auf einmal gar nicht mehr wüsste, was sie täte und warum. Das darf auf keinen Fall passieren!

„Ich habe mir die Wohnung angesehen", platzt sie heraus.

Erneut entsteht eine Pause. Josephine beschließt, dass Angriff die beste Verteidigung ist und redet einfach drauflos.

„Sie ist großartig! Wunderschön gelegen, sorgfältig renoviert, mit allem Komfort. Vier Zimmer, ein herrlicher Blick in den Park …"

Als sie von der Wohnung erzählt, gerät sie erneut ins Schwärmen. Genauso eine hat sie sich gewünscht, und sie hofft, dass ein Funke ihrer Begeisterung auf Paulhapunkt überspringen und er wenigstens neugierig werden wird. Deshalb fährt sie fort, die Wohnung und wie sie es sich dort einrichten können, in den schönsten Farben auszumalen.

„Und was für ein Glücksfall, dass wir nur noch zusagen müssen – dann haben wir sie!"

Dass sie das bereits getan hat, verschweigt sie lieber. Soll Paulhapunkt ruhig glauben, dass noch alles offen ist, überlegt sie. Dann fühlt er sich weniger überrumpelt, was bestimmt besser für die Stimmung ist!

„Ich habe Meike gesagt, dass ich mich selbstverständlich noch mit dir dazu abstimmen muss und ihr morgen Bescheid geben werde, ob du noch einen Blick in die Räume werfen möchtest, bevor wir zusagen", flunkert Josephine.

„Das hört sich an, als sei alles schon mehr oder weniger in trockenen Tüchern", kommentiert Paulhapunkt den Sachstand, und Josephine findet, dass er sich wenig begeistert anhört. Eher irgendwie … angespannt.

Das ist nicht die Reaktion, die Josephine erhofft hat. Andererseits hat sie damit gerechnet und weiß, wie wichtig es ist, dass sie jetzt nicht nachgibt. Sie muss Oberwasser behalten – sonst hat sie verloren.

„Natürlich habe ich Meike gegenüber durchblicken lassen, dass deine Zustimmung reine Formsache ist. Was denkst du denn, wie schnell sie für so eine Wohnung andere Mieter findet? So eine Chance kann man sich doch nicht entgehen lassen!"

Sie hört Paulhapunkt am anderen Ende der Leitung tief Luft holen. „Josephine!" Er klingt ärgerlich. „Ich habe dir gesagt, dass ich Mutti jetzt nicht allein lassen kann. Sie ist krank. Wie stellst du dir das vor?"

Oh, dazu könnte ich eine Menge sagen, denkt Josephine. Sie weiß genau, wie sie den weiteren Verlauf der Angelegenheit gestalten könnten. Kurz gesagt: Mietvertrag unterschreiben, Umzugswagen bestellen und das Weite suchen, sobald die Vormieter die Wohnung verlassen haben. Allerdings hat sie das Gefühl, dass es jetzt nicht ratsam wäre, das so unverblümt auszusprechen, weil ihr Liebster diesbezüglich anders tickt und möglicherweise empfindlich reagiert. Deshalb sagt sie erst einmal nichts und wartet ab.

Hoffentlich begreift Paulhapunkt, was für eine großartige Gelegenheit vor ihnen liegt und dass man dafür Opfer bringen muss. Wenn man die Tatsache, dass Edeltraud einmal nicht ihren Willen bekommt und allein mit ihrem Mann in ihrem eigenen Haus zurückbleibt, überhaupt als Opfer betrachten will.

„Ich kann das nicht machen. Es tut mir leid, Josephine, aber das bringe ich nicht fertig. Es ist schließlich meine Mutti! Du musst der Schwester deiner Kollegin absagen!"

Josephine realisiert, dass ihr Puls in die Höhe schnellt.

Muss ich das?, überlegt sie reflexartig. Okay, es ist nicht nett von ihr gewesen, Paulhapunkt vor vollendete Tatsachen zu stellen. Es war Notwehr! Schließlich hatte er vorher einfach beschlossen, den Besichtigungstermin zu canceln. Da hatte sie auch kein Mitspracherecht gehabt! Jetzt einfach zu verfügen, dass sie die Wohnung absagt ...

Josephine kämpft um ihre Fassung. Enttäuschung und hilflose Wut drohen sie zu übermannen.

„Ich werde die Wohnung nehmen", sagt sie so ruhig, wie es ihr möglich ist.

Das kommt überraschend für Paulhapunkt – das weiß sie. Fast tut es ihr leid, ihn damit vor den Kopf zu stoßen.

„Wenn du es dir leisten kannst ...", kommentiert Paulhapunkt nach einer kurzen Pause Josephines Entschluss.

In ihren Ohren klingt diese Bemerkung sehr überheblich. Sie weiß selbst, dass ihre finanziellen Mittel begrenzt sind. Aber dass Paulhapunkt deshalb meinte, ihr die Spielregeln diktieren zu können, wie es ihm passte, in der Annahme, dass sie kuschen würde, lässt sie nicht auf sich sitzen!

„Das kann ich nicht", antwortet sie kühl, obwohl sie ihn vor Wut am liebsten anschreien würde. „Deshalb werde ich jemanden für eine WG suchen, wenn du nicht mit einziehen willst. Überleg es dir!"

Nun ist es heraus.

Das hatte er nicht erwartet, da ist sich Josephine sicher. Er hat bestimmt gedacht, sie würde klein beigeben. Was hatte Herr Riedl gesagt? *Sie haben keine Chance.* Gilt das etwa auch hier? Für ihr Privatleben? Weil sie für Paulhapunkt unwichtig ist? Und das, obwohl sie in den letzten Jahren beinahe alles für ihn getan hatte, um ihm ihre Liebe zu beweisen? Würde ihr jemand wie Herr Riedl auch hier, in der Beziehung zu ihrem Partner vorwerfen, um Anerkennung zu betteln, die niemals kommen wird?

Josephine hoffte so sehr, dass es nicht so ist.

„Mir zuliebe, Paulhapunkt. Bitte! Ich kann nicht mehr."

Das hatte sie nicht geplant, es ist ihr einfach so herausgerutscht. Sie merkt, wie nahe sie den Tränen ist.

Bitte, Paulhapunkt! Komm mir entgegen! Nur ein einziges Mal, denkt sie verzweifelt.

Josephine hört ihn am anderen Ende der Leitung schwer atmen. Für lange Zeit sagt keiner von beiden ein Wort. Sie schließt die Augen und wiederholt immer wieder in Gedanken die Worte *Bitte, bitte lieber Gott, mach, dass er sich für uns entscheidet, für eine gemeinsame Zukunft. Bitte, bitte lieber Gott ...*

Fast kann Josephine spüren, wie Paulhapunkt mit sich ringt. Und je länger er mit sich ringt, umso näher wähnt sie sich ihrem Ziel. Bitte, Paulhapunkt, entscheide dich für uns!

„Josephine ..."

„Ja?"

Er stockt. „Momentan geht es nicht. Ich könnte es mir nie verzeihen, meine Mutti jetzt alleine zu lassen. Sie ist gerade in einer schwierigen Phase und braucht Hilfe."

„Sie hat deinen Vater!"

„Du weißt, dass das nicht zählt."

„Dein Vater zählt nicht? Hörst du dir eigentlich selber beim Reden zu?"

Josephine weiß, dass sie vermintes Gelände betritt, wenn sie die Beziehung von Paulhapunkts Eltern und seine Rolle dabei kommentiert, aber nun ist ihre Geduld am Ende.

„Du weißt, wie ich das meine", antwortet er ungeduldig. „Er ist so unvernünftig und macht nur Probleme. Er ist wirklich keine Stütze für sie."

Josephine schüttelt den Kopf. Das hört sie sich nicht mehr an, so viel weiß sie. Das hat sie zu oft gehört, ohne dass sich dadurch jemals etwas am Status quo geändert hatte. Und eigentlich hat sie auch gar keine Lust mehr, sich mit diesem undurchsichtigen Beziehungswirrwarr zu befassen. Schließlich hat alles Reden, Verstehen und Abwarten nie etwas genützt. Es bleibt ja doch alles so, wie es ist, und das ist einfach nur beschissen!

„Glaubst du, dass wir beide jemals eine eigene Wohnung haben werden? Ich meine, eine richtige? Eine, wo wir auch mal unsere Ruhe haben?"

Diese Frage hatte sie ihrem Partner noch nie gestellt, dabei ist sie naheliegend.

„Ich kann meine Eltern jetzt nicht im Stich lassen. Du kannst nicht erwarten, dass ich mich nicht mehr um sie kümmere und ..."

Nicht schon wieder diese Tour, denkt Josephine und fällt ihm ins Wort.

„Natürlich sollst du dich um deine Eltern kümmern! Das finde ich absolut richtig und wichtig. Das kann aber nicht gleichbedeutend sein mit dem Umstand, dass wir auf eine eigene Wohnung verzichten müssen!"

„So schlimm ist es hier auch nicht ...", wirft Paulhapunkt ein.

„Das heißt, es bleibt alles, wie es ist?", unterbricht sie ihn erneut.

„Josephine, ich verstehe dich ja", lenkt er ein. „Für dich ist es sicher nicht ideal. Auch ich wünsche mir eine größere Wohnung. Ich werde mit Mutti reden – ich verspreche es dir. Wenn es ihr besser geht. Wir brauchen nur noch ein bisschen Geduld. Und bis dahin werden wir es hier doch noch aushalten, meinst du nicht?"

Josephine reibt sich über das Gesicht.

Nein, das meine ich nicht, denkt sie. Und sie glaubt auch nicht, dass sie nur noch „ein bisschen Geduld" braucht, weil sie auch nicht mehr glaubt, dass die Wohnung im Haus von Paulhapunkts Eltern eine Übergangslösung ist. Diese Erkenntnis legt sich wie Blei auf ihre Schultern.

„Ich muss los, die Arbeit wartet. Bis irgendwann", beendet sie das Gespräch resigniert.

11

Die Arbeit wartet nicht, wie Josephine soeben im Telefonat mit Paulhapunkt behauptet hat, weil Carmen Josephine für den Rest des Tages freigegeben hatte, damit sie in Ruhe den weiten Weg zur Wohnungsbesichtigung und wieder zurückfahren konnte. Das kommt Josephine jetzt gerade recht.

Nach ihrer Rückkehr geht sie schnurstracks in die Restaurantküche, belegt eine Scheibe frisch gebackenes Brot mit Käse, holt eine Flasche Wein und ein Glas, läuft damit hinaus zur Scheune und klettert die Treppe hinauf auf den Heuboden. Dort will sie in Ruhe über alles nachdenken. Sie macht es sich in der weit geöffneten Luke bequem und lässt ihren Blick über die wunderschöne Landschaft wandern, die von der untergehenden Sonne herrlich golden angestrahlt wird: die blühenden Wiesen, die grünenden Felder und die langen Reihen von Pappeln in der Ferne, die in der warmen abendlichen Brise rauschen.

Ein Bild des Friedens und der Sorglosigkeit, als könnte es keinen Schmerz und keinen Ärger geben, weil alles so perfekt, so vollkommen zu sein scheint, findet Josephine. In diesem Moment will sie sich der Illusion hingeben, dass die Welt wunderbar sein kann – auch für sie – und dass es für alles eine Lösung gibt. Sie isst ihre Stulle, trinkt ein Glas Wein, genießt die Aussicht und schiebt die finsteren Gedanken beiseite.

„Was für ein herrlicher Platz! Wie gut, dass Carmen mir diesen Ort gezeigt hat. Hier kann ich in Ruhe nachdenken, bin ungestört ... ja, Herrschaftszeiten! Was ist das denn?“

Ungeduldig lauscht sie auf die Geräusche, die von tief unter ihr kommen. Jemand geht den Feldweg unter dem Vordach der Scheune entlang und steigt dann auf der hölzernen Treppe empor, die zum Heuboden führt. Josephine überlegt, ob das Rouven sein kann, der Heu für die Kühe braucht, auch wenn sie davon ausgegangen ist, dass er so spät am Abend längst zu Hause sein müsste.

Die Tür zum Heuboden öffnet sich.

„Wer auch immer das ist“, murmelt Josephine ungehalten, „es spricht nichts dagegen, wenn er einfach wieder verschwindet.“

Angespannt lauscht sie auf die Schritte und hofft, sie mögen sich schnell wieder entfernen. Das Gegenteil ist der Fall: Sie nähern sich. Jetzt steigen sie sogar die kleine Stiege zu dem Teil des Heubodens hinauf, in dem sie es sich in der Luke gemütlich gemacht hat.

Oh bitte, kann ich nicht einfach meine Ruhe haben? Wenigstens an einem furchtbaren Tag wie diesem?, denkt sie verzweifelt.

„Hallo, was machen Sie denn hier?“, ruft eine Stimme überrascht.

Großer Gott, das darf nicht wahr sein! Den kann ich hier nun gar nicht gebrauchen! Bis eben war es doch noch richtig gemütlich, schimpft Josephine innerlich.

„Nach was sieht's denn aus?", fragt sie wenig freundlich zurück.

„'Tschuldigung. War eine blöde Frage."

Richtig, denkt Josephine, und dreht sich wieder zur Aussicht um.

Einen Moment lang geschieht nichts. Herr Riedl bleibt einfach stehen, wo er ist, und Josephine schaut angespannt in die Weite, in der Hoffnung, der ungebetene Besucher möge diese Geste richtig deuten.

So langsam muss klar geworden sein, dass ich meine Ruhe haben will, denkt sie ungeduldig. Also schwing die Hufe und mach, dass du Land gewinnst!

„Da haben Sie also meinen Lieblingsplatz entdeckt", fährt Herr Riedl fort. „Ist es okay, wenn wir uns den für heute Abend teilen?"

Nein, das ist nicht okay! Und jeder, der ein bisschen Feingefühl hat, würde merken, dass er hier über ist! Aber vermutlich ist das zu viel erwartet von einem Mann, für den es nichts Selbstverständlicheres gibt, als unerwünscht zu sein, weil er gewissermaßen sein Geld damit verdient. Ein gern gesehener Unternehmensberater muss in den Augen seiner Auftraggeber eine Fehlinvestition sein, vermutet Josephine ungnädig.

„Ich habe eine Flasche Wein dabei. Und Kekse", fährt er fort, während er näherkommt.

Josephines erster Reflex ist es aufzuspringen, ihre Sachen zu packen, Herrn Riedl einen schönen Abend zu wünschen und zu gehen. Dann lässt sie es jedoch, weil er schließlich ein Gast ist und ein hektischer Rückzug ihr als Unhöflichkeit ausgelegt werden könnte. Sie beschließt, noch fünf Minuten sitzenzubleiben, um dann

Müdigkeit vorzuschützen und zu verschwinden. Vielleicht reichen sogar zwei Minuten, überlegt sie, weil auch diese Reaktion, dass andere fluchtartig den Raum verlassen, wenn er die Bildfläche betritt, zum Berufsalltag dieses Herrn gehören muss und er vermutlich nichts dabei findet.

Widerwillig rutscht sie zur Seite, um in der Luke Platz zu machen. Herr Riedl, heute ausnahmsweise in Jeans und T-Shirt, setzt sich, reißt die Packung mit Keksen auf und hält sie Josephine auffordernd hin, aber sie schüttelt den Kopf. Sie hat keine Lust, irgendetwas von ihm anzunehmen – keinen Rat und auch keinen Keks.

Schweigend sitzen sie nebeneinander und betrachten den farbenfrohen Sonnenuntergang. Nach wenigen Sekunden ist Josephine so von der intensiven Lichtstimmung und dem gewaltigen Himmelspanorama aus rot und gelb angestrahlten Wolken gefangen, dass sie die Anwesenheit des Mannes neben sich fast vergessen hat.

Was für ein Schauspiel, denkt sie begeistert. Dazu das leise Rauschen der Pappeln, das Zwitschern der Vögel ... und das Knacken der Plastikschale, in der die Kekse liegen. Kurz darauf ertönt das dumpfe Geräusch von hartes Backwerk zermalmenden Zähnen. Das darf nicht wahr sein!

„Schmeckt's?", fragt Josephine spitz.

Herr Riedl nickt. „Ich liebe diese Kekse", schmatzt er und hält ihr erneut die Packung hin, doch sie lehnt abermals ab.

Nein, dieser Mensch hat wirklich keine Antennen für den passenden Moment, denkt sie und beschließt, nun tatsächlich zu gehen. Sie provoziert ein Gähnen und schüttelt sich.

„Ich muss ins Bett.“

Sie blickt sich suchend nach ihrem Glas und der angebrochenen Flasche Wein um.

„Ich habe Sie jetzt aber nicht vertrieben, oder?“

Josephine hält im Suchen inne. Für einen Moment weiß sie nicht, was sie sagen soll, weil die Antwort offensichtlich auf der Hand liegt: Doch, Sie stören, und zwar gewaltig! Allerdings wundert es mich nicht, dass Sie davon nichts mitbekommen. Sie kennen es vermutlich nicht anders. Und wie ist das eigentlich: Haben Unternehmensberater Freunde?

„Ich bin Ihnen gestern zu nahe getreten“, stellt Herr Riedl fest, als sie ihm eine Antwort schuldig bleibt.

„Stimmt“, gibt Josephine zu. „Aber daran bin ich selbst schuld. Ich hätte Sie nicht mit meinen Problemen belästigen sollen“, erklärt sie eisig.

„Ich wollte Ihnen nichts vormachen“, erwidert der Unternehmensberater mitfühlend.

„Und ich bin jetzt müde. Ich habe einen anstrengenden Tag hinter mir.“ Josephine steht auf und klaubt ihre Sachen zusammen.

„Geben Sie mir noch eine Chance?“

Sie erstarrt in der Bewegung. Was soll das denn jetzt?

„Wozu?“, antwortet sie heftig. „Sie sagten es selbst: Sie wollen mir nichts vormachen. Worüber sollen wir jetzt noch reden?“

Herr Riedl gibt nicht auf. „Darüber, was Sie tun können, um Ihre Situation zu verbessern.“

Josephine muss zugeben, dass es nett ist, sich so um sie zu bemühen. Allerdings war sie gerade nicht willens und in der Lage, darauf einzugehen.

„Ich weiß, was ich tun kann", erwidert sie brüsk. „Ich weiß sogar, was ich tun werde. Sagten Sie gestern nicht, dass mir niemand sagen muss, was ich tun soll, weil ich das selbst am besten weiß?"

Ihr Gegenüber denkt nach. „Habe ich das gesagt?", fragt er verwundert.

Josephine schüttelt den Kopf und muss wider Willen schmunzeln. Dass dieser Unternehmensberater sich selbst nicht so ernst nimmt, macht ihn sympathisch.

„Haben Sie", bestätigt sie, nun gnädiger gestimmt. „Also, wozu brauche ich Ihrer Meinung nach noch einen Berater?"

„Vielleicht für die Details, die Ihnen dabei helfen, Ihre Pläne umzusetzen? Möglicherweise habe ich ja doch noch etwas zu bieten, was Ihnen weiterhilft." Er schaut sie bittend an. „Es widerspricht meinem Verständnis von meinem Beruf, jemanden, den ich beraten habe, in einer schlechteren Verfassung zurückzulassen als ich ihn vorgefunden habe. Ich habe Sie frustriert. Und obwohl ich absolut zu dem stehe, was ich gesagt habe, habe ich Ihnen damit nicht geholfen. Das ist für mich als Unternehmensberater ein suboptimales Ergebnis – ob Sie es glauben oder nicht. Also bitte ich Sie um die Chance, es wiedergutzumachen."

Josephine muss sich eingestehen, dass sie von dieser Sichtweise beeindruckt ist. Dennoch hat sie Bedenken. Sie kann es zur Zeit überhaupt nicht gebrauchen, sich noch mehr entmutigen zu lassen.

„Wie wollen Sie mich beraten, wenn Sie das, was ich vorhabe, für falsch halten?", fragt sie bissig.

Er lächelt spitzbübisch. „Mein Job ist kein Wunschkonzert. Was glauben Sie, wie oft ich genau das tun muss, wenn ich einen Auftrag angenommen habe?"

Josephine ist verwirrt. „Heißt das, Sie raten Unternehmen zu etwas, das Sie für verkehrt halten?"

„Wenn's gut bezahlt wird – ja", konstatiert Herr Riedl trocken.

Dafür erntet er einen so entgeisterten Blick, dass er lachen muss.

„Was glauben Sie denn? Dass Vorstände mich engagieren, um sich von mir vorschreiben zu lassen, was sie zu tun haben?" Er grinst. „Ich bin mit meinen Auftraggebern oft nicht einer Meinung darüber, was das Beste für sie oder ihr Unternehmen ist. Ein Stück weit fände ich es auch vermessen, anzunehmen, dass ich das Geschäft meiner Kunden besser verstehe als sie selbst es tun. Gut – es gibt Ausnahmen", lenkt er ein. „Manchmal sind meine Vorstellungen von dem, was zielführend ist, von den Ideen meiner Kunden wirklich zu weit entfernt. Dann muss ich den Auftrag ablehnen." Er zuckt die Schultern und blickt Josephine treuherzig an.

„Glauben Sie mir: Sie sind nicht die Einzige, die das, was das Management von ihr erwartet, für hirnverbrannten Blödsinn hält. Deshalb sage ich auch aus eigener Erfahrung: Ihre Chancen, in solchen Konstellationen etwas ändern zu wollen, wenn Sie nicht der Chef, sondern der Scherge sind, ist so gut wie aussichtslos. Und darum habe ich Ihnen auch nahegelegt, darüber nachzudenken, selbst eine Führungsposition einzunehmen."

Er blickt Josephine forschend ins Gesicht. Weil er dort aber nichts entdeckt, was darauf schließen lässt, dass sie ihre Meinung geändert hat, fährt er fort. „Wenn Sie es trotzdem versuchen wollen, weil Sie gute Gründe dafür haben, zu glauben, dass es sich lohnt, dann betrachte ich es als meinen Job, Sie dabei zu unterstützen."

Josephine schaut ihn nachdenklich an. Dann schweift ihr Blick in die Ferne, als könne sie dort die Antwort auf die Frage finden, ob sie sich noch einmal der Gefahr aussetzen soll, verletzt zu werden.

Schließlich gibt sie sich einen Ruck und fragt mit provozierendem Lächeln: „Gilt das auch, wenn ich Sie nicht bezahle?"

„Dann erst recht", antwortet er ernst.

Sie schaut ihn prüfend an. „Warum tun Sie das?"

Ruhig erwidert er ihren Blick. „Sie interessieren mich eben."

Argwöhnisch zieht Josephine eine Augenbraue in die Höhe.

„Als Fall", ergänzt er, ohne eine Miene zu verziehen.

Josephine lässt die Augenbraue wieder sinken. „Okay!"

Nach einer kurzen Pause fügt sie hinzu: „Ich heiße übrigens Josephine."

„Oliver."

„Und jetzt hätte ich gerne einen Keks, Oliver."

12

Jetzt geht es um alles! Nervös prüft Josephine ihre Sitzposition, die sie auf dem Bett in ihrem Zimmer eingenommen hat, atmet noch einmal tief durch, vergewissert sich, dass sie weiß, was sie gleich sagen wird und tippt auf das Kontaktfeld im Display ihres Smartphones. Erst knackt es, dann hört sie ein Freizeichen.

„Personalvermittlung Cornelius, Dr. Gernot Taler, Guten Tag!"

„Hallo Gernot, ich bin's, die Josephine."

Ihr Herz schlägt bis zum Hals.

Hoffentlich finde ich jetzt bloß die richtigen Worte, um meinen Chef zu überzeugen, fleht sie im Stillen. Gestern hatte sie noch bis tief in die Nacht auf dem Heuboden mit Oliver darüber diskutiert, wie sie ihr Exposé über ein professionelles und erfolgversprechendes Vorgehen beim Marken-Relaunch aufbauen kann und mit welchen Details sie es anreichern muss, um das Interesse ihres Chefs zu wecken und anschließend auch noch dessen Boss, Heribert Cornelius, zu überzeugen. Oliver hatte ihr geraten, dass sie diesbezüglich vom Besten lernen solle, nämlich von Dennis Reithofer persönlich. Wenn der es trotz Inkompetenz und darüber hinaus auch noch ohne Renommee einer anerkannten Kommunikationsagentur schafft, ihren Chef

für sich einzunehmen, dann wäre er der Mann, an dem
sie sich orientieren müsse.

Nachdem Oliver Josephine diesen Vorschlag unter-
breitet hatte, hatte er erst einmal eine Viertelstunde gebraucht, um sie davon zu überzeugen, das Gespräch
nicht sofort abzubrechen. Es hatte weitere zwanzig Minuten gedauert, bis er sich die voller Empörung vorge-
tragene Top Ten der beklopptesten Vorschläge, die
Herr Reithofer je in Josephines Gegenwart geäußert
hatte, angehört hatte. Erst danach war Josephine in der
Lage, sich sachlich mit dem Vorschlag Olivers auseinanderzusetzen.

Gemeinsam hatten sie diejenigen von Dennis Reithofers Überzeugungsstrategien identifiziert, zu denen sich
Josephine, um der guten Sache willen, gerade noch
durchringen konnte. Diese hatte sie mit Olivers Hilfe
bis weit nach Mitternacht so weit eingeübt, dass sie
nun hofft, sie halbwegs überzeugend einsetzen zu können. Zu guter Letzt hatte er ihr noch einige Tipps gegeben, wie sie dafür sorgen könne, dass das Exposé um
Himmels willen nicht zu intellektuell wirkte und trotzdem eine überzeugende Vorlage für einen durchdach-
ten Relaunch-Prozess bietet. Darüber hinaus schärfte
er ihr ein, inklusive Grafiken und Tabellen auf keinen
Fall fünf Seiten zu überschreiten, wobei die Schrift
trotzdem sehr viel größer als acht Punkt sein sollte.

Und jetzt ist Josephine beim ersten Schritt zur Umsetzung ihres Plans angelangt, ein Marken-Konzept
durchzusetzen, zu dem sie stehen kann, ohne sich dafür entschuldigen zu müssen: Sie muss ihren Chef dazu

bringen, dass er ihr Exposé liest und vor allem wohlwollend prüft. Also meißelt sie sich ein Lächeln ins Gesicht und klingt gefälligst zuversichtlich!

„Na? Gestern auch Fußball geguckt? War das nicht der Hammer? Genau das Richtige, um den Grill anzuschmeißen und einen Träger Bier zu vernichten!"

Bei dieser Eröffnung ist Josephine nicht wohl zumute. Bislang hat sie sich beim Austausch von Fußball-Ergebnissen noch nie hervorgetan, und jeder, der sie kennt, wäre an dieser Stelle misstrauisch geworden. Doch Herr Reithofer und Dr. Taler sprachen immer als Erstes über Fußball, wenn sie miteinander Kontakt hatten. Deshalb war sie mit Oliver übereingekommen, dass sie – wenn ihr sonst kein privates Thema einfiele, über das sie mit ihrem Chef plaudern könnte – diesen Gesprächseinstieg wählen sollte. Hinzu kommt, dass sie ziemlich sicher ist, dass auch der gute Dennis von Fußball keine Ahnung hat, da seine Kommentare zu diesem Thema stets höchst allgemein und meistens einsilbig blieben. Daran hat Dr. Taler jedoch noch nie Anstoß genommen. Schließlich kann er so mit seinen vermeintlichen Expertisen über Mannschaftsaufstellungen und Spielzüge glänzen, ohne befürchten zu müssen, beim Klugscheißen gestört zu werden.

„Josephine! Das ist ja eine Überraschung! Jaaaa, das war Fußball, wie er sein soll ..."

Dr. Taler gerät ins Schwärmen, und wie Josephine gehofft hat, ist von diesem Moment an weiteres Knowhow ihrerseits zum Thema nicht mehr erforderlich. Minutenlang monologisiert ihr Chef über das Spiel, von dem sie nur das Ergebnis kennt, weil sie das vorher gegoogelt hat. Sie dagegen beschränkt sich auf beifällige

Ausrufe und lacht an den dafür vorgesehenen Stellen. Damit ist der Anfang gemacht und – wie sie findet – auch gelungen. Nun wird es Zeit, zum eigentlichen Grund ihres Anrufs zu kommen.

„Du, Gernot ...“

Sie erinnert sich daran, wie wichtig es ist, einen vertraulichen Ton bei der Ansprache zu wählen, ohne respektlos zu wirken. Das hatte Oliver ihr eingeschärft, weil er meinte, dass sie Dr. Taler am besten für den weiteren Verlauf des Telefonates entspannte, wenn sie nicht zu direkt und schon gar nicht mit professioneller Sachlichkeit auftrat. Ihr Chef müsse sich wohlfühlen, hatte Oliver ihr eingeschärft. Trotz seines Titels – von dem Josephine auch nicht sagen konnte, auf welchem Gebiet er den erworben hatte, der aber immerhin auf eine wissenschaftliche Vorbildung schließen lässt – bestünde die Gefahr, dass sie ihn damit überforderte. Und sobald er unter Stress gerate, würde er dicht machen – egal, was sie ihm vorschlüge.

„... mir ist unser Workshop nicht mehr aus dem Kopf gegangen. Das waren wirklich spannende Aspekte, die wir bewegt haben! Ich habe das noch mal intensiv auf mich wirken lassen und denke, dass wir die Chance nutzen sollten, um unsere Marke nach vorne zu bringen. Wir sind auf einem guten Weg.“

Ja ja ja, denkt Josephine. Sie weiß, dass es eine Grenze zwischen höflicher Beschönigung und skrupelloser Lüge gibt und dass sie die gerade meilenweit überschritten hat. Aber es hilft nichts: Da muss sie durch! Der Zweck muss dieses Mittel heiligen. Punkt. Schließlich würde auch Dr. Taler von dem Endergebnis profitieren, und so muss es vertretbar sein, ihn zu seinem eigenen Vorteil hinters Licht zu führen.

„Und ich bin absolut bei dir, wenn du meinst, dass wir da jetzt dran bleiben müssen."

Unterstützung zu signalisieren sei gaaanz wichtig, hatte Oliver ihr eingeschärft. Schließlich halte Dr. Taler an der Agentur fest und es sei nicht schlau, ihm diesbezüglich zu widersprechen. Das könne nur zu Widerstand führen, und dann reagiere eine Führungskraft – auch eine mit Doktortitel – nicht anders als ein Vierjähriger in der Trotzphase. Also müsse Josephine erst einmal beweisen, dass sie auf seiner Seite sei und dass er sich vollkommen auf ihre Loyalität verlassen könne.

„Erfolgskritisch ist natürlich, dass wir an dieser Stelle Cornelius frühzeitig ins Boot holen und uns auch mit den anderen Stakeholdern im Unternehmen abstimmen, damit wir auf breiter Basis Zustimmung für das Projekt kriegen. Man muss die Kollegen abholen, damit sich keiner beim Roll-out überfahren fühlt. Die Compliance im eigenen Haus ist kriegsentscheidend bei so einem Projekt ... sagst du ja auch immer."

„Tue ich das?", fragt Dr. Taler irritiert.

Josephine lacht affektiert auf. „Bestimmt!", kichert sie. „In solchen strategischen Fragen bist du echt ein Fuchs und kennst alle Tricks, um die Leute zu überzeugen!"

Bestätigung, Bestätigung, Bestätigung – das hatte Oliver ihr eingetrichtert – und noch einmal Bestätigung! Die funktioniere am besten, wenn sie sich auf etwas bezöge, was ihr Chef gemeinhin sage oder tue, um ihm zu signalisieren, wie viel Gewicht seine Meinung für sie habe. Wenn ihr allerdings partout nichts einfallen wolle, worauf sie sich beziehen könne, um Dr. Taler davon zu überzeugen, dass ihre Idee eigentlich seine sei – er wisse es bis dahin nur noch nicht – dann müsse sie ihm eben das Passende in den Mund legen.

„Summe über alles: Wir sollten den kreativen Input der Agentur nutzen und zeitnah Gas geben, um die Sache anzuschieben, damit nichts anbrennt."

Josephine fühlt sich wie beim Bullshit-Bingo für Büro-Angestellte. Was redet sie nur für einen Müll? Aber auch das sei wichtig, hatte Oliver gemeint. Sie müsse die Sprache von Dr. Taler sprechen. Nur so könne sie Nähe aufbauen.

„Ich kann da fix was auf zwei, drei Seiten zusammenschreiben, das du Cornelius vorlegen kannst ..."

Oliver fand, dass sie ihrem Chef von vorneherein die Angst vor einem ausführlichen Pamphlet nehmen sollte. Die Erwartung auf zu umfangreichen Lesestoff könne Stress bei ihm auslösen und den gelte es unbedingt zu vermeiden.

„... das kriege ich auch von hier aus hin. Ich entwerfe kurz ein Timetable für den Relaunch, schreibe die im Workshop diskutierten Big Points rund um die Marken-DNA und so zusammen ..."

Selbstverständlich müsse Josephine mit den angesagten Fachbegriffen nur so um sich werfen, hatte Oliver behauptet. Wenn Dr. Taler den hippen Marketing-Jargon schätzt und die Verwendung für ihn ein Qualitätsmerkmal darstellt, dann solle sie sich dem nicht verschließen – egal, wie albern sie sich dabei vorkäme.

„... damit du schon mal ein Papier hast, das du mit Cornelius diskutieren kannst."

Natürlich müsse Josephine Dr. Taler unmissverständlich signalisieren, dass er bei all ihrem Engagement selbstverständlich das Heft des Handelns in der Hand behielte.

„Ich schicke dir zeitnah was zu, okay?"

Und immer den Ball flach halten und gaaanz entspannt wirken: Ihr Anliegen müsse fast beiläufig daherkommen – zu viel Aktivität würde einen Chef wie ihren nur verschrecken, war Olivers Überzeugung.

Das mit der Entspannung scheint Josephine gelungen zu sein, wie sie zufrieden feststellt, denn ihr Chef hört sich tatsächlich sehr gelassen an, als er nun das Wort ergreift.

„Die Josephine! So kennt man dich. Immer im Einsatz." Er lacht jovial. „Und ich habe mir schon Sorgen gemacht. Deine Mail hörte sich ja richtig dramatisch an."

Ein Anflug von schlechtem Gewissen bemächtigt sich ihrer, aber davon will Josephine sich nicht aus dem Konzept bringen lassen.

„Ich bin froh, wenn ich mich zwischendurch etwas ablenken kann", flunkert sie und bemüht sich, wie jemand zu klingen, der einen privaten Schicksalsschlag zu beklagen hat, aber trotzdem gefasst ist.

„Josephine, ich glaube, du kannst einfach nicht loslassen, stimmt's?", fragt Dr. Taler und lacht väterlich.

Loslassen, wiederholt Josephine im Stillen und ist erstaunt, diesen Begriff im Wortschatz ihres Chefs zu entdecken. *Wann hat er denn seine Liebe für diesen Psychokram entdeckt?*, fragt sie sich. Das passt so gar nicht in seine Welt der Statussymbole. Aber gut, vielleicht hat sie einen Trend verschlafen und loslassen ist gerade unheimlich angesagt, und in der Agenturszene macht man es auch täglich.

Dr. Taler fährt fort: „Bring deine Angelegenheiten in Ordnung und spann ein bisschen aus. Ich hatte ja schon geschrieben: Der Dennis kümmert sich um die Präsentation. Darüber musst du dir nicht den Kopf zerbrechen."

Oh je, das läuft jetzt schief! Sonst hat ihr Chef schließlich auch keine Probleme damit, sie mit Arbeit zuzuschütten – egal, wie spät es ist und wie viele Überstunden sie angesammelt hat. Wenn sie sich jetzt sogar freiwillig bereiterklärt, im Urlaub etwas vorzubereiten, warum nimmt er das nicht einfach an?

Josephine denkt fieberhaft nach, wie sie diese Wendung des Gesprächs geradebiegen kann.

„Gernot, ich weiß wirklich zu schätzen, dass du mir den Rücken freihalten willst. Und das, obwohl das Projekt so wichtig für die Zukunft unseres Unternehmens ist! Aber der Markt der Personalvermittler ... wir wissen ja, dass Externen oft die Übersicht fehlt. Man braucht Jahre, um zu kapieren, wie die Branche tickt – sagst du ja auch immer."

Das stimmt sogar! Die Litanei über die Wichtigkeit umfangreicher Erfahrung im Personalvermittlungsgeschäft musste sich Josephine in ihren ersten Jahren im Unternehmen ständig von ihrem Chef anhören, wenn sie wieder einmal etwas vorgeschlagen hatte, was nicht seine Zustimmung fand. Mittlerweile hörte sie das seltener, vielleicht, weil sie auch schon schlappe sieben Jahre dabei ist.

Erstaunlicherweise jedoch scheint Dr. Talers eigenes, oft gebrauchtes Argument plötzlich nicht mehr zu gelten, als er ihr seelenruhig erklärt: „Josephine, da mache ich mir bei Dennis keine Sorgen. Der weiß Bescheid. Der hat längst begriffen, wie der Hase läuft."

Josephine kann nicht fassen, was sie da hört. Sie ist froh, dass sie ihrem Chef jetzt nicht gegenübersitzt, denn es würde ihr kaum gelingen, ihre Gesichtszüge unter Kontrolle zu behalten.

„Und die Frau Gutenberg-Voss ist auch eine ganz Ausgebuffte", setzt Dr. Taler hinzu.

Wie er zu dieser Einschätzung kommt, ist Josephine noch schleierhafter. Schließlich hat Reithofers Geheimwaffe zum Markenaufbau nach den ersten zwei Sätzen zur Vorstellung ihrer Person am Anfang des Workshops kaum noch etwas sagen dürfen.

„Außerdem bin ich ja auch noch da", lacht Dr. Taler ins Telefon.

An dieser Stelle muss Josephine zugeben, dass man das Ausmaß einer aussichtslosen Situation nicht kürzer und treffender hätte zusammenfassen können.

„Ich bin zuversichtlich, dass die Beiden etwas Vernünftiges zu Papier bringen. Da sei mal unbesorgt."

Nein, das ist sie ganz und gar nicht! Aber dass ihre Befürchtungen an dieser Stelle keine Rolle spielen, ist Josephine mittlerweile klar geworden.

„Außerdem: Bei meinem Gespür für den Markt ..."

Richtig! Mit diesem völlig aus der Luft gegriffenen Kompliment schleimt „der Dennis" „den Gernot" am liebsten zu – vornehmlich dann, wenn Dr. Taler ausnahmsweise einer Empfehlung von Reithofer &

Friends nicht sofort Hurra schreiend folgt, sondern kritisch nachfragt. Nach einer solchen Schleimattacke des Agenturchefs ist es dann meistens kein Problem mehr, ihren Chef für fast genau den gleichen Mist wie den zuvor vorgeschlagenen zu gewinnen. Herr Reithofer macht ihm dann weis, wie schlau sein Einwand sei, der natürlich unbedingt berücksichtigt werden müsse, und schon ist Dr. Taler glücklich und die Messe gesungen!

„... kann ich schon darauf aufpassen, dass das Ergebnis am Ende stimmt."

Wie kommt er denn darauf? Hat doch bislang auch nie geklappt, denkt Josephine bissig.

Viel schlimmer als das, was sie sich gerade anhören muss, ist jedoch die Tatsache, dass sie ihre Felle davonschwimmen sieht und zwar endgültig!

„Bist du sicher, dass ich nichts tun kann, um dich zu unterstützen? Es ist überhaupt kein Problem für mich ...", wagt sie einen letzten Vorstoß.

„Josephine, entspann dich! Wir machen das schon."

Das ist eine eindeutige Ansage. Und die bedeutet nicht nur, dass ihr Vorhaben gescheitert ist, sondern drückt auch unmissverständlich aus, wie Dr. Taler zu ihr als Mitarbeiterin steht, die nicht nur jederzeit zuverlässig und kompetent alle Aufgaben auch unter den widrigsten Umständen erfüllt, sondern ihm darüber hinaus pausenlos den Arsch rettet, wenn er wieder Mist gebaut hat.

An diesem Punkt kostet es sie fast übermenschliche Kräfte, ihn nicht zu fragen, was eigentlich passieren muss, damit er kapiert, dass er keine Ahnung hat, davon aber sehr viel und außerdem Realitätsverlust etwas ist, was man behandeln kann, wenn man das Problem erst erkannt hat. Sie verzichtet außerdem mit heldenhafter Selbstbeherrschung darauf, ihn dorthin zu schicken, wo der Gehörnte wohnt oder ihn zu fragen, ob es seinen Doktortitel im Sonderangebot gab und wie viel er dafür bezahlt hat. Stattdessen hält sie die Luft an, bis sie fast erstickt und ... hat plötzlich eine Eingebung!

„Wie du meinst, Gernot, ich bin sicher, du hast das im Griff", hört sie sich sagen. Sie ist selbst erstaunt darüber, wie gelassen sie den Satz unter diesen Umständen hervorbringt und dass sie jetzt auch ohne lästige Gewissensbisse lügen kann.

„Ich wollte nur vermeiden, dass es Ärger gibt, weil wir uns so eine Gelegenheit haben entgehen lassen. Schließlich ist er der aufgehende Stern am Markenmanagement-Himmel! Der arbeitet nur für die wirklich großen Brands – aber das weißt du ja alles selbst. Und vermutlich hast du recht: So ein angesagter Kommunikations-Guru ist wirklich ein paar Nummern zu groß für uns." Josephine lächelt schadenfroh vor sich hin, während sie auf eine Reaktion ihres Chefs wartet, die auch prompt und zwar genau so, wie von ihr intendiert, eintrifft.

„Äh ... wovon sprichst du?"

„Na, von ihm – Oliver Riedl. Hab' ich dir doch geschrieben. Seine Agentur wird derzeit mit Awards geradezu überschüttet! In der Szene kennt den jeder, auch wenn er eigentlich noch ein Insider-Tipp ist ..." Jetzt bloooß aufpassen und schööön allgemein bleiben! Sonst fängt Dr. Taler am Ende noch an zu recherchieren, obwohl schnöde Grundlagenarbeit normalerweise nicht sein Ding ist, denkt Josephine im Stillen.

„Wenn man schon das Glück hat, zufällig so einer Koryphäe über den Weg zu laufen und der auch noch meint, er würde sich unser Problem mal anschauen ... also, ich hatte gedacht, dass du es mir echt übelnimmst, wenn ich dir so ein Angebot nicht wenigstens weiterleite. Schließlich sagtest du ja im Workshop, dass der Relaunch eine Punktlandung werden muss. Es sei schon so viel Geld von der Agentur verbrann ... äh ausgegeben worden, dass Cornelius jetzt genau hinsehen würde.“

„Äh ... absolut, absolut. Und, äh, diesen Riedl ... den hast du getroffen?“

„Habe ich dir doch gemailt!“

„Gemailt?“, fragt Dr. Taler verwirrt.

Josephine mimt die Überraschte. „Wie? Hast du meine Nachricht von vor zwei Tagen nicht gelesen?“

„Von Montag? Nein, nicht dass ich wüsste ...“

Sie hört, wie ihr Chef hektisch auf seiner Tastatur herumtippt. Bingo! Ein gutes Zeichen. Der Fisch hat angebissen!

„Nein ... ich habe nichts bekommen“, sagt er nach einer Weile, die er vermutlich mit dem Durchforsten seines Posteingangs verbracht hat.

Josephine grinst ihr eigenes Bild an, das sie von ihrem Bett aus gut im gegenüberliegenden Spiegel sehen kann, und schneidet sich selbst eine bewundernde Grimasse.

„Das Netz ist ein Bermuda-Dreieck“, stellt sie seufzend fest und muss sich ein Lachen verkneifen. „Warum kriegen die das eigentlich nicht hin, eine einfache Mail von A nach B weiterzuleiten?“ Sie lacht kurz auf. „Aber das ist ja jetzt auch egal. Wie gesagt, ich wollte es dir nicht vorenthalten. Schließlich bist du der Chef und musst sowas entscheiden. Obwohl ..."

Ihr Gesicht nimmt den Ausdruck einer Katze an, die sich an eine arglose Mäusefamilie heranpirscht und kurz vor dem Sprung ist. „... eigentlich hätte ich es mir ja denken können. Dieses Münchener Schickeria-Getue ist bestimmt überhaupt nicht dein Ding."

„Münchener Schickeria? Wieso? Was ist damit?" Dr. Taler klingt nun höchst interessiert und Josephine feixt.

„Na weil er in München residiert und das übliche Klischee dieser Agenturgrößen bedient: schickes Büro in einer angesagten Gegend, ständig mit irgendwelchen Promis an der Seite, mit denen er Prosecco schlürft ... das ganze Programm eben. Marketing in eigener Sache soll das wohl sein", sagt sie und lacht gekünstelt.

Mann Mann Mann, flucht sie innerlich. Hoffentlich hat sie es jetzt nicht übertrieben! Eine Agentur, die in dieser Liga spielt, könnte die Firma sich gar nicht leisten. Ob ihr Chef das merkte?

„Wie gesagt, ich bin absolut deiner Meinung, Gernot. Zu uns passt eine kleine Agentur, die bodenständig ihren Job macht. Bloß nicht zu abgehoben! Und vor allem: keine Experimente!"

Zwar ist „bodenständig" kein Begriff, den sie unter normalen Umständen in Verbindung mit Reithofer & Friends gebrauchen würde – genauso wenig, wie sie jemals davon sprechen würde, dass „die ihren Job machen". Aber bitte: Wenn Dr. Taler unbedingt über den

Tisch gezogen werden will, dann kann er das zur Abwechslung auch mal von ihr haben. Jedem das seine, lieber Gernot!

„Schließlich wissen wir, was wir an Herrn Reithofer haben! Ihm vertraut ja sogar der Herr Cornelius ...“

Tut er nicht. Josephine weiß das, weil ihr Chef es ihr gesagt hat. Vor zweieinhalb Wochen, als er von seinem Einlauf zurückkam, weil Heribert Cornelius endlich realisiert hatte, dass sein Unternehmen kommunikationstechnisch gesehen gar nicht existiert. Diese Erkenntnis hatte ihn auf einem Empfang der städtischen Wirtschaftsvereinigung ereilt, als er mit dem Vertreter der örtlichen Stadtwerke ins Gespräch gekommen war, der schwor, von einer Personalvermittlung Cornelius mit dem Slogan „PVC – employees and more“ noch nie etwas gehört zu haben.

„Und bei deinem Gespür für den Markt ... wozu brauchen wir da einen Marken-Guru?“, säuselt sie ihm ins Ohr.

Zugegeben – das ist fies. Aber verdient hat ihr Chef es! Selbst schuld ist er außerdem. Also – und so sieht es auch ihr Gewissen – kann sie damit leben.

„Josephine, ich denke, manchmal muss man etwas wagen“, ergreift Dr. Taler nach einer Weile das Wort und hört sich dabei an wie ein alter Hase, der einer blutjungen Mitarbeiterin erklären muss, wie derselbe läuft.

„Meinst du?“, fragt diese gespielt naiv und würde sich dafür hassen, wenn ihr Chef sie nicht gerade selbst so herablassend behandelt hätte.

„Es kann nicht schaden, wenn dieser Riedl mal ein paar Ideen für uns zusammenschreibt. Dann sehen wir weiter. Es kostet ja nix …" Er scheint nachzudenken. „Es kostet doch nix, wenn er uns ein Angebot macht, oder?"

Josephine bricht am anderen Ende der Leitung fast zusammen. Manchmal fragt sie sich, ob ihr Chef wirklich von dieser Welt ist und vor allem, womit er sich in den letzten Jahren beschäftigt hat. Irgendwas mit Marketing kann es nicht gewesen sein. Natürlich würde es Kosten verursachen, wenn ein anerkannter Markenexperte Gedanken zum Marken-Relaunch eines Unternehmens skizzierte! Aber ihr soll es recht sein: So muss sie sich nicht den Kopf darüber zerbrechen, wie sie erklären will, dass sie es geschafft hat, einen angesagten Branding-Experten dazu zu kriegen, kostenlos für ihre Firma zu arbeiten. Denn selbstverständlich hat sie ja gar nicht vor, eine teure Kommunikationsagentur auf ihren Fall anzusetzen. Das Konzept schreibt sie schließlich selbst. Der angeblich schillernde Marken-Gott soll nur seinen Namen zur Verfügung stellen, damit ihr Chef es sich überhaupt ansieht.

Und diese Hürde scheint sie gerade mit Bravour genommen zu haben, stellt Josephine zufrieden fest. Jetzt muss sie nur noch Oliver davon überzeugen, sich als Absender dieses wegweisenden Exposés, das endlich so etwas wie Professionalität in die Markenführung der Personalvermittlung Cornelius bringen soll, zur Verfügung zu stellen!

13

Die Gelegenheit dazu ergibt sich schneller, als Josephine erwartet hat. Als sie kurze Zeit später in der Küche des Restaurants erscheint, um sich bei Carmen zum Dienst zu melden, weist die auf einen bis obenhin mit Leckereien und Getränken vollgepackten Rollwagen, der neben der Tür zum Kühlraum steht.

„Josephine, du kommst wie gerufen! Kannst du bitte das zweite Frühstück für Olivers Workshop-Gruppe vor dem Seminarraum aufbauen?"

Josephine freut sich. Dieser Auftrag kommt wie bestellt!

„Bin schon unterwegs", ruft sie gut gelaunt und schnappt sich den Rollwagen, bevor Carmen es sich anders überlegen und eine Kollegin für diese Aufgabe einteilen kann.

Sie ist immer noch völlig euphorisiert von ihrem Telefonat mit Dr. Taler beziehungsweise dem erzielten Ergebnis. Vor allem davon, wie es ihr am Ende trotz aller Schwierigkeiten gelungen ist, ihren Plan durchzusetzen!

Jetzt habe ich nicht nur eine Chance, zukünftig vernünftiges Marketing zu machen, frohlockt sie. Ich bin auch in puncto Skrupellosigkeit weit über mich hinausgewachsen! Es geht doch! Natürlich ist es nicht schön, andere hinters Licht zu führen und ihre Eitelkeiten auszunutzen. Wenn es nach ihr ginge, dann würde die Welt anders funktionieren. Aber wenn die Dr. Talers dieses Planeten unbedingt eingeseift und nach Strich und Faden verar...ztet werden wollen, dann muss sie das tun, bevor es wieder ein Dennis Reithofer macht! Bestimmt würde Oliver ebenfalls begeistert sein – schließlich hat er ihr erklärt, wie sie das Gespräch führen soll! Natürlich ohne die kleine Improvisation am Ende, aber mit deren Notwendigkeit konnte ja niemand rechnen. Wichtig ist, dass es funktioniert hat!

Bester Dinge schiebt Josephine den Rollwagen aus der Küche, lächelt Carmen noch einmal zu und macht sich auf den Weg in den ehemaligen Stall. Im Foyer vor dem Seminarraum baut sie fröhlich vor sich hin summend das Buffet auf dem mit einem weißen Tuch verhüllten Tisch auf. Dort platziert sie eine Schüssel mit Obstsalat, eine Platte mit Sandwiches, die mit Thunfischcreme, Eiersalat und Obazda bestrichen sind und einen riesigen Korb mit Christinas frisch gebackenen Plunderteilchen. Zum Schluss stellt sie Wasser, Säfte sowie natürlich Kannen mit Kaffee und Tee sowie ausreichend Tassen und Gläser bereit.

Gerade hat sie das letzte Glas ordentlich am Ende einer langen Reihe platziert, da öffnet sich die Tür zum Seminarraum. Die Workshop-Teilnehmer strömen heraus und werden von einer strahlenden Josephine begrüßt. Auch Oliver verlässt schließlich den Seminarraum und kommt lächelnd auf sie zu.

„Guten Morgen", flötet sie. „Gut geschlafen?"

„Guten Morgen“, grüßt er zurück. „Ausgezeichnet, danke! Obwohl die Nacht etwas kurz war, wie du weißt.“

Zwei Teilnehmer, die neben Oliver stehen und die Plunderteilchen interessiert begutachten, drehen sich verwundert zu ihm um und werfen auch Josephine einen amüsierten Blick zu. Oliver bemerkt seinen Fauxpas. Josephine auch. Sie unterdrückt ein Grinsen und schaut zu Boden, um es einzufangen. Als sie wieder aufblickt, entdeckt sie auch auf seinem Gesicht ein amüsiertes Schmunzeln. Nonchalant zuckt er die Schultern.

„Jetzt ist es raus“, bemerkt er lakonisch.

„Großartig“, kontert sie, „dann müssen wir uns nicht mehr verstecken.“

Während es Josephine schwerfällt, ihre Gesichtszüge unter Kontrolle zu bringen, scheint es Oliver keine Probleme zu bereiten, eine gelassene Miene zur Schau zu tragen.

Er wirkt immer ein bisschen so, als würde ihn alles nichts angehen, findet sie. Ob es daran liegt, dass er sich nicht für Frauen interessiert?

Für einen Moment ist Josephine durch ihre Gedanken zur Erforschung von Olivers unergründlichem Auftreten abgelenkt, aber dann fällt ihr wieder ein, was sie eigentlich von ihm will. Sie nimmt ihm mit einem betont zuvorkommenden Lächeln die Tasse aus der Hand, die er gerade ergriffen hat, um sich Kaffee einzugießen und raunt ihm zu: „Ich habe vorhin mit meinem Chef telefoniert.“

Oliver schaut neugierig, doch fragen muss er nicht, wie das Gespräch verlaufen ist, denn Josephines fröhliches Gesicht spricht Bände.

„Ich habe alles genauso gemacht, wie du gesagt hast", fährt sie fort, während sie ihm Kaffee einschenkt. „Und tatsächlich: Er hat angebissen. Er will sich das Konzept ansehen!"

Ihr Gegenüber wirkt beeindruckt. „Ich muss zugeben, dass mich das überrascht. Ich habe ehrlich gesagt nicht damit gerechnet, dass du ihn von deinem Vorhaben überzeugen kannst, wo er sich schon so auf eure Agentur eingeschossen zu haben scheint. Respekt!"

Josephines Strahlen wird noch fröhlicher, als sie Oliver die Kaffeetasse reicht.

„Ich bin neugierig", fährt er fort. „Was hat den Ausschlag gegeben? Womit hast du ihn überzeugt?"

Josephine legt nachdenklich den Kopf schief. „Ich vermute, dass ihn der Ruf der Agentur, die uns bei dem Relaunch unterstützen soll, am meisten beeindruckt hat. Als ich ihm dann noch von dem schicken Büro in München und den vielen Promis berichtet habe, mit denen der Agenturchef sich umgibt, da hatte ich ihn!"

Oliver lacht. „Um Himmels willen! Was hast du ihm denn für Sachen aufgetischt?" Er schüttelt vergnügt den Kopf. „Wie willst du das umsetzen? Kostet so eine Agentur nicht rasend viel Geld?"

Josephine schüttelt den Kopf. „Natürlich darf das Ganze nichts kosten. Aber das muss es ja auch nicht, denn das Konzept schreibe ja ich!"

Oliver fragt ungläubig: „Wie willst du das anstellen? Du glaubst doch nicht im Ernst, dass sich ein renommiertes Unternehmen darauf einlässt, seinen Namen für etwas herzugeben, das nicht aus dessen Feder stammt?"

Josephine lässt sich nicht erschüttern. „Warum nicht? Wenn das Konzept gut ist …"

Mit einer Mischung aus Zweifel und Bewunderung schaut Oliver sie an. „Dir ist wohl alles zuzutrauen! Wenn dir das gelingt, will ich wissen, wie du es geschafft hast, so eine Agentur zu finden und sie zu überreden!"

„Ganz einfach", erklärt Josephine prompt: „Ich zahle in Naturalien."

Oliver, der gerade an seinem Kaffee nippt, verschluckt sich. Ungerührt reicht Josephine ihm eine Serviette, dabei schüttelt sie missbilligend den Kopf.

„Was hast du für eine verdorbene Phantasie! Nicht was du denkst! Ich rede von Kaffee und Kuchen!" Sie nimmt einen kleinen Teller und packt ein besonders appetitlich aussehendes Plunderteilchen darauf. „Die sind frisch gebacken", erklärt sie.

Oliver will gerade danach greifen, dann zuckt seine Hand plötzlich zurück. „Vergiss es!", zischt er.

„Warum?", fragt Josephine mit unschuldig aufgerissenen Augen. „Was hast du zu verlieren? Ich schreibe das Konzept und du hast damit gar nichts zu tun."

Oliver schüttelt energisch den Kopf: „Das ist das Problem!"

„Wieso? Traust du mir nicht zu, dass ich einen vorbildlichen Ablauf für einen gelungenen Relaunch entwickle?", fragt Josephine spitzbübisch lächelnd.

„Natürlich traue ich dir das zu, aber darum geht es nicht", entgegnet Oliver bestimmt.

„Worum geht es dann?", fragt Josephine ungeduldig.

„Ich habe zwar ein Büro in München, bin aber Unternehmensberater und kein Markenexperte!“

Der Einwand beeindruckt Josephine nicht. „Sonst hast du doch auch keine Probleme damit, gute Ratschläge für Themen abzugeben, die nicht dein Fachgebiet sind. Ich erinnere an die Zucchini und die Kaffeemaschine“, sagt sie und grinst ihn frech an.

„Das ist etwas völlig anderes, und das weißt du auch!“, erwidert Oliver ernst.

Für einen Moment funkeln sich beide wütend an.

„Josephine, das löst dein Problem nicht! Abgesehen davon, dass du so eine Scharade, wenn du sie erst einmal angefangen hast, auch irgendwie zu Ende bringen musst“, versucht Oliver schließlich, sie zu überzeugen.

„Das lass mal meine Sorge sein“, entgegnet sie kühl. „Ich brauche nur deinen Namen als Verfasser des Exposés. Das Einzige, was ich erreichen will ist, dass Dr. Taler mir endlich zuhört und kapiert, wie eine vernünftige Marken-Strategie aussehen kann, beziehungsweise wie sie aussehen muss, damit etwas dabei herauskommt. Keiner von denen – weder mein Chef noch der oberste Chef – haben auch nur im Entferntesten eine Ahnung, wie man so ein Thema angeht. Das müssen sie auch nicht, dafür bin ich ja da. Leider hören sie mir nicht zu.“

„Das ist der Punkt. Weil sie dich nicht wertschätzen! Das ist dein Problem in diesem Laden. Und das wird sich auf diese Weise auch nicht ändern.“

Olivers Einschätzung ist hart und unmissverständlich, aber Josephine hat nicht vor, sich davon beeindrucken zu lassen.

„Da bin ich mir gar nicht mehr so sicher. Erstens bin ich lernfähig und kapiere mittlerweile, dass Leistungen nichts, Fußballergebnisse dafür alles sind. Eine wunderbare Voraussetzung dafür, endlich Karriere zu machen! Zweitens interessiert Cornelius im Gegensatz zu Dr. Taler durchaus, wofür das Unternehmen Geld ausgibt, denn letztendlich ist es seins, und seine Geduld wird ein Ende finden, wenn er weiterhin nur Hohn und Spott für den Auftritt seiner Personalvermittlung erntet. Und drittens habe ich jetzt eine Chance – vorausgesetzt, mein Entwurf überzeugt – dass ich zukünftig bei meiner Arbeit etwas Sinnvolles tun darf. Das ist verdammt viel im Gegensatz zu meiner aktuellen Situation!"

Wütend verschränkt Josephine ihre Arme vor der Brust, doch Oliver ist nicht überzeugt.

„Hältst du das wirklich für eine gute Lösung?", fragt er ungläubig.

„Irgendwas ist immer", kontert Josephine trocken und macht eine wegwerfende Handbewegung. „Wenigstens muss ich jetzt nicht mehr hilflos zusehen, wie mein Job mehr und mehr zum Albtraum wird, sondern kann etwas tun, nämlich ein Konzept ausarbeiten!"

„Ohne meinen Namen", erklärt Oliver ruhig.

„Dann kriegst du nie wieder Plunderteilchen zur Kaffeepause."

„Das werde ich in Kauf nehmen."

Josephine wirft ihm einen abschätzenden Blick zu, zuckt die Schultern, dreht sich um und stolziert davon.

Sie wird sich nicht aufhalten lassen. Auch nicht von Oliver!

***

„An seinem Auftritt könnte er noch feilen", findet Josephine und schnalzt missbilligend mit der Zunge. Sie sitzt gemütlich auf ihrem Bett, den Laptop auf dem Schoß und ein Glas Wein neben sich auf dem Nachttisch. Kopfschüttelnd geht sie Seite für Seite der Internetpräsenz der Unternehmensberatung Oliver Riedl durch.

Mann Mann Mann, denkt sie, mit was für einer gewöhnlichen Website man heutzutage Kunden kriegt! Und das bei der zahlreichen Konkurrenz – unfassbar! Ob ich mir vielleicht eine passende Domain besorgen soll und selbst einen Auftritt für die „Agentur" Oliver Riedl zurechtzimmere, um ihn etwas prickelnder zu inszenieren? Schließlich könnte es tatsächlich sein, dass sich Dr. Taler die Website anschauen will und durch die langweilige Gestaltung abgeschreckt wird!

Dann verwirft Josephine den Gedanken. So weit will sie dann doch lieber nicht gehen – dafür ist ihr Gewissen zu sensibel.

„Herr Reithofer und mein Chef schlagen sich mit derartigen Skrupeln bestimmt nicht herum", stellt sie fest. „Wenn man bedenkt, wie geschmeidig die viel zu hohen Mediarechnungen des einen in Begleitung einer Einladung zu einem schicken Event vom anderen akzeptiert werden", seufzt sie und quält sich wieder einmal mit der Frage, ob sie sich für ihre Gewissenhaftigkeit schämen oder loben soll. Wie immer kann sie sich nicht entscheiden.

Sie seufzt und beschränkt sich darauf, die Corporate Design-Elemente, die sie auf der Seite von Oliver Riedl identifizieren kann, zu kopieren, nachzubearbeiten und schließlich in ihr Layout-Programm zu laden, um damit den passenden gestalterischen Rahmen für ihr Exposé zu basteln. Diesem wird sie abschließend ein Foto von Oliver und eine kurze Aufstellung der wichtigsten Punkte seiner Laufbahn hinzufügen, die sie seiner Website entnommen hat. Hier wird sie einige Stationen ein bisschen umformulieren müssen, damit sie besser zu dem „renommierten Branding-Experten Oliver Riedl" passen, der „für die weltweit führenden Konzerne hinter den wertvollsten Mega-Marken" arbeitet, wie Josephine ihrem Chef gegenüber bereits angedeutet hat. Die tatsächliche, wenig beeindruckende Internetpräsenz von Oliver wird sie in der begleitenden Mail schon irgendwie schönreden. Vielleicht würde sie versuchen, Dr. Taler weiszumachen, dass der spießige Auftritt in Olivers Metier absolut angesagt ist, beziehungsweise es sich um eine Spielart der Hipster-Kultur handelt, die Understatement zum Programm erhoben hat, überlegt Josephine. Wenn sie an den Müll denkt, den Dennis Reithofer permanent von sich gibt und der bei Dr. Taler nicht das allerkleinste Stirnrunzeln hervorruft, kann sie das wohl riskieren.

Als Josephine gerade darüber nachdenkt, ob sie Olivers langweiligem Layout, das sie sich für ihr Exposé geliehen hat, noch ein paar besonders geschmacklose Gestaltungselemente hinzufügen soll, um auch an dieser Stelle den Sehgewohnheiten ihres Chefs entgegenzukommen – schließlich muss der Wurm dem Fisch schmecken und nicht dem Angler – klingelt ihr Smartphone.

Ob das Paulhapunkt ist, der sich das mit der Wohnung noch einmal überlegt hat, schießt es Josephine durch den Kopf. Eilig schiebt sie ihr Laptop zur Seite, springt auf, läuft zur Kommode, wo ihr Smartphone liegt, und schaut auf das Display. Obwohl es nicht ihr Partner ist, zögert sie dieses Mal nicht, das Gespräch anzunehmen.

„Hallo Schwester", grüßt Josephine und stellt erstaunt fest, dass sie sich sogar darüber freut, dass es „nur" ihre Schwester ist.

„Hallo Schwester", schallt es munter zurück. „Wie sieht's aus? Zieht Paulhapunkt mit ein oder soll ich mich in meinem Bekanntenkreis umhören, wer eine neue Bleibe sucht?"

„Auf gar keinen Fall!", protestiert Josephine.

„Dachte ich mir", gibt ihre Schwester trocken zurück. „Obwohl meine ehemaligen WG-Kollegen auch ihre guten Seiten haben. Hartmut zum Beispiel kann einen super Dinkelsalat mit Fenchel und Ingwer zaubern, und Elisabeth ist es regelmäßig gelungen, den Gerichtsvollzieher dermaßen wuschig zu machen, dass der unverrichteter Dinge wieder abgezogen ist, weil er vergessen hat, warum er eigentlich da war. Susanne dagegen ..."

„Deine ehemaligen Mitbewohner sind bestimmt reizende und wertvolle Menschen, Friederike, da bin ich mir sicher. Deshalb wünsche ich ihnen auch, dass sie bereits ein Dach über dem Kopf haben und um Himmels willen nicht bei mir einziehen wollen!"

„Ich habe schon verstanden", kichert Friederike. „Mann, bist du spießig!"

„Gut, dass du das einsiehst."

„Also, kommt Paulhapunkt mit dir?"

„Danach sieht es leider im Moment nicht aus“, seufzt Josephine traurig. „Er hat mir klipp und klar gesagt, dass er das seiner Mutti ...“, sie macht eine Pause, um sich zu schütteln, „... nicht zumuten kann. Wenigstens nicht gleich. Später vielleicht, wenn es ihr wieder besser geht, wie er meinte.“

„Glaubst du daran?“, fragt Friederike.

„Bin ich verrückt?“, antwortet Josephine. „Ich höre das seit drei Jahren! Mittlerweile habe selbst ich kapiert, dass Edeltraud den Zustand ‚gesund‘ nicht kennt. Jedenfalls nicht, wenn sie befürchten muss, Paulhapunkts ungeteilte Aufmerksamkeit zu verlieren.“ Sie schüttelt verständnislos den Kopf. „Ich habe lange genug darauf gehofft, dass er diesen Mechanismus irgendwann durchschaut und ...“, sie gerät ins Stocken, „... und merkt, wie gut wir zusammenpassen, wie schön es werden könnte ... zu zweit und nicht zu dritt.“

Betretenes Schweigen macht sich auf beiden Seiten der Leitung breit.

„Okay, ich weiß es selbst. Andere hätten weniger lange gebraucht als ich, um zu kapieren, dass Paulhapunkt niemals begreifen wird, was gespielt wird, und dass die ‚Übergangslösung‘ eine Dauereinrichtung ist. Du hast es mir ja selbst von Anfang an gesagt“, gibt Josephine traurig zu.

„Und was machst du jetzt? Nimmst du die Wohnung trotzdem?“, versucht Friederike, dem Gespräch eine positivere Wendung zu geben.

Josephine atmet tief ein und schwer wieder aus. „Das habe ich Paulhapunkt zumindest gesagt. Das mit der Wohngemeinschaft übrigens auch.“

„Und? Wie hat er darauf reagiert?“

Das ist eine gute Frage, findet Josephine. Wie hat er eigentlich reagiert? Hatte es ihn verletzt, als sie sagte, dass sie ausziehen und notfalls sogar eine WG gründen würde? Erstaunt war er sicher gewesen, und vielleicht wirkte er ein wenig verschnupft, aber nicht einmal das kann sie mit Sicherheit sagen.

„Ich wüsste zu gerne, wie Paulhapunkt sich fühlt, ob ich ihm wichtig bin und wenn ja, wie sehr. Aber das weiß ich nicht. Ich weiß nur, dass für ihn nichts mehr eine Bedeutung hat, sobald seine Mutti ihre hilfesuchenden Arme nach ihrem braven Sohn ausstreckt."

Josephine ist über sich selbst erschrocken, weil es ihr plötzlich leicht fällt, auszusprechen, was sie lange nicht einmal zu sehen wagte. Aber genau so, wie sie es eben geschildert hat, ist es: Nichts ist wichtig für Paulhapunkt – außer Mutti!

„Das tut mir leid", sagt ihre Schwester, die an dieser Stelle für ihre Verhältnisse erstaunlich mitfühlend wirkt.

„Danke", erwidert Josephine leise.

Eine Weile sagen beide nichts.

Dann versucht Friederike, Josephine aufzuheitern. „Vielleicht kann Paulhapunkt auch mit dem Begriff ‚WG' zu wenig anfangen", sagt sie in scherzendem Tonfall. „Vielleicht denkt er, das ist nur etwas für mittellose, pickelige Studenten oder betuliche alte Fräulein mit Pudel. Aber wenn du ihm stattdessen einen Mitmieter wie meinen Nachbarn Serge präsentieren würdest ... ich wette, da würde er ziemlich nervös werden."

Sie kichert und Josephine fällt mit ein, obwohl sie nicht einmal weiß, warum ihre Schwester kichert.

„Serge?", fragt sie neugierig. „Was ist mit ihm?"

„Mein Nachbar ist Automechaniker und arbeitet nebenbei als Model. Aber hallo! Bei dem würde sogar eine Neunzigjährige zweimal hinsehen, da kannst du einen drauf lassen! Und charmant ist der …“ Friederike stößt einen langgezogenen Seufzer aus. „Da hört sich das Wort ‚Wohngemeinschaft‘ gleich viel weniger harmlos an.“ Sie kichert erneut. „Wer weiß? Vielleicht findest du genau so jemanden, der bei dir einziehen will. Nach spätestens einer Woche fragst du: Paulhapunkt? Wer war das noch gleich?“

Über diese Vorstellung müssen beide lachen.

„Wenn das so einfach wäre“, keucht Josephine, als sie wieder Luft bekommt, „dann hätte ich ein Problem weniger. Aber so schön kann kein Mann sein, dass ich dafür Paulhapunkts Hundeblick vergesse!“ Sie seufzt lange und schwer.

Dann schießt ihr eine Idee durch den Kopf. „Natürlich, das ist es! Ich erzähle Paulhapunkt, dass Serge bei mir einzieht. Mal sehen, wie er darauf reagiert.“

„Du willst Paulhapunkt eifersüchtig machen“, stellt ihre Schwester missbilligend fest.

„Oh ja!“, gibt Josephine betont energisch zu, um von vorneherein klarzustellen, dass Einwände an dieser Stelle zwecklos sind. „Du hast ganz richtig erkannt, dass Paulhapunkt vermutlich nicht weiß, was es heißt, wenn ich mir eine eigene Wohnung suche, in die er nicht mit einziehen will. Vielleicht kapiert er gar nicht, was das für unsere Beziehung bedeutet, sondern denkt, alles läuft weiter wie bisher! Nur, dass er bei seinen Eltern wohnt und ich woanders. Vielleicht braucht es einen Serge, damit Paulhapunkt begreift, dass ich auch mal ganz weg sein kann, wenn er sich nicht ein bisschen Mühe gibt."

„Hältst du das wirklich für eine gute Idee?" Friederike zweifelt daran. „Sowas kann schnell nach hinten losgehen und zu unendlichen Verwicklungen führen, die für große Turbulenzen sorgen und letztlich niemandem helfen."

„Ich stehe auch nicht auf solche Spielchen", entgegnet Josephine. „Aber was soll ich sonst tun? Seiner Mutter kampflos das Feld überlassen? Was wird dann aus Paulhapunkt?"

„Was soll schon aus ihm werden? Er bleibt, was er ist: ein Muttersöhnchen!"

Nach dieser flapsigen Bemerkung von Friederike wird es still in der Leitung.

„Es tut mir leid, Josephine. Ich hätte das nicht sagen dürfen. Bitte verzeih mir!"

Josephine atmet tief durch, bevor sie antwortet: „Ist schon okay. Du hast ja recht."

Obwohl sie es so meint, wie sie es gesagt hat, möchte sie trotzdem lieber nicht weiter darüber reden – die Wahrheit ist zu schmerzhaft. Deshalb versucht sie einen raschen Themenwechsel.

„Ich habe dir noch gar nicht von dem Konzept erzählt, das ich gerade für meinen Chef vorbereite. Das wird sensationell!"

Froh darüber, so fix einen anderen Gesprächsgegenstand aus dem Hut gezaubert zu haben, berichtet sie ihrer Schwester von dem Exposé, das sie vorbereitet und das angeblich von dem angesagtesten Guru der Branche stammt. Sie schüttet sich beinahe aus vor Lachen, während sie in allen Einzelheiten erzählt, wie sie ihren

Chef dazu brachte, sich das Konzept anzusehen, indem sie ihm von mondänen Räumlichkeiten in München vorschwärmte und von jeder Menge Promis, die um den Branding-Experten Riedl herumschwirren.

„Es hat mich selbst erstaunt, um nicht zu sagen erschüttert, wie schnell sich Dr. Taler von dieser Geschichte beeindrucken ließ, nachdem er zuvor meinen Vorschlag, selbst ein Konzept zu schreiben, rüde abgelehnt hat. Meine Güte, was habe ich all die Jahre falsch gemacht! Ich habe immer alles gewissenhaft vorbereitet und mir keine klitzekleine Nachlässigkeit erlaubt. Dabei hätte ich einfach nur die Chuzpe eines Dennis Reithofer haben und bescheißen müssen, was das Zeug hält! Ist das nicht irre, wie schlecht die Welt ist?"

Dem kann Friederike nur zustimmen. „Zumindest ist dein Chef eine Zumutung. Warum arbeitest du für so einen Blödmann? Der sollte für dich arbeiten!"

„Ach du Schreck, so einen Vollpfosten würde ich nicht einstellen. Was soll ich mit dem?", fragt Josephine lachend.

„Ist es denn besser, so jemanden als Chef zu haben, als seine Chefin zu sein?"

„Wie meinst du das?", fragt Josephine verwirrt.

„Nach allem, was du mir über diesen Dr. Taler erzählt hast, passt er überhaupt nicht zu dir. Das ist nicht der richtige Boss für dich. Wenn du jetzt auch noch Konzepte schreibst, für die man bei einem Marken-Guru viel Geld bezahlen muss, dann frage ich mich, warum du nicht selbst Chefin bist?"

Josephine schließt die Augen. Hat Oliver nicht etwas Ähnliches gesagt? Warum leben eigentlich alle Menschen in ihrer Umgebung in einem „Wünsch-dir-was-

Wunderland", nur sie nicht? Wieso glaubt jeder, dass es so einfach sei, in eine Führungsposition aufzusteigen? Für sie ist es ja fast schon unmöglich gewesen, eine Festanstellung in ihrem Beruf zu finden – nämlich die, die sie jetzt hat! Und obwohl sie ihr Können jeden Tag beweist, reichte das nicht einmal dafür, ihre Position zu sichern! Oh ja, sie wäre gerne Chefin – wenn man sie ließe!

„Coole Idee! Warum ich da nicht selbst drauf gekommen bin?", sagt sie sarkastisch.

„Das weiß ich auch nicht. Es ist doch naheliegend, findest du nicht?", fragt Friederike.

Josephine versucht mit aller Kraft, die Contenance zu wahren. Schließlich verliert sie den Kampf.

„Mann, Friederike! Glaubst du wirklich, das habe ich nicht versucht? Ich habe mich in den vergangenen Jahren immer wieder bei anderen Unternehmen auf Leitungsfunktionen beworben. Denkst du, ich bleibe freiwillig in diesem Hort des Wahnsinns? Wenn es so verdammt einfach wäre, meine Probleme zu lösen – ich schwöre dir, dann hätte ich das längst getan!"

Sie ist laut geworden. Warum muss ich mir zu all dem Elend, das ich mir – entgegen der augenscheinlich vorherrschenden Meinung – nicht selbst ausgesucht habe, auch noch ständig solche dämlichen Vorschläge anhören, denkt sie wütend.

„Deshalb machst du das!", hört sie ihre Schwester ausrufen, als sei der gerade ein Licht aufgegangen.

Josephine ist verwirrt. „Was mache ich?", fragt sie ungeduldig.

„Festhalten an dieser verfahrenen Situation! Mit Paulhapunkt, mit seiner Mutter und mit deinem Chef. Du denkst, es ist die einzige Möglichkeit, die du hast!“

Josephine kann nicht umhin, sich zu fragen, ob ihre Schwester Drogen nimmt, obwohl sie das immer energisch von sich weist.

„Ja was denn sonst?“, faucht sie. „Glaubst du, mir macht das Spaß? Ich hätte verdammt gerne einen Partner, dem ich wichtiger bin als die eingebildeten Krankheiten seiner Mutter, und ich hätte auch gerne einen Chef, der mich schätzt. Aber so einfach ist das nun mal nicht! Ich habe viele Jahre gebraucht, um da hinzukommen, wo ich jetzt bin. Dabei wurde mir anfangs etwas ganz anderes versprochen, das kannst du mir glauben! Mein Traumprinz warb um mich und versprach mir, dass wir zusammen eine schöne Wohnung finden. Mein Chef hat mich einst mit den Worten eingestellt, dass das Unternehmen dringend eine Marketingexpertin braucht, weil man professioneller auftreten wolle. Ich habe das geglaubt! Ich wollte es glauben! Und jetzt soll ich einfach mir nichts dir nichts akzeptieren, dass das nicht stimmt und ich schon wieder vor dem Nichts stehe?“

Josephine könnte vor Verzweiflung in lautes, wütendes Heulen ausbrechen. Es gelingt ihr kaum, sich zu beruhigen.

Nach einer Weile hört sie ihre Schwester sagen: „Das musste wohl mal raus.“

Dem kann Josephine nichts hinzufügen. Deshalb sagen beide nichts, während die eine nach ihrer Fassung sucht. Als sie die gerade gefunden hat, stellt die andere fest: „Wenn das so ist, ist es kein Wunder, dass du auf diesem toten Gaul sitzen bleibst und deine Energie sinnlos verpulverst."

Schade. Bis eben hat das mit dem Runterkommen prima geklappt, denkt Josephine.

„Wie kommst du darauf, dass alles sinnlos ist, was ich tue?", fragt sie angriffslustig. „Ich glaube durchaus, Paulhapunkt und auch meinen Chef überzeugen zu können. Sie müssen einfach nur kapieren, was gut für sie ist!"

„Aber wenn Paulhapunkt und dein Chef das gar nicht wollen? Vielleicht ist für sie die Situation so, wie sie ist, optimal?", gibt Friederike zu bedenken.

„Quatsch! Niemand kann wollen, sein Leben als Muttis Lakai zu verbringen, und niemand will von einem Dienstleister ständig über den Tisch gezogen werden."

Davon ist Friederike nicht überzeugt. „Warum machen sie es dann? Weil sie zu blöd sind? Zwei Männer mit Abitur und Studium, einer davon sogar mit Doktortitel?"

Plötzlich scheinen die Rollen vertauscht zu sein. Erstmals hört sich Friederike so an, als würde sie Josephine für grenzenlos naiv halten.

„Mann, Josephine! Die beiden sind nicht doof – sie sind bequem! Vielleicht bescheißen sie sich auch selbst und machen sich vor, dass sie tatsächlich gerne etwas ändern würden, wenn sie nur könnten ... aber das stimmt nicht. Sie könnten nämlich etwas ändern. Paulhapunkt könnte es, und dein Chef könnte es auch. Aber es interessiert sie nicht. Sie wollen es nicht. Und alles, was du erreichen kannst ist, ihre Bequemlichkeit zu stören. Glaubst du wirklich, dass sie darauf Bock haben? Außerdem sitzen sie am längeren Hebel, und wenn du frech wirst, kriegst du eins auf die Mütze. Du hast keine Chance."

Josephine beschleicht ein Verdacht. Oliver und Friederike tauschen sich heimlich hinter meinem Rücken aus, denkt sie wütend. So muss es sein! Aber sie haben sich schlampig vorbereitet. Sie benutzen ja teilweise sogar die gleichen Sätze, um sie mir um die Ohren zu hauen. Nicht mit mir! Ich werde den Spieß jetzt umdrehen!

„Ach, dann ist das also der Grund, warum *du* es gar nicht erst versucht hast?", fragt sie angriffslustig.

„Was versucht?", entgegnet Friederike verwirrt.

„Etwas aus deinem Leben zu machen? Weil es ja doch keinen Zweck hat?"

Josephine weiß, dass es nicht nett ist, ihre Schwester mit ihren eigenen Versäumnissen zu konfrontieren, und eigentlich geht es sie auch nichts an. Aber warum soll sie zulassen, dass andere auf ihr herumhacken, während die genauso neben der Spur sind wie sie?

„Wieso denkst du das? Ich habe alles, was ich brauche: meine Kinder, meine Freunde, meinen Job bei den kleinen Nachwuchs-Bombenlegern ..."

„Du weißt genau, was ich meine", erwidert Josephine heftig. „Du bist weit hinter deinen Möglichkeiten zurückgeblieben. Du hättest alles studieren können, was du willst, weil dir das Lernen immer leichtfiel. Du hättest etwas erreichen können. Vielleicht sogar eine Position, von der aus du etwas hättest bewirken können für die Dinge, die dir wichtig sind: Umweltschutz, Entwicklungshilfe, meinetwegen auch die Abschaltung von

Atomkraftwerken. Doch du hast nicht einmal eine richtige Ausbildung. Du hast aufgegeben, bevor du überhaupt angefangen hast."

„Ich glaube, ich wollte das alles gar nicht – Karriere machen, wichtig sein und so", erwidert ihre Schwester nachdenklich. „Das wäre mir viel zu stressig gewesen. Ich wollte einfach nur leben! Es gab so viel zu entdecken, und dieser ganze Kram, wo man ständig diszipliniert und ehrgeizig hinter irgendwas herjagen muss ... also echt: Das ist nichts für mich."

Josephine schüttelt verständnislos den Kopf, aber sie sieht ein, dass es an diesem Punkt für sie und ihre Schwester nichts zu diskutieren gibt.

„Meinetwegen. Sieh es, wie du willst. Aber ich bin anders! Ich will etwas erreichen! Deshalb gebe ich nicht einfach auf. Ich kämpfe!", stößt sie wütend hervor.

„Liebe Josephine, das höre ich", sagt ihre Schwester mit sanfter Stimme. „Ich will dir deine Träume nicht ausreden und schon gar nicht deinen Wunsch nach Erfolg. Du hast ihn verdient. Aber ich sehe auch, dass du dich in deiner Beziehung, genauso wie in deinem Job, ergebnislos aufreibst und das schon seit Jahren."

Josephine steigen Tränen in die Augen. Das ist nicht fair, dass ihre Schwester jetzt auf die verständnisvolle Tour kommt. Das ist wirklich nicht fair!

Aber Friederike lässt nicht locker: „Genau deshalb frage ich: Wohin hat dich all die Mühsal gebracht, Josephine?"

14

Nach den Frühlingszwiebeln kommen die Möhren an die Reihe. Grimmig greift Josephine nach dem ersten orangefarbenen Gewächs aus dem großen Bündel, das Carmen vorhin frisch aus dem Küchengarten geholt hat, um es für den Salat des Mittagsbuffets zu schälen. Ihre Laune ist im Keller.

Ausgerechnet von meiner Schwester muss ich mich fragen lassen, wohin mein Ehrgeiz mich gebracht hat, denkt Josephine wütend. Die hat sich immer nur treiben lassen, und obwohl das mit zwei unehelichen Kindern und ohne Berufsausbildung bestimmt oft hart war, scheint ihr Lebensmodell „von der Hand in den Mund" nicht einmal ein Problem für Friederike zu sein! Ihre Lebensphilosophie war und ist, sich nicht unter Druck zu setzen und immer schön entspannt zu bleiben, egal was kommt. Irgendwie wird's schon gehen! Ich dagegen habe schon immer etwas erreichen wollen: eine Partnerschaft mit einem Mann, den ich liebe, einen anspruchsvollen Job und ein schönes Zuhause. Ich war bereit, alles dafür zu geben! Und nun fragt ausgerechnet meine Schwester mich, wohin mein Ehrgeiz mich gebracht hat, und ich muss zuzugeben: Nirgendwohin! Außerdem muss ich zugeben, dass der Lebensentwurf von Friederike damit unter dem Kosten-Nutzen-Aspekt weit erfolgreicher ist als mein eigener, weil sie es, permanent tiefenentspannt, immerhin zu einer Festanstellung in einem alternativen Kindergarten und einer Wohnung gebracht hat und darüber hinaus noch zwei Kinder großzieht! Muss ich da nicht unweigerlich zur Feststellung gelangen, dass ich selbst diejenige bin, die im Leben alles falsch gemacht hat, und das auch noch mit Gewalt? Wie, um Himmel willen, hat es nur dazu kommen können?

Nachdem sie die letzte Möhre des Bündels geschält hat, trägt Josephine das Gemüse zur Küchenmaschine, um es zu raspeln. Als sie mit dem Möhren-Geschnetzelten zurückkommt, steht Carmen am Küchentisch und nimmt sich die Paprika für den Salat vor. Josephine greift zu den Gurken, um sie in feine Scheiben zu schneiden. Schweigend arbeiten sie nebeneinander her.

„Kommst du zurecht?", fragt Carmen plötzlich, ohne von der Paprika, die sie gerade filetiert, aufzusehen.

Josephine schaut sie verwirrt an. Carmen realisiert, dass sie sich genauer ausdrücken muss.

„Ich meine, hast du ein paar Antworten finden können auf die Fragen, die dich hierher getrieben haben?"

Jetzt versteht Josephine: Es geht um den Grund für ihre Auszeit. Sie zuckt die Schultern.

„Antworten? Ja, die habe ich wohl bekommen. Ob ich damit etwas anfangen kann, weiß ich ehrlicherweise nicht ..."

Die Gutsbesitzerin lächelt. „Hat Oliver dir nicht weiterhelfen können?"

Überrascht hält Josephine beim Schneiden inne. Sie hat nicht damit gerechnet, dass jemand über die Gespräche, die sie mit Oliver über ihren Job geführt hat, Bescheid weiß. Dann fällt ihr ein, dass man sie zusammen hatte sehen können, zumindest vor ein paar Tagen auf der Terrasse des Restaurants, als sie Wein tranken und redeten. Und da sie bei der Gelegenheit weder Händchen hielten, noch sich tief in die Augen sahen, muss es naheliegend sein, sich zusammenzureimen, dass ein Unternehmensberater und eine aus ihrem Job Geflohene nur über eins gesprochen haben können, nämlich über ihre Probleme bei der Arbeit.

„Er hat sich bemüht“, sagt Josephine ausweichend, während sie sich wieder ihrer Gurke widmet und besonders sorgfältig darauf achtet, sie in gleichmäßig breite Scheiben zu schneiden.

Carmen muss lachen. „Du bist also nicht zufrieden mit seinen Berater-Qualitäten?“

Josephine wiegt unschlüssig den Kopf hin und her und weiß nicht, was sie darauf antworten soll.

„Tut mir leid, ich will dich nicht aushorchen. Ich bin zwar ein neugieriges altes Weib, aber du musst mir nichts erzählen“, versichert Carmen, während sie sich eine neue Paprika vornimmt, die sie in Windeseile entkernt und in Stücke schneidet.

„Oh nein, das ist es nicht“, erwidert Josephine schnell. „Ich weiß nur selbst nicht, was ich von dem halten soll, wozu er mir geraten hat.“ Sie denkt darüber nach, ob das immer noch ihre Ansicht zu seinen Bemühungen ist, kommt aber zu keinem anderen Ergebnis und zuckt hilflos die Schultern.

Carmen ist amüsiert. „Das ist als Ergebnis ein bisschen wenig. Es sollte ihm zu denken geben, wenn er eine Klientin so ratlos zurücklässt.“

„Oh, so war das nicht gemeint! Damit täte ich ihm Unrecht“, gibt Josephine hastig zu. „Er weiß eine Menge über den Umgang mit fragwürdigen Managern, und er hat wirklich viele Tipps auf Lager. Ich bin sicher, dass er gut ist in seinem Job. Vielleicht brauche ich einfach noch Zeit, um mir einen Reim auf alles zu machen.“

Ein paar Minuten lang konzentrieren sich beide auf das vor ihnen liegende Gemüse.

„Irgendwie ist er ein komischer Vogel“, wirft Josephine auf einmal nachdenklich ein.

Erstaunt blickt Carmen auf.

„Ich kann ihn nicht einschätzen“, erklärt Josephine ihre Bemerkung. „Er tut so, als würde er über allem stehen und als würde ihn nichts treffen. Ich vermute, es ist als Unternehmensberater nicht schlecht, sich so zu geben, aber ich finde das ... schwierig im Umgang mit ihm.“

Josephine denkt an den Abend, als sie Oliver auf der Terrasse traf und er die, wie sie fand, ziemlich offensichtliche Veränderung ihres Äußeren überhaupt nicht zur Kenntnis zu nehmen schien – im Gegensatz zu seinem Gesprächspartner, dem blonden Hünen. Dann fällt ihr das Zusammentreffen am vorherigen Vormittag wieder ein, als Oliver vor dem Seminarraum eine zweideutige Bemerkung machte, dann jedoch keine Miene verzog, als sich die beiden Workshop-Teilnehmer und sie selbst darüber amüsierten.

„Ist Oliver schwul?“ platzt sie unvermittelt heraus.

Carmen schaut sie verdutzt an. Dann fängt sie schallend an zu lachen. Innerhalb kürzester Zeit stehen ihr Tränen in den Augen. „Wie kommst du denn auf diese Idee?", prustet sie.

Josephine zuckt die Schultern, und weil Carmens Heiterkeitsausbruch so ansteckend wirkt, muss auch sie lachen.

„Er benimmt sich anders als andere Männer. Das irritiert mich. Einerseits ist er sehr bemüht, mir zu helfen, was er überhaupt nicht tun müsste. Dann wieder scheint er distanziert, fast kühl zu sein, als würde er über den Dingen stehen ... Also nicht, dass ich jetzt erwarte, er müsste anders zu mir sein", sagt sie schnell und merkt, wie sie rot wird. „Es ist eben nur ... irritierend."

Carmen schaut sie belustigt an. „Manche Menschen bauen einen Schutzwall um sich herum, aus welchen Gründen auch immer. Jeder hat seine Verwundungen. Fakt ist, dass er Zeit mit dir verbringt und dir helfen will. Das wirkt für mich nicht so, als würde er über allem stehen, oder?"

Sie schaut Josephine forschend ins Gesicht, was der das Blut in den Kopf schießen lässt.

„Nein, nein, so war das nicht gemeint", wehrt diese ab. „Ich habe einen Partner. Ich habe nur ganz allgemein darüber nachgedacht ..."

„... ob Oliver schwul ist", vervollständigt Carmen den Satz schmunzelnd.

„Richtig", bestätigt Josephine.

„Nein", sagt Carmen, „nein, ich glaube nicht, dass er schwul ist."

Nach dem Mittagessen kann Josephine es kaum erwarten, auf ihr Zimmer zu kommen. In Rekordzeit räumt sie das schmutzige Geschirr vom Mittagessen ab und stellt es in die Spülmaschine. Dann bereitet sie sich mithilfe der großartigen Kaffeemaschine hinter dem Tresen fix einen Latte Macchiato zu und eilt mit ihm hinaus, über den Hof, in die Scheune und dann die Treppe zu ihrem Zimmer hinauf.

Dort angekommen, stellt sie das Getränk auf den Nachttisch, wirft sich aufs Bett und schaltet den Laptop an. Nur einmal noch will sie das Exposé, an dem sie bis tief in die letzte Nacht gefeilt hat, Korrektur lesen, um sicherzugehen, dass sie es nicht zu intellektuell formuliert hat, dass sämtliche Dr. Taler sowieso nicht interessierenden, wissenschaftlich klingenden Argumente getilgt sind und sie auch sonst alles entfernt hat, was sich in seinen Ohren zu kompliziert anhören könnte. Stattdessen soll ihn die Ausarbeitung im angesagtesten Marketing-Fachjargon abholen und mit spannenden Vorschlägen begeistern, sodass er gar nicht anders kann als zuzustimmen, weil der Relaunch ihm jede Menge Unterhaltung und außerdem das gute Gefühl verspricht, „wie die ganz Großen" zu arbeiten.

Konzentriert arbeitet Josephine ein letztes Mal die fünf Seiten durch, auf die sie ihre Überlegungen mühevoll zusammengekürzt hat, beglückwünscht sich zum überzeugend umgesetzten Layout, welches sie Olivers Unternehmensberatung nachempfunden hat, sowie zu seiner Vita, die sie um wichtige Stationen bezüglich seiner angeblichen Markenkompetenz erweitert hat.

Dann schreibt sie eine kurze, erklärende Mail an ihren Chef und klickt schließlich auf den Button „Senden". Geschafft!

Dieses Ding ist mein Meisterstück, lobt sich Josephine im Stillen selbst. Schließlich hat sie nicht nur in kürzester Zeit ein Konzept zusammenbasteln müssen, das sie selbst überzeugend findet, sondern das vor allem auch ihrem Chef gefallen würde. Beides unter einen Hut zu bringen, ist komplizierter gewesen als sie erwartet hat.

Allerdings ist die Mail an Dr. Taler nur der erste Teil dessen, was sie in der Pause erledigen will. Nun wartet ein weiteres, mindestens ebenso kniffeliges Projekt auf sie.

Josephine atmet tief durch, trinkt den letzten Schluck Latte Macchiato, der mittlerweile kalt geworden ist, dehnt ihre Arme, Hände und Finger und öffnet ein neues Email-Formular. Jetzt geht es um alles!

Nach einer halben Stunde intensiven Ringens um wohlgesetzte Worte, die den Adressaten in aller vordergründigen Harmlosigkeit bis in die Haarspitzen erschüttern sollen, liest sie sich ihren Textentwurf noch einmal durch.

Liebes Schnäuzelchen,

Schnäuzelchen nennt sie Paulhapunkt normalerweise nur in der allerzärtlichsten Stimmung. Wäre er eine Frau, dann wüsste er, dass er alles, was jetzt kommt, mit Vorsicht genießen muss, denkt Josephine kopfschüttelnd. Da Schnäuzelchen aber ein Mann ist, würde er sich in Sicherheit wähnen und glauben, dass sie, handzahm und gutmütig bis in die Haarspitzen, in der allerbesten Absicht schreibt und ehrlich darum bemüht ist, ihm entgegenzukommen. Na warte!

*Nun geht alles schneller als erwartet. Ich habe Friederike von meinen WG-Plänen erzählt, und sie wusste
gleich jemanden, der Interesse hat, bei mir einzuziehen. Eben habe ich mit Serge telefoniert, einem Nachbarn von Friederike. Ich glaube, das könnte passen. Er
hört sich sehr nett an, und wir haben uns auf Anhieb
verstanden. Friederike mag ihn auch und findet, das
einzig Unsympathische an ihm sei seine Ordnungsliebe. Da wir beide Friederikes gestörtes Verhältnis zu
einer aufgeräumten Wohnung kennen, kann das nur
eine Empfehlung sein!*

*Serge plant, in unsere Stadt zu ziehen, weil sie einen
Flughafen hat. Er ist beruflich viel unterwegs und hat
mehr und mehr auch im Ausland zu tun. Friederike
meint, er sei Model, wäre dabei aber sehr solide und
würde nicht – wie man solchen Männern gern unterstellt – ständig Frauengeschichten haben. Mit einem
Schürzenjäger würde ich auch niemals eine WG gründen! Außerdem hat Friederike mir erzählt, dass sie
keine Frau mehr auf dem Flur vor seiner Wohnung gesehen hat, seit er vor einem Jahr seine langjährige Beziehung beendet hat. Das spricht wohl für sich.*

*Mein liebster Schatz, du weißt, wie sehr ich mir wünsche, dass du dich für ein schönes neues gemeinsames
Zuhause erwärmen kannst, in dem wir beide uns
wohlfühlen. Ich bitte dich, dir noch einmal zu überlegen, ob du nicht doch mit mir kommen willst – das*

wäre mein Traum! Ich habe Serge versprochen, ihm bis Montagabend Bescheid zu geben, ob ich mit meinem Partner einziehe oder er sich die Wohnung ansehen kann. Bitte melde dich bis dahin!
Dein Finchen

Mit einer Mischung aus verletzten Gefühlen, hoffnungsvoller Erwartung und boshaftem Vergnügen klickt sie auf „Senden". Dann schließt sie die Augen und muss erst einmal tief durchatmen.

„Bitte, Paul, ich liebe dich. Lass mich nicht allein!", flüstert sie.

Tränen steigen ihr in die Augen. Für ein paar Minuten lässt sie ihrer Traurigkeit freien Lauf. Dann zwingt sie sich zur Zuversicht.

„Es geht nicht anders", versichert sie sich. „Entweder fängt er jetzt endlich an, mich zu sehen, oder ich werde es nie schaffen, ihn von Edeltraud loszueisen. Es muss einfach gelingen!"

***

„Hier haben wir ein fangfrisches Forellenfilet mit zartem Wurzelgemüse und Püree aus Kartoffeln von Bauer Niebuhr von nebenan", flötet Josephine, als sie den appetitlich angerichteten Teller vor Oliver platziert. „Guten Appetit!"

Sie wirft ihm ein eiliges Lächeln zu und wendet sich ab, um den nächsten Tisch zu bedienen, doch Oliver hält sie zurück.

„Josephine ..."

War ja klar! Dann, wenn es ihr überhaupt nicht passt, hat er Redebedarf!

Erneut meißelt sie sich ein geschäftiges Lächeln auf die Lippen, das ihm signalisieren soll, dass sie eigentlich keine Zeit für ihn hat und schnell weiter muss.

„Können wir reden?", bittet Oliver.

Statt einer Antwort deutet Josephine mit einer ausholenden Handbewegung auf ihre Umgebung. Alle Tische auf der Terrasse sind besetzt. Weil es mal wieder ein traumhaft schöner Sommerabend ist, nutzen neben den Übernachtungsgästen auch viele Besucher aus dem Umland das Wetter, um vor dieser herrlichen Kulisse das Wochenende mit einem guten Essen einzuläuten. Da Josephine heute Abend außerdem alleine für den Service zuständig ist, heißt das, dass sie sehr viel zu tun hat. Dafür ist sie dankbar, weil sie so nicht in die Verlegenheit kommt, länger mit Oliver plaudern zu müssen, der sich in ihren Augen entsetzlich mimosenhaft anstellt, wenn es um die „Verleihung" seiner Berateridentität geht, die sie dringend für ihren Plan braucht. Außerdem hat sie ein schlechtes Gewissen, da sie sich diese Identität trotzdem ausgeliehen hat, um ihren Chef zu überzeugen. Gegen Olivers ausdrücklichen Wunsch!

Gut ... er wird es nie erfahren, hofft Josephine. Zumindest dann nicht, wenn alles so läuft, wie sie sich das vorstellte. Bei Gefallen des Exposés würde sie nämlich – unermüdlich im Einsatz für ihren Arbeitgeber – sofort mit dem Büro des „Branding-Experten" telefonieren, um darüber zu sprechen, zu welchen Konditionen und wann Herr Riedl bereit wäre, mit ihnen zusammenzuarbeiten. Und entweder würde sie ihrem Chef dann vorflunkern, dass er selbst für die klitzekleinste Beratungsleistung Wucherpreise aufruft oder dass er, weil er ja so entsetzlich angesagt ist, nun doch keine Zeit mehr für sie hat, weil Apple, Coca-Cola oder Volkswagen rufen. Bis dahin jedoch werden sich die Herren Taler und Cornelius bereits mit den Ideen aus ihrem Konzept auseinandergesetzt haben und bereit sein, bezüglich des Relaunchs eine neue Richtung einzuschlagen, weil ihre Ideen einfach überzeugend sind. Hoffentlich.

Doch obwohl ihre Aktion für den Unternehmensberater so gesehen überhaupt keine Auswirkungen mit sich bringen wird, bleibt ein kleines bisschen Unbehagen, wenn sie daran denkt, Oliver mit dieser Aktion eine Winzigkeit zu hintergehen. Obwohl er sie quasi dazu gezwungen hat. Sie hätte es auch lieber gehabt, wenn Dr. Taler sich mit ihrem Konzept begnügt hätte. Dass ihr Chef sie einfach abblitzen lässt, um dann derart überzuckert zu sein, nur weil sie mit der Münchener Schickeria wedelt, hat sie sich schließlich auch nicht ausgesucht.

„Später?", fragt Oliver noch einmal und zieht flehentlich die Augenbrauen hoch.

Auweia, denkt Josephine, der Hundeblick! Den hat sie bei Olivers üblicherweise zur Schau gestellter professioneller Distanziertheit nicht erwartet.

„Wenn ich diesen Abend überstanden habe, werde ich kaum gesprächig sein", sagt sie ausweichend.

„Ich bringe Wein und Kekse mit", verspricht Oliver. „Halb elf auf dem Heuboden?"

Josephine seufzt. Nichtsdestotrotz hört sich sein Vorschlag verlockend an. Zumindest verlockender, als später allein in ihr stilles Kämmerchen zurückzukehren und darüber nachzugrübeln, wie ihre heutigen Aktivitäten bei Dr. Taler und vor allem bei Paulhapunkt ankommen. Aber wird sie es schaffen, sich Oliver gegenüber nicht anmerken zu lassen, dass sie etwas getan hat, wovon er nichts wissen darf? So abgebrüht ist sie eigentlich nicht.

„Bitte! Die Teilnehmer meines Workshops haben mich in der vergangenen Woche mächtig gefordert. Ich will feiern, dass sie am Ende doch noch zufrieden nach Hause gefahren sind", erklärt er grinsend.

„Heißt das, du fährst morgen?", fragt Josephine erschrocken.

Überrascht stellt sie fest, dass sie das schade fände. Kein Wunder, denkt sie, auch ich habe hier niemand anderen, mit dem ich reden kann.

Der Blick, mit dem Oliver sie bedenkt, ist undurchdringlich.

Eine kleine Pause entsteht, bevor er antwortet: „Nein, ich bleibe noch eine Woche. Morgen kommt die nächste Workshop-Gruppe."

„Ach", sagt Josephine nur und nickt verstehend.

Dann ringt sie sich zu einem Entschluss durch. „Wenn es dir nichts ausmacht, dass die Unterhaltung streckenweise einseitig wird, weil ich zwischendurch einschlafe ... also gut. Halb elf, auf dem Heuboden."

***

Als Josephine im dämmrigen Abendlicht zum vereinbarten Treffpunkt hinaufklettert, ist Oliver bereits da. Er sitzt in der offenen Luke, eine Flasche Wein, zwei Gläser und eine Packung Kekse neben sich. Darüber hinaus hat er von irgendwoher ein Windlicht organisiert, das den Heuboden um sie herum einladend erleuchtet, wie Josephine anerkennend feststellt. Bei ihrem letzten Treffen hatten sie zum Schluss in fast völliger Dunkelheit zusammengesessen.

Oliver dreht sich gut gelaunt zu ihr um, als er sie die Stiege hochklettern hört.

„Schön, dass du da bist! Dann muss ich mich nicht alleine betrinken", scherzt er.

„So schlimm?", fragt Josephine mitleidig, als sie es sich neben ihm in der Öffnung bequem macht.

„Anstrengend", gibt Oliver zu. „Lauter Manager, die alles besser wussten und ständig mit mir diskutieren wollten. Furchtbar!"

Er schüttelt sich und Josephine muss lachen. „Es gab Widerworte?", frotzelt sie. „Na, die haben sich was getraut!"

„Du sagst es."

„Vielleicht arbeitest du mit der falschen Klientel?", überlegt sie. „Wenn es Führungskräfte sind – muss man da nicht sogar erwarten können, dass sie Dinge kritisch hinterfragen?", stichelt sie.

„Theoretisch ja, praktisch ... welcher Vorstand mag schon Kritik?"

Darüber müssen beide lachen.

„Allerdings ist das tatsächlich ein Grund, warum ich glaube, dass deine berufliche Position nicht zu dir passt. Du bist viel zu engagiert und fühlst dich viel zu sehr verantwortlich für das Ergebnis der Abteilung, die du gar nicht leitest. Das kann nicht gutgehen! Schon gar nicht mit einem Chef der C-Klasse."

„Gibt es auch eine D-Klasse?"

„Nein", sagt Oliver.

„Okay, dann passt das mit der C-Klasse."

Wieder müssen beide lachen.

Dann hält Josephine es nicht mehr aus und platzt unvermittelt heraus: „Ich habe das Exposé losgeschickt."

Sie macht eine Pause und Oliver wartet geduldig, bis sie weiterspricht.

„Ein Exposé im Layout deines Unternehmens und mit deiner Vita, die ich ein bisschen aufgehübscht habe", gesteht sie und versucht, sich nicht anmerken zu lassen, wie viel Überwindung sie dieses Geständnis kostet. Ihr ist gar nicht wohl in ihrer Haut.

Schweigen.

„An deinen Internetauftritt könntest du übrigens noch mal Hand anlegen. Der ist verbesserungsfähig. Aber ich habe Dr. Taler deinen mangelnden Gestaltungswillen im Anschreiben einfach als hipp verkauft, als ‚neue Spießigkeit', die gerade total angesagt sei. Wie Vollbärte und karierte Hemden." Sie dreht sich zu Oliver um, der sie immer noch verwirrt ansieht und nicht zu begreifen scheint, was sie ihm gerade mitgeteilt hat.

„Ich musste es versuchen", erklärt sie nun kleinlaut und schuldbewusst. „Wenn ich einen anderen Ausweg gesehen hätte, hätte ich das nicht getan."

Oliver nickt langsam. „Vielleicht hast du mich damit in eine ziemlich unmögliche Situation gebracht", stellt er fest.

„Du bist aus der Nummer raus", versichert Josephine hastig. „Wenn irgendetwas schiefgeht, werde ich selbstverständlich klarstellen, dass du überhaupt nichts damit zu tun hast."

Dazu sagt Oliver nichts und schaut mit undurchdringlicher Miene in den dämmrigen samtblauen Himmel.

„Vermutlich hätte ich es dir einfach nicht sagen sollen. Es tut mir leid", sagt Josephine zerknirscht. „Was du nicht weißt, kannst du besser ignorieren. Lass uns einfach so tun, als hätte ich es dir nicht gesagt, okay?"

Oliver schaut sie prüfend an. „Warum hast du es mir dann gesagt?"

Josephine senkt den Blick und ringt um eine Erklärung.

„Ich will nicht neben dir sitzen und mit dir reden, als sei nichts gewesen. Irgendwie geht das nicht." Sie hebt den Kopf und sieht Oliver direkt in die Augen. „Ja, ich gebe zu: Es ist egoistisch, dass ich es dir erzählt habe. Ich wollte das nicht tun, aber ich habe es nicht durchgehalten zu schweigen." Sie macht eine Pause. „So ist es eben", fügt sie hinzu und senkt erneut den Blick. Verwirrt nimmt sie zur Kenntnis, dass sich das, was sie gesagt hat, fast wie ein Geständnis anhört, dass sie ihn mag.

Plötzlich wird sich Josephine der Situation bewusst, in der sie sich befindet. Sie sitzt hier allein mit einem Mann, den sie kaum kennt auf einem Heuboden, bei Wein und Kerzen, in einer lauen Sommernacht. Kaum zwei Handbreit trennen sie hier in der Luke voneinander. Gut, mehr Platz gibt die Öffnung auch nicht her. Trotzdem: Für einen unbeteiligten Beobachter könnte es fast so aussehen, als ob sie ...

„Nun, ich glaube sowieso nicht daran, dass es funktionieren wird", unterbricht Oliver die angespannte Stille.

Falls sich ihr Zusammensein bis eben ein bisschen verfänglich angefühlt haben sollte – was natürlich nicht der Fall ist – so hat sich das in diesem Moment geändert. Dafür ist Josephine heimlich dankbar. Dennoch wirft sie Oliver einen ungnädigen Blick zu.

„Es muss funktionieren", widerspricht sie.

„Und wenn nicht?"

Darauf weiß sie keine Antwort. Sie fröstelt und zieht das Flanellhemd, das Carmen ihr für die Gartenarbeit gegeben hat, enger um sich.

„Ist das eigentlich der einzige Grund, warum du hier bist? Deine Arbeit?", fragt Oliver plötzlich.

„Nein", gesteht Josephine, die froh ist, das Thema wechseln zu können. „Mein Privatleben gestaltet sich ähnlich katastrophal wie mein Job. Oder gestalte ich es katastrophal?", fragt sie sich laut, denkt kurz darüber nach und beantwortet sich ihre Frage dann selbst.

„Ja, vermutlich führe ich meine Partnerschaft gerade an den Rand einer Katastrophe. Dabei liebe ich meinen Freund! Aber die Umstände unserer Beziehung gehen mir immer mehr auf die Nerven, und ich halte es, so wie es ist, nicht mehr aus. Und weil es leider nicht so aussieht, als würde sich an den Rahmenbedingungen unserer Partnerschaft etwas ändern, riskiere ich alles. Entweder mein Liebster bewegt sich auf mich zu … oder er tut es nicht. Und das könnte … vielleicht … auch zum Ende unserer Beziehung führen."

Sie stockt. So dramatisch, wie sie es eben beschrieben hatte, hatte sie die Situation in ihrem Privatleben bislang nicht bewerten wollen. Ein mulmiges Gefühl breitet sich in ihrer Magengegend aus. Fakt ist, dass es so kommen könnte, wenn Paulhapunkt und sie keinen Ausweg fänden.

„Erzähl mir davon, wenn du magst", bietet Oliver ihr an. „Berufliche Beziehungen sind zwar eher mein Fachgebiet, aber dir zuzuhören werde ich wohl noch hinkriegen", sagt er schmunzelnd.

Josephine denkt über das Angebot nach, und schließlich erzählt sie Oliver von Paulhapunkt, von seiner Mutter, ihrer Wohnsituation und schließlich auch von der Mail, die sie ihm vor ein paar Stunden geschrieben hat und in der sie einen gewissen Serge ins Spiel brachte, der angeblich bei ihr einziehen will. Dieser Teil der Geschichte bringt Oliver zum Lachen, und Josephine fällt schließlich mit ein.

Bald jedoch wird sie wieder ernst und bekennt: „Letztendlich geht es in meinem Job und in meiner Beziehung um das Gleiche: Ich bin nicht wichtig. Weder für meinen Schatz noch für meinen Chef. Dabei profitieren beide permanent von mir, weil ich alles für sie regele, alles erledige, alles nachsehe, alles hinterhertrage, alles ertrage …", stellt sie mit einer Bitterkeit fest, die sie nicht unterdrücken kann.

„Aber damit ist jetzt Schluss", erklärt sie kurz darauf energisch. „Das will ich nicht mehr! Ich will nicht mehr ständig funktionieren und dafür auch noch übersehen werden. Das habe ich nicht verdient!"

Wütend klaubt sie ein Büschel Heu zusammen, drückt es in ihrer Hand zusammen und wirft es in die Nacht hinaus. Einen unzüchtigen Fluch schickt sie hinterher.

„Was willst du stattdessen?", fragt Oliver.

„Liegt das nicht auf der Hand?", fragt Josephine erstaunt zurück.

„Tut es das?", fragt Oliver weiter.

Das verwirrt Josephine. Und dann muss sie tatsächlich darüber nachdenken, wie sie das, was sie will, in Worte fassen kann.

„Ich will in meinem eigenen Leben nicht nur eine Nebenrolle spielen. Ich will die Hauptrolle haben!"

Oliver nickt beifällig. „Und wie würde dein Leben aussehen, wenn du die Hauptrolle darin spieltest?"

Josephine grinst. „Dann drehte sich die Welt ausnahmsweise mal um mich, anstatt ich mich um sie."

„Guter Plan", pflichtet Oliver ihr bei. „Glaubst du, dass du das auf dem Weg erreichst, den du jetzt eingeschlagen hast? Ich meine das Exposé und deinen neuen WG-Genossen?"

„Ich weiß es nicht", seufzt Josephine. „Aber was soll ich tun? Ich will Paulhapunkt nicht verlieren, aber ich ertrage seine Mutter nicht mehr. Ich will meinen Job nicht verlieren, aber ich ertrage den Blödsinn, der von mir verlangt wird, nicht mehr. Irgendetwas muss ich doch machen können!"

„Und wenn du das nicht kannst?"

„Es muss etwas geben!", widerspricht Josephine energisch.

Oliver bleibt hartnäckig. „Aber wenn es nicht in deiner Hand liegt? Wie willst du erreichen, dass dein Chef und dein Partner etwas tun, was sie nicht tun wollen?"

„Ich muss sie eben dazu bringen, es zu wollen!", ruft Josephine wütend.

„Aber hast du nicht genau das immer wieder versucht?", fragt Oliver verständnislos.

„Richtig! Und weil das nicht funktionierte, wie ich glücklicherweise endlich kapiert habe, muss ich andere Saiten aufziehen und aktiv werden, anstatt mir einfach nur alles gefallen zu lassen.“

Oliver lässt Josephines Bemerkung auf sich wirken. „Und wenn sie dann immer noch nicht wollen?“, fragt er nach einer Weile.

„Mein Partner liebt mich, und mein Chef braucht mich. Punkt“, stellt Josephine grimmig fest und verschränkt ihre Arme vor der Brust.

Davon lässt sich Oliver nicht verunsichern. Er bohrt weiter – freundlich, aber beharrlich.

„Was ist, wenn das nicht reicht, Josephine?“, erwidert Oliver nach einer Weile.

Josephine fährt herum und funkelt ihn wütend an. „Es muss reichen! Schließlich gibt es immer einen Weg. Man muss es nur wollen!“

„So ein Blödsinn.“ Oliver schüttelt den Kopf. „Das ist genauso eine schwachsinnige Lebensweisheit wie *Qualität setzt sich immer durch* oder *Wenn irgendwo eine Tür zufällt, geht woanders eine auf.* Jeder weiß, dass es anders ist, sonst wäre die Welt nicht so wie sie ist. Manchmal ist es aussichtslos, etwas ändern zu wollen, weil es nicht in der eigenen Macht liegt, das zu tun.“

„Mann, bist du negativ!“, schimpft Josephine.

„Bin ich das?“ Oliver überlegt. „Finde ich nicht. Zumindest hilft mir meine Sichtweise, damit aufzuhören, mich mit unveränderlichen Dingen abzumühen und dagegen anzukämpfen. Das entspannt.“

Josephine schluckt. Oh nein, ich will nicht einfach aufgeben, sagt sie sich im Stillen. Ich liebe Paulhapunkt und ich weiß, dass ich es mit meinem Job noch schlechter hätte treffen können. Auf die perfekte Beziehung und den perfekten Arbeitsplatz kann ich lange warten! Deshalb muss mein Plan einfach gelingen!

In ihrem Magen ballt sich ein gewaltiger Klumpen zusammen. Auf einmal fühlt sie sich entsetzlich elend und schwach. Oliver schaut sie prüfend von der Seite an.

„Hey, nicht den Mut verlieren! Du bist eine Frau, die ihr Leben in die Hand nimmt. Das ist schon mal was. Auch wenn es gerade nicht so läuft, wie du es willst. Du wirst deinen Weg schon finden."

Josephine schaut Oliver an, als sei er nicht bei Sinnen. „Hast du mir nicht gerade erklärt, dass ich nichts tun kann, um die beiden Herren zur Vernunft zu bringen? Und jetzt machst du mir plötzlich Mut? Wieso?"

„Du hast recht. Ich bin absolut nicht davon überzeugt, dass du dir einen Gefallen mit dem tust, was du tust. Du bist nämlich schon wieder dabei, das ganz große Rad zu drehen, um deinen Partner und deinen Chef von dir zu überzeugen – nur mit anderen Mitteln." Oliver schaut Josephine nachdenklich an. „Aber es ist egal, was ich davon halte. Du hast getan, was du tun musstest. Wie die beiden darauf reagieren, kannst du nur abwarten. Also schlage ich vor – und vielleicht kannst du dich damit anfreunden, auch wenn ich sonst nur Ratschläge erteile, die du doof findest – dass du loslässt und abwartest. Jetzt müssen die anderen handeln, oder?"

„Das ist ja das Schlimme", jammert Josephine und lächelt gequält. „Ich bin mir nicht sicher, ob die das auch können."

Oliver lacht schallend. „Josephine, du bist kein leichter Fall! Vergiss es – wenigstens für den heutigen Abend. Und damit dir das leichterfällt, gibt es jetzt ein Glas Rotwein und einen Keks."

15

Josephine wischt sich eine widerspenstige Haarsträhne aus dem schweißnassen Gesicht. An diesem Tag ist es besonders warm und drückend – nicht gerade ideale Arbeitsbedingungen, um den Rasen auf der Streuobstwiese zu mähen. Doch das Gras steht hoch, und da sich das Wetter in den nächsten Tagen halten soll, ist jetzt der optimale Zeitpunkt für den Schnitt gekommen. Dann können die gemähten Halme auf der Wiese trocknen, bis sie als Heu zusammengerecht und eingelagert werden.

Prüfend schaut Josephine sich um. Sie hat schon mehr als die Hälfte der Fläche geschafft und lange Reihen von zukünftigem Heu produziert. Jetzt braucht sie erst einmal eine Pause. Zufrieden mit sich und ihrer Arbeit lässt sie den Rasenmäher stehen und steuert auf die Bank zu, die rund um einen alten Apfelbaum gebaut ist und ein kühles Plätzchen zur Erholung verspricht. Sie kramt in ihrer Tasche nach der Wasserflasche, lehnt sich gegen den Baumstamm und nimmt einen großen Schluck. Eine wohltuend frische Brise weht unter der Krone hindurch und sorgt für eine angenehme Gänsehaut.

Von einer inneren Heiterkeit und Gelassenheit erfüllt, die sie sich nicht erklären kann, erfreut sich Josephine an der Aussicht über die Obstbaumwiese. Sie lässt ihren Blick bis zum angrenzenden, üppig blühenden Küchengarten weiterwandern und bei der liebevoll restaurierten alten Scheune verweilen, wo sie untergebracht ist. Schließlich landet er beim dunklen Eichen- und Buchenwäldchen, an den sich das Haupthaus schmiegt.

Eine Sommeridylle wie aus dem Märchenbuch, denkt sie. Egal, wie verworren und verwirrend mein Leben gerade ist: Hier, in diesem Moment, ist alles gut. Es könnte gar nicht perfekter sein! Ein herrlicher Tag, an dem es eine Lust ist, zu leben! Hm. Ob das mit dem Loslassen zusammenhängt, zu dem Oliver mir vor ein paar Tagen auf dem Heuboden geraten hat? Jetzt finde ich das tatsächlich ziemlich entspannend. Warum soll ich mir auch immer so viel Stress machen? Ohne geht es auch! Irgendwie wird schon alles gut werden ...

Josephine lächelt in sich hinein, als sie sich ihrer völlig neuen Lebenseinstellung gewahr wird. Sie nimmt noch einen Schluck aus der Wasserflasche und genießt ihre ungewohnte Gelassenheit. Verschwitzt und verdreckt vom Mähen und dennoch zufrieden mit sich, mit der Welt, dem Universum ...

Ihre Gedanken werden davon unterbrochen, dass sich etwas in ihrer Tasche, die sie neben sich auf die Bank gestellt hat, bewegt. Einen Moment lang ist sie irritiert, dann kapiert sie. Vermutlich hat sie gerade eine Mail oder eine SMS bekommen. Tiefenentspannung hin oder her: Auch wenn das Loslassen wirklich eine tolle Einrichtung ist und sie findet, dass sie viel öfter einfach mal die anderen machen lassen sollte, anstatt sich immer nur selbst zu bemühen, so möchte sie trotzdem wissen, zu welchem Ergebnis „die anderen" gekommen sind, denen sie vor dem Wochenende ein paar Brocken zum Nachdenken hingeworfen hat.

Nervös kramt sie nach dem Smartphone. Ob Paulhapunkt sich endlich gemeldet hat? Oder Dr. Taler? Hoffentlich ist es nicht nur irgend so ein blöder Newsletter …

„Taler, Gernot" steht als Absender auf der Mail mit dem Betreff „Re: Relaunch-Konzept vom Münchener Marken-Guru", die sie gerade erhalten hat.

Huch! Josephines Herz schlägt bis zum Hals. Sie schließt die Augen, atmet tief durch, öffnet sie wieder und klickt auf die Nachricht.

Liebe Josephine, danke für die Weiterleitung des Exposés.

Das liest sich recht vernünftig, was der Herr Riedl so schreibt.

Josephine schüttelt ungläubig den Kopf. Die Überheblichkeit, mit der ihr Chef das Exposé eines – zugegebenermaßen fiktiven – Markenexperten kommentiert, ist bemerkenswert, denkt sie. Genauso wie die Tatsache, dass ihre Gedanken, sobald sie stark vereinfacht und aufgeblasen mit leeren Floskeln von dem angeblichen „Popstar der Branche" kommen, plötzlich „recht vernünftig" erscheinen. Es stimmt – genau das wollte sie erreichen. Trotzdem findet sie es schockierend, wie oberflächlich Dr. Taler ist und dass er wirklich auf so billige Tricks hereinfällt.

Ich denke, es lohnt sich, ihn weiter zu beobachten. Vielleicht kann man irgendwann mal zusammenarbeiten.

Irgendwann mal? Jetzt! Wann will er denn mit einem Marken-Guru zusammenarbeiten, wenn nicht genau dann, wenn es um die Marke geht?
Irritiert liest sie weiter.

Vorläufig wird das jedoch nichts. Herr Cornelius will die Sache erst einmal selbst in die Hand nehmen.

Josephine schließt die Augen. Erst nach einigen Atemzügen traut sie sich, sie wieder zu öffnen, um den Rest der Mail zu lesen.

Unser Geschäftsführer ist, wie ich übrigens auch, der Meinung, dass in diesen Agenturen viele kluge Leute sitzen, die aber doch sehr fern von unserem Geschäft sind. Das haben wir ja bei Reithofer & Friends gesehen.

Ach! Das hörte sich bei unserem letzten Telefonat aber noch ganz anders an, erinnert sich Josephine sich.

Natürlich haben wir der Agentur viel zu verdanken, ...

Nein, das haben wir nicht, findet sie.

... doch im Endeffekt haben sie uns nicht so weit nach vorne gebracht, wie wir uns das erhofft haben. Deshalb haben Cornelius und ich entschieden, ...

Womit er natürlich nur den Geschäftsführer meint, dem er niemals widersprechen würde, denkt Josephine kopfschüttelnd.

... zunächst mit eigenen Mitteln weiterzumachen. Die Kosten für eine Agentur können wir vorerst einsparen.

Recht hat er! Für so einen Schafsch...mist ist jeder Euro zu viel!

Die Assistentin vom Herrn Cornelius hat schon mal ein paar Ideen für das weitere Vorgehen skizziert, die wir im nächsten Führungskreis diskutieren werden. Wir sind da auf einem guten Weg, die Marke neu aufzusetzen.

Wir sind ... was? Das ist nicht sein Ernst!

Der Geschäftsführer macht jetzt ordentlich Dampf, sodass wir nach dem Workshop eine Menge zu tun haben werden, um die Ergebnisse umzusetzen.

Um Himmels willen!

Deshalb wäre es gut, wenn du mir zeitnah mitteilen könntest, wann wir wieder mit dir rechnen können. Bis bald, Gernot

Unter dem Eindruck, dass eine Kolonne Baufahrzeuge über sie hinweggerollt ist, lässt Josephine ihr Smartphone sinken.

Das kann nicht wahr sein! Derselbe Geschäftsführer, der auf Anraten seiner Assistentin Dennis Reithofer ins Unternehmen geholt hat und der damit den Marketing-Albtraum der letzten Jahre überhaupt erst möglich gemacht hat, will nun mit derselben Assistentin an einer Marketing-Strategie für die Zukunft basteln? Das ist mindestens die Geburtsstunde der Steigerung des Wortes „entsetzlich", die es bislang laut Duden im deutschen Wortschatz nicht gibt. Das ist ... unaussprechlich!

Noch einmal liest Josephine die Mail, in der Hoffnung, sich verlesen oder etwas falsch verstanden zu haben. Vergeblich. Paralysiert löst sie schließlich ihren Blick von der Nachricht auf dem Display und starrt in die Ferne. Erst viel später ist sie wieder in der Lage, ihre Umgebung wahrzunehmen.

Habe ich tatsächlich vor ein paar Minuten noch geglaubt, dass alles gut werden wird, fragt sie sich entgeistert. Habe ich mich wirklich eins gefühlt mit dem Universum und im Frieden mit der Welt? In nicht allzu ferner Zukunft werde ich den Rückweg in die Hölle antreten müssen. Alle Hoffnung war vergebens!

Nachdem Josephine eine weitere gefühlte Ewigkeit vor sich hingestarrt hat, nimmt sie irgendwann ihre Umgebung wieder wahr.

„Die Obstwiese muss fertig gemäht werden", murmelt sie paralysiert vor sich hin. „Also werde ich die Wiese mähen. Ich werde sie fertig mähen und mich davon überzeugen, dass alles halb so wild ist. Ich werde begreifen, dass das Leben weitergeht und es Schlimmeres gibt. Viel Schlimmeres! Kriege gibt es und Hungersnöte. Schlimme Krankheiten und üble Verbrechen. Was ist dagegen schon eine dem Wahnsinn verfallene Personalvermittlung, die mit selbstgemalten Bildchen der Assistentin wirbt und mit den lustigsten Schriften, die der Geschäftsführer in seinem Schreibprogramm finden kann? Werben ist ja so einfach! Warum nicht die halbwüchsige Tochter meines Chefs mit dem Zeichnen eines Logos beauftragen? Und sollte der Vertrieb nicht die Flyer, die er an seine Kunden verteilt, einfach selbst gestalten? Mit schicken Selbstporträts, auf denen sie mit Telefonhörer am Ohr abgebildet sind? Vielleicht kann ich dann ja auch endlich meine verkopfte Steifheit loslassen und das Jingle für die Warteschleife selbst einspielen? Mit der Blockflöte. Fidirallala ...

Schwerfällig schlurft Josephine zum Rasenmäher und zieht an der Schnur, um ihn zu starten. Mit einem ihr übermenschlich erscheinenden Kraftaufwand schafft sie es, ihn vorwärts durch das hohe Gras zu schieben. Es dauert eine Zeit, bis es sich leichter anfühlt. Nach und nach, so scheint es, kehren ihre Kräfte zurück.

Noch später stellt sie fest, dass das Mähen sie beruhigt – zumindest fühlt es sich so an. Und als die Obstwiese endlich kurz geschoren vor ihr liegt, hat sie sich so weit gefasst, dass sie sogar ein bisschen neuen Mut fasst.

Irgendwie werde ich diesen Albtraum überstehen, verspricht sie sich. Es ist nicht der erste in meinem Arbeitsleben! Warum soll ich zulassen, dass meine Welt davon untergeht? Ist es nicht viel wichtiger, dass mein Privatleben wieder ins Lot kommt? Oh ja, Paulhapunkt ist das Wichtigste für mich! Und ich werde unsere Beziehung retten! Ich werde um ihn kämpfen wie eine Löwin um ihr Junges. Ich will Paulhapunkt nicht verlieren! Niemals!

Ein sehnsüchtiges Gefühl durchströmt ihren Körper. So gerne würde sie ihren Schatz jetzt in den Arm nehmen, sich an ihn schmiegen, seine Wärme spüren, sich durch seine Nähe beruhigen lassen und dabei einfach vergessen, dass die Welt furchtbar schlecht ist.

Ob er schon geschrieben hat, schießt es ihr durch den Kopf. Schließlich war es bereits früher Nachmittag und sie hatte angekündigt, dass sie Serge heute Abend eine Zu- oder Absage erteilen möchte. Vielleicht hat sich Paulhapunkt schon gemeldet?

Obwohl Josephine das wenig ermutigende Telefonat mit ihrem Liebsten nach der Wohnungsbesichtigung noch sehr präsent ist und ebenso ihre Enttäuschung, weil er meinte, er könne seiner Mutter zuliebe nicht mit ihr kommen, kann sie nicht glauben, dass das sein letztes Wort in dieser Angelegenheit ist.

„Paulhapunkt liebt mich", murmelt sie vor sich hin, „und er ist immer für mich da! Niemals wird er mich einfach so einem Serge überlassen, dem monogam veranlagten, seit einem Jahr auf Solopfaden wandelnden, ordnungsliebenden Model – das ist undenkbar! Er wird beleidigt sein, weil ich mich nicht mehr klaglos füge und finden, dass ich es verdient habe, zappeln gelassen zu werden. Aber er wird übers Wochenende nachgedacht haben. Er wird mich nicht einfach gehen lassen. Und ich werde ihn auch nicht einfach aufgeben! Und wenn ich ihm dazu ein weiteres Mal entgegenkommen muss, ja dann werde ich das eben tun! Dann ziehe ich erst einmal alleine in die Wohnung, und er kommt später nach … das muss doch zu regeln sein! Wir sind schließlich beide erwachsene Menschen und bei allen Differenzen: Wir lieben uns."

Zuversichtlich, die Angelegenheit – was auch kommen mag – bewältigen zu können, geht sie zurück zur Bank unter dem Apfelbaum, auf der ihre Tasche liegt. Mit jedem Schritt, den sie sich auf den Baum zubewegt, wächst ihr Mut, sich allen Hindernissen, die auf ihrem Weg liegen, stellen und sie ausräumen können.

„Ich habe es bis hierher geschafft", sagt sie sich laut. „Deshalb werde ich es auch weiter schaffen. Jawohl! Ich werde mich weder von einer Edeltraud noch von einem Dr. Taler das Fürchten lehren lassen. Das wäre ja noch schöner! Solche Gestalten, die nur in ihrer verschwurbelten Realität vor sich hin existieren und nicht einen Handschlag ohne die Unterstützung anderer tun können, sollen mich ausbremsen? Mich? Josephine? Die attraktive, gebildete, engagierte Frau in den besten Jahren? Ha! Niemals!"

Die letzten Schritte zur Bank legt Josephine im Sturm zurück. Sie ergreift ihre Tasche, wühlt nach ihrem Smartphone, gibt ihre PIN ein und tatsächlich: Eine Mail von Paulhapunkt ist eingegangen. Ungeduldig tippt sie auf die Nachricht, um sie zu öffnen. Paulhapunkt hat geschrieben! Alles wird gut. Bestimmt.

Liebe Josephine, natürlich bin ich nicht begeistert von deinem Plan, dir alleine eine Wohnung zu suchen. Noch dazu eine, in die du nicht alleine einziehen wirst. Aber ich habe eingesehen, dass ich dich nicht davon abhalten kann. Du musst tun, was du tun musst. Mir bleibt nur, dir viel Glück zu wünschen. Gruß, Paul H.

Einen Moment lang ist Josephine wie erstarrt. Paulhapunkts Worte sind wie ein Faustschlag, der sich tief in ihren Magen bohrt. Erst wird ihr übel, dann schwindelig.

„Paulhapunkt lässt mich gehen? Einfach so??? Dieser Mann, dessen Wünsche und Bedürfnisse jahrelang so wichtig für mich waren, dass ich alles andere darüber vergaß – besonders mein eigenes Wohlergehen – hat mir nicht mehr zu sagen als *viel Glück*? Scheißkerl!", brüllt Josephine und pfeffert ihr Smartphone quer über die Wiese. „Du verdammter Drecksack!", schleudert sie hinterher.

Ein Haufen abgeschnittenes Gras fliegt durch die Luft. Dann noch einer und noch einer, bis sie schließlich schreiend auf Knien mit wild kreisenden Armen die Reihen gemähter Stängel zusammenschiebt und durch die Luft wirbelt. Schließlich setzt sie ihrem Ausbruch mit dem Ausruf „Du eierloses Muttersöhnchen!" und einem letzten geschleuderten Grashaufen ein verzweifeltes Finale, bevor sie in sich zusammensackt und ihrem Heulen und Schluchzen freien Lauf lässt.

***

„Josephine, ist etwas passiert?"
Als sie die besorgte Stimme ihrer Schwester hört, die nach dem vierten Tuten abgenommen hat, ist es fast

schon wieder vorbei mit ihrer Beherrschung. Nur mit Mühe kann sie sich davon abhalten, Friederike einen Schwall Tränen durchs Telefon zu schicken.

„Woher weißt du, dass etwas passiert ist?", fragt sie mit zitternder Stimme.

„Ich bin deine ältere Schwester. Sowas habe ich im Urin."

Es beruhigt Josephine mehr als sie angenommen hat, dass Friederike ihr Schicksal nicht gleichgültig ist. Wenigstens eine, der ich nicht egal bin, denkt sie bitter.

„Es ist alles so furchtbar", gesteht sie leise. „Hast du Zeit?"

„Natürlich", antwortet ihre Schwester munter, als würde Josephine ihr nur von einem abgebrochenen Fingernagel berichten wollen. Dabei weiß Josephine natürlich, dass Friederike nach allem, worüber die beiden in den letzten Tagen gesprochen haben, sehr wohl ahnen muss, dass es um weit mehr geht als das.

„Schieß los."

Das tut Josephine. Sie erzählt von ihrem furchtbaren Scheitern und liest ihrer Schwester die schockierenden Mails von Paulhapunkt und Dr. Taler vor. Dabei kann sie immer noch nicht fassen, dass sie mit ihren Plänen so vollkommen vor die Wand gefahren ist.

„Was soll ich bloß machen, Friederike? Es ist furchtbar! Was soll ich nur tun?"

„Meine liebe Josephine, ich glaube, du hast bereits zu viel getan."

Am anderen Ende der Leotung bleibt es still.

Friederike seufzt. „Schwesterlein, siehst du es immer noch nicht ein? Du hast pausenlos gekämpft und dich mächtig unter Druck gesetzt. Und was hast du damit erreicht?"

„Nichts", erwidert Josephine kleinlaut.

„Richtig", bestätigt Friederike. „Du hast nichts erreicht. Aber das ist falsch."

„Natürlich ist das falsch!", braust Josephine auf. „Das habe ich nicht verdient!"

„Richtig", antwortet ihre Schwester. „Warum tust du es dann?"

Josephine ahnt bereits, dass sie das Gespräch mit ihrer Schwester überfordern wird, und das findet sie in ihrer sowieso schon desolaten Verfassung überflüssig. „Ich kann doch nichts dafür, dass Paulhapunkt und mein Chef solche Vollpfosten sind!"

„Natürlich nicht", bestätigt ihre Schwester, „dafür können nur die beiden was. Also, warum willst du ihnen die Verantwortung für ihr Handeln abnehmen?"

„Will ich das?"

„Ich finde schon", entgegnet ihre Schwester. „Du bekommst nicht, was du willst und denkst, dass es an dir liegt. Du glaubst, wenn du mehr getan hättest oder etwas anderes, dann würden sie schon wollen, wie du willst. Vielleicht glaubst du, dass du gescheitert bist, weil du zu dumm bist oder zu faul, zu hässlich oder zu uninteressant, zu …

„Ja ja ja, schon gut – so genau will ich es gar nicht wissen", knurrt Josephine.

„Aber so ist es nicht", erklärt Friederike. „Du bist mit Sicherheit eine tolle Partnerin und eine anbetungswürdige Mitarbeiterin. Trotzdem kriegst du nicht, was du willst. Und warum?"

Josephine wartet gespannt. Genau das wüsste sie jetzt auch gerne ...

„Weil die beiden nicht wollen. Basta! Das liegt an denen – nicht an dir“, klärt ihre Schwester sie auf.

„Natürlich liegt das an denen“, stimmt Josephine zu. „Aber trotzdem muss ich doch etwas tun können, um ...“

„Nein, Josephine, du musst nichts machen. Gar nichts. Kapier es endlich! Es ist aussichtslos. Punkt. Die einzige Frage ist ...“

„Ja?“, unterbricht sie Josephine hoffnungsvoll.

„... wann du das endlich begreifst und aufhörst, von dir zu erwarten, die beiden zu ändern. Es wird Zeit, dass du endlich den Sack zumachst und nach etwas Neuem Ausschau hältst.“

Josephine schluckt.

„Jeder hat eine Schmerzgrenze. Wo ist deine?“, setzt Friederike hinterher.

Josephine schießen Tränen in die Augen.

„Glaubst du etwa, es macht mir Spaß, mich so ... so ... unwürdig behandeln zu lassen?“, schluchzt sie. „Es ... es könnte alles so schön sein. Aber das ist es nicht. Aus meinem Traum ist ein Albtraum geworden.“

Josephine braucht eine Weile, bis sie weitersprechen kann.

„Weißt du, wie verdammt schwer es ist, diesen Traum zu begraben? Was habe ich denn für Alternativen? Ich will kein Single sein! Ich will mich auch nicht ewig mit schlecht bezahlten, befristeten Jobs begnügen! Außerdem werde ich nicht jünger! Ich bin einundvierzig, verdammt noch mal! Wie viele Chancen habe ich noch im Leben?“, stößt sie verzweifelt hervor.

Dann gibt es kein Halten mehr für ihre Tränen. Sie fließen ihre Wangen in Sturzbächen herunter und scheinen nicht mehr versiegen zu wollen.

„Hey, kleine Schwester, manchmal ist das Leben scheiße", sagt Friederike voller Mitgefühl. „Und manchmal kann man das leider auch nicht ändern."

Das tröstet Josephine gerade wenig.

„Weißt du, wie oft ich das schon von Menschen gehört habe, die einfach nur zu blöd, zu blind oder zu bequem sind, ihren Arsch in Bewegung zu setzen und sich ein bisschen anzustrengen? Weißt du, wie oft ich dann denke, ‚Mann, sind die doof', weil es so einfach wäre, ihre Probleme zu lösen, wenn sie es wenigstens versuchten?"

„Es gibt solche Menschen. Aber du bist so nicht, Josephine."

„Bist du sicher? Was ist, wenn ich genauso doof bin, weil ich die naheliegende Lösung nicht sehe?", fragt Josephine verzweifelt.

„Das ist etwas anderes. Das tust du wirklich nicht", stellt ihre Schwester resolut fest.

Josephine stutzt. „Wie meinst du das?"

„Akzeptiere endlich, dass es aussiechtslos ist", platzt Friederike heraus.

Die sich plötzlich ausbreitende Stille wirkt so massiv, dass Josephine meint, sie mit den Händen greifen zu können.

„Kommen noch mehr aufbauende Lebensweisheiten, oder habe ich das Schlimmste überstanden?", fragt Josephine trocken.

„Das war's eigentlich schon", überlegt Friederike. „Die gute Nachricht ist, dass du aufhören kannst, dich zusätzlich zu deinem Elend auch noch selbst fertigzumachen, weil du denkst, dass du schuld bist."

„Hört sich prima an", kontert Josephine ironisch. „Hast du auch eine Idee, was ich stattdessen tun könnte?"

„Na klar: loslassen!", sagt Friederike lapidar.

Josephine hält ihr Smartphone weit von sich weg und schaut es an, als habe es sie gebissen.

Wie kann es sein, dass alle um mich herum plötzlich meinen, mit Loslassen die Welt retten zu können, fragt sie sich. Erst Dr. Taler, dann Oliver und jetzt auch noch Friederike.

„Habt ihr euch abgesprochen?", will sie von ihrer Schwester wissen, als sie sich wieder traut, das Smartphone ans Ohr zu halten, weil sie davon ausgeht, dass es wohl doch nicht beißt.

„Wer – wir?"

„Na, mein Chef, mein Unternehmensberater und du."

„*Dein* Unternehmensberater?", fragt Friederike neugierig.

„Mann Friederike, das habe ich nur so gesagt! Außerdem lenkst du vom Thema ab. Also, du meinst, ich muss einfach nur loslassen und dann ... dann ... ja, was ist denn dann?"

„Das wirst du dann schon sehen."

***

Josephine muss zugeben, dass sie das Telefonat mit ihrer Schwester nicht beruhigt hat. Im Gegenteil. Unruhig läuft sie in ihrem Zimmer auf und ab. Sie wirft sich aufs Bett, um gleich darauf wieder aufzuspringen, weil sie meint, durchdrehen zu müssen, wenn sie jetzt nicht irgendetwas tut.

„Oh mein Gott, das ertrage ich nicht", stöhnt sie und vergräbt ihren Kopf unter ihren Armen. Mit einem Ruck reißt sie ihn wieder hoch.

„Nein!", sagt sie zu sich selbst. „Ich muss über Paulhapunkt hinwegkommen und zwar sofort! Ich drehe sonst durch!"

Ihre Gedanken rasen von einer Option zur nächsten. Dann, auf einmal, weiß sie, was sie tun wird, und für einen Moment herrscht wohltuende Ruhe in ihrem Kopf.

Die Gelegenheit ist günstig. Als sie vorhin staubig vom Rasenmähen, vom Verfluchen ihres Lebens und vom sich im Gras wälzen zurückkam und möglichst unbemerkt von neugierigen Blicken zurück auf ihr Zimmer schleichen wollte, war sie Carmen in die Arme gelaufen. Diese hatte mit einem Blick und ohne eine überflüssige Frage stellen zu müssen begriffen, dass etwas vorgefallen sein musste, was Josephine komplett aus der Bahn geworfen hatte. Daraufhin hatte sie ihr ohne Umschweife für den Rest des Tages frei gegeben.

Ich habe genug Zeit, alles vorzubereiten, überlegt Josephine. Das Einzige, was ich dann noch brauche, ist Oliver. Und der wird nicht gefragt, sondern vor vollendete Tatsachen gestellt.

Sie schaut auf die Uhr: Olivers Workshop-Tag müsste gleich zu Ende gehen. Sie wird ihn vor dem Seminarraum abfangen und zu einem abendlichen Picknick auf dem Heuboden überreden. Und dann ... man wird sehen. Sie ist zu allem entschlossen!

16

Die letzten Sonnenstrahlen tauchen den Platz in der Luke des Heubodens in ein warmes, rotgoldenes Licht. Sie fallen auf ein rot-weiß kariertes Tischtuch, eine Flasche Wein – zwei weitere hat Josephine als stille Reserve in einem Korb neben sich stehen – zwei Gläser, frisches Brot, einen von ihr selbst angerührten Quark mit frischen Kräutern aus dem Küchengarten, ein paar Gemüsesticks und einige Plunderteilchen, die von der vormittäglichen Workshop-Pause übrig geblieben sind. Das Windlicht, das Oliver bereits bei ihrem letzten Treffen mitgebracht hatte, komplettiert die Idylle. Zufrieden betrachtet Josephine ihr Werk. Viel einladender und romantischer kann ein Picknick nicht aussehen, findet sie.

Nervös schaut sie auf die Uhr: Oliver müsste gleich da sein.

Warum bin ich eigentlich so aufgeregt, überlegt sie. Was ist schon dabei? Oliver und ich kennen uns nun schon ein paar Tage, wir mögen uns, sind beide nicht verheiratet ... eigentlich ist alles kein Problem, oder?

Trotzdem will es Josephine nicht gelingen, ihre Nerven zu beruhigen. Eines weiß sie allerdings sicher: Dass es irritierend auf ihren bald erscheinenden Gast wirken könnte, wenn sie ihn gleich, noch vor dem ersten

Glas Wein, allzu offensichtlich mit der Nase darauf stößt, zu welchem Zweck sie das Treffen vorgeschlagen hat. Männer wollen schließlich Jäger sein, erinnert sie einen häufig gehörten Ausspruch ihrer Mutter. Und das bedeutet, dass es Oliver verunsichern könnte, unvermutet und unverblümt zum Gejagten zu werden.

Also werde ich mich jetzt hinsetzen und entspannt tun, sobald ich ihn kommen höre. Ein gewöhnliches Picknick, soll er denken, nicht mehr als ein einfaches Nachtmahl mit einer Bekannten, vollkommen unverbindlich ...

Plötzlich hört Josephine Schritte auf dem Weg, der unter dem Schauer entlangführt. Sie setzen sich auf der Holztreppe fort, die zum Heuboden führt. Wie angestochen stürzt sie zur Luke, um sich – selbstverständlich vollkommen entspannt – hinzusetzen, nein, hinzudrapieren trifft es besser – und dabei ganz natürlich zu wirken. Vielleicht auch ein bisschen verlockend ... vor allem aber bequem, damit sie nicht so angespannt wirkt.

„Hi!“

Josephine fährt herum und sieht Oliver mit wild klopfendem Herzen entgegen.

„Habe ich dich erschreckt?“, fragt er überrascht. „Ich dachte, eine Elefantenherde könnte auf der Holztreppe nicht lauter sein als ich.“

„Nein, nein, natürlich habe ich dich gehört. Ich war nur gerade in Gedanken.“

Sie versucht zu lächeln und dabei nicht verkrampft auszusehen.

Oliver tritt näher und Josephine mustert ihn – wie sie hofft – unauffällig.

Gut sieht er aus, denkt sie bei sich. Wenn er sich ein bisschen locker macht und nicht mit Gewalt nach Unternehmensberater aussehen will, ist er eigentlich recht attraktiv.

„Ist irgendwas mit meinen Klamotten?", fragt Oliver irritiert und sieht an sich herunter.

Um Himmels willen, Josephine, reiß dich zusammen! Wenn du so weitermachst, riecht er den Braten und du kannst den Abend vergessen, ermahnt sie sich im Stillen.

„Äh … nein. Sieht gut aus. Alles bestens", grinst Josephine. „Ich gucke nur so."

„Aha", kommentiert Oliver das Gehörte.

Vor der Tischdecke bleibt er stehen und begutachtet das Picknick. „Wow", ruft er anerkennend, „das sieht lecker aus!"

„Ach das …", Josephine macht eine wegwerfende Handbewegung. „Statt Keksen", ergänzt sie und fährt sich verlegen mit der Hand durch ihr Haar.

Oliver schaut ihr prüfend ins Gesicht. Josephine merkt, dass sie rot wird. Schnell wendet sie sich ab.

„Magst du was trinken?", fragt sie und greift, bevor er antworten kann, nach einem Glas und der Flasche.

„Gerne", antwortet Oliver und setzt sich neben sie in die Luke.

Josephine wird sich seiner Nähe mit einem Mal sehr bewusst. Sie muss sich konzentrieren, um die Flasche ruhig zu halten und beim Eingießen nichts zu verschütten. Dann reicht sie das Glas an ihn weiter. Er greift danach und schaut sie neugierig an.

„Ist irgendwas passiert?" Wieder sieht er ihr forschend ins Gesicht.

Josephine weiß, dass sie nicht gut lügen kann, und diese Frage ist jetzt sehr direkt. Deshalb wendet sie sich zur Seite, während sie ihm ein „Och nö" zuwirft und kramt im Picknickkorb neben sich herum. Als sie sich wieder sicherer fühlt, dreht sie sich zu ihm um, strahlt ihn an und gießt sich ebenfalls ein Glas Wein ein.

„Auf einen schönen Abend", sagt sie und nimmt schnell einen Schluck, als sie merkt, dass sie wegen der Mehrdeutigkeit des unverfänglich gemeinten Trinkspruchs erneut rot wird.

Hoffentlich kriege ich jetzt langsam die Kurve, denkt sie, sonst geht das hier komplett in die Hose. Vielleicht sollte ich ihn zügig abfüllen, damit er meine Verfassung nicht bemerkt?

Josephine bemüht sich, ein Gespräch in Gang zu bringen. Sie fragt Oliver nach seinem Workshop-Tag, macht eine Bemerkung über den schönen Sommerabend, dann über den Wein und tut ihr Bestes, um eine unverfängliche, entspannte Atmosphäre zu schaffen. Zwischendurch füllt sie immer wieder sein Weinglas auf, noch bevor er feststellen kann, dass es leer ist.

Anfangs hegt Josephine den Verdacht, dass Oliver sie aufmerksam studiert und versucht, herauszufinden, wie er dieses abendliche Zusammentreffen einsortieren soll. Mit seinem zweiten Glas Wein jedoch scheint er sein Misstrauen aufzugeben und sich zu entspannen. Bald darauf beginnt er glücklicherweise, selbst größere Anteile am Gespräch zu übernehmen, sodass Josephine weniger gefordert ist. Ihr Kopf ist allerdings weiterhin unermüdlich im Einsatz und bombardiert sie mit Fragen: Ob er sie wohl attraktiv findet? Wird er sich auf eine gemeinsame Nacht mit ihr einlassen, wenn sie ihm die entsprechenden Signale sendete? Und wie würde es wohl sein, mit ihm zusammen zu sein?

Einmal meldet sich auch ihr Gewissen und wirft die Frage auf, ob sie ihn nur benutzt, wenn sie tut, was sie sich vorgenommen hat. Nachdem sie kurz darüber nachgedacht hat, findet sie das abwegig. Schließlich würde Oliver ja auch etwas davon haben.

Irgendwann geht den beiden der Smalltalk-Gesprächsstoff aus. Schweigend sitzen sie nebeneinander und schauen in den mittlerweile dunklen Himmel, der nur noch am Horizont einen etwas helleren blauen Streifen zeigt. Josephine weiß, dass nun der Moment gekommen ist, an dem etwas geschehen sollte, wenn an diesem Abend überhaupt noch etwas geschehen soll. Allerdings hat sie keine Ahnung, wie sie das anstellen soll.

Sie könnte einfach wie zufällig seine Hand berühren, die nur knapp neben ihrer liegt. Oder ist das zu auffällig? Soll sie sich einfach an ihn lehnen, als sei sie etwas schläfrig? Aber das wäre dann wohl doch zu aufdringlich ... Und warum muss sie hier eigentlich alles allein machen? Wenn der Jäger nicht zum Gejagten werden will, dann wird es höchste Zeit, dass er die Initiative ergreift! Warum kommt er eigentlich nicht von selbst darauf, was jetzt und hier als Nächstes passieren könnte?

Josephine wirft Oliver einen ungeduldigen Seitenblick zu, doch der wirkt immer noch entspannt und zufrieden mit der Situation, so wie sie ist. Er lehnt an der Tür der Luke, schaut in die Nacht hinaus und zeigt keinerlei Anzeichen dafür, dass sich daran etwas ändern könnte.

Also, erkennt Josephine, muss sie nun selbst aktiv werden. Sie hat keine andere Wahl.

Sie trinkt ihr Glas aus. Es ist zwar erst das zweite an diesem Abend, aber nach dem anstrengenden Tag reicht es allemal für einen Schwips, wie sie zufrieden feststellt. Und ein Schwips ist nicht verkehrt, wenn man störende Hemmungen loswerden will, sagt sie sich. Denn jetzt werde ich einen Vorstoß wagen. Sonst wird das hier nichts mehr. Frechheit siegt!

„Carmen meint, du bist nicht schwul.“

Ihre Bemerkung trifft Oliver unerwartet. Er verschluckt sich und bekommt einen Hustenanfall. Es dauert eine Weile, bis er wieder sprechen kann.

„Josephine, was ist los?“, keucht er.

„Nichts“, beteuert sie mit unschuldigem Augenaufschlag.

„Josephine! Ich bin nicht schwul und ich bin auch nicht blöd. Also: Was ist passiert?“

Er schaut ihr direkt in die Augen und wirkt dabei so entschlossen, als würde er nicht einmal daran denken, seinen bohrenden Blick von ihr abzuwenden, bevor sie ihm gesagt hat, was er wissen will.

Dem kann Josephine nicht standhalten. Sie blickt betreten auf ihre Knie herab und fühlt sich außerstande, etwas zu sagen. Sie bringt einfach keinen Ton mehr heraus.

Nach einer Weile ergreift Oliver das Wort. „Dein Plan mit Serge ist nicht aufgegangen“, stellt er ruhig fest und wendet seinen Blick noch immer nicht von ihr ab.

Josephine hat nicht damit gerechnet, dass es ihr so unangenehm sein würde, durchschaut zu werden. Bis eben hat sie sich nicht viel dabei gedacht, Oliver verführen zu wollen. So etwas ist doch völlig normal. Aber nun ist sie sich da nicht mehr so sicher.

„Du hast recht", gibt sie leise zu.

„Deshalb hast du dieses Picknick veranstaltet. Weil du über deine Beziehung hinwegkommen willst", schließt Oliver messerscharf. Er sagt es ruhig, aber bestimmt.

„Ja", flüstert sie. „Ist das schlimm?"

Oliver wendet sich ab. Mit einer fahrigen Bewegung streicht er sich das Haar zurück. „Ich fasse es nicht", murmelt er.

Seine augenscheinliche Betroffenheit erschreckt Josephine. Das hat sie nicht erwartet.

„Ich wollte dich nicht verletzen", sagt sie schnell. „Ich wollte nur ..."

Weiter kommt sie nicht.

„Über Paul hinwegkommen", ergänzt Oliver. „Hast du wirklich geglaubt, dass das funktioniert? So?"

Plötzlich hat Josephine das Gefühl, als sei sie hellwach und nüchtern. So nüchtern, wie sie den ganzen Tag noch nicht war. Trotz Schwips.

„Ich weiß nicht, was in mich gefahren ist", murmelt sie. „Ich glaube, bei mir hat heute Nachmittag etwas ausgesetzt." Sie dreht sich zu Oliver um und traut sich das erste Mal an diesem Abend, ihm wirklich in die Augen zu schauen.

„Ich wollte dich nicht verletzen", wiederholt sie. „Das hätte ich auch gar nicht für möglich gehalten. Du bist immer so distanziert, so überlegen ... entschuldige, ich will mich nicht rausreden. Ich habe Mist gebaut."

Eine Zeit lang sagt keiner von beiden ein Wort.

„Ich glaube, ich bin gerade nicht der richtige Gesprächspartner für ... für dieses Thema", stellt Oliver fest.

Josephine ist hundeelend zumute. Die Klarheit ist wie weggeblasen. Es geht nur noch drunter und drüber in ihrem Inneren, ohne Richtung, einfach nur durcheinander.

Ich habe alles und zwar wirklich alles in meinem Leben falsch gemacht, ist das Einzige, was sie denken kann. Und sie weiß genau, was jetzt kommt, denn es liegt auf der Hand: Oliver wird aufstehen und gehen. Dabei wünscht sie sich in diesem Moment nichts mehr, als dass er bleibt, dass er mit ihr redet, ihr ihretwegen sogar ihre Welt erklärt, auch wenn sie so etwas normalerweise für komplett überflüssig hält. Sie will einfach nur seine Nähe spüren, seinen Halt, weil sie ihren eigenen verloren hat.

Wenn er will, dann darf er auch mit mir streiten, darf mir blöde Ratschläge erteilen oder sogar Verständnis für meinen Chef und Paulhapunkt äußern, denkt sie. Alles darf er tun, wenn er nur bleibt!

Allerdings fällt ihr kein guter Grund ein, warum er das tun sollte.

Oliver steht auf. „Kann ich dich alleine lassen?", fragt er, ohne sie anzusehen.

Sie nickt. Und lässt ihn gehen.

Als sich seine Schritte über den Heuboden, die Treppe und schließlich den Feldweg entfernt haben, empfindet sie die Leere um sich herum als unerträglich. Sie greift nach der Flasche, gießt sich den übrig gebliebenen Rest Wein in ihr Glas und stürzt es hinunter. Dann zieht sie den Korb mit den beiden vollen Flaschen an sich heran, fischt eine davon heraus, öffnet sie und gießt sich erneut ein Glas ein.

„Was ist das nur für eine völlig beschissene Situation!", schimpft sie. „Ob es irgendetwas gibt auf der Welt, das diesen Irrsinn toppen kann? Vielleicht Außerirdische, die mit ihrem Raumschiff versehentlich auf diesem Gebäude landen, weil sie es für eine Art Campingplatz für Aliens halten?"

Josephine trinkt fast das ganze Glas in einem Zug aus und schüttelt sich. Dann starrt sie in die Nacht hinaus.

Ihr Leben ist eine groteske Katastrophe. Darüber hinaus hat sie gerade einen Menschen, der ihr bis jetzt in ihrer beschissenen Situation beigestanden hatte, verletzt, vielleicht beleidigt, auf jeden Fall aber vertrieben. Sie kann nur hoffen, dass er mit seiner ihm eigenen Unberührbarkeit auch dieses Mal über den Dingen steht und ihr den Ausrutscher verzeiht. Aber das Schlimmste ist, dass sie sich überhaupt nicht erklären kann, wie sie es geschafft hat, in diesen Schlamassel hineinzugeraten.

Sie trinkt den verbliebenen Schluck Wein aus ihrem Glas und gießt es erneut voll.

Ihre Gedanken wandern zu dem Tag, als sie bei Paulhapunkt eingezogen ist und damit auch die Probleme in ihrer Beziehung begannen. Plötzlich kommt ihr der Gedanke, ob sie sich vielleicht einfach zu sehr anstellt, was ihre Wohnsituation ud besonders Edeltraud betrifft. Schließlich haben andere Frauen auch kein Problem damit, bei den Schwiegereltern zu wohnen und die Schrullen der alten Herrschaften zu ertragen. Kann sie wirklich von ihrem Liebsten erwarten, der so sehr an seinen Eltern hängt, dass er auszieht?

Sie schenkt sich ein weiteres Glas Wein ein und denkt an ihre Arbeit.

Bin ich vielleicht viel zu kritisch, geht sie mit sich ins Gericht. Habe ich mich zu überheblich gezeigt mit meinem Fachwissen, das ich zwar nie an die große Glocke gehängt habe, es aber von Zeit zu Zeit vermutlich nicht zu übersehen war? Hat das meinen Chef nicht verunsichern müssen? Hätte ich sensibler sein und mehr tun müssen, um ihm die Angst vor meiner Kompetenz zu nehmen? Er ist schließlich immer noch mein Chef! Meine Schwester hat völlig recht, wenn sie meint, dass so einer keine Probleme mag. Aber ich habe welche gemacht, wenn ich die Arbeit der Agentur Reithofer & Friends ständig kritisiert habe, weil sie das Corporate Design nicht richtig umgesetzt oder Fehler in den Entwürfen auch nach dreimaliger Aufforderung nicht vernünftig korrigiert haben. War ich zu streng? Schließlich ist auch Herr Reithofer nicht vom Fach, und Fehler können passieren?

Josephine stöhnt auf und schlägt ihre Hände vors Gesicht.

Ich weiß, dass man es mir ansieht, wenn mich etwas ärgert, überlegt sie weiter. So oft habe ich mich heimlich aufgeregt – über Edeltraud, über den bescheuerten Reithofer, über meinen Chef – anstatt gelassen zu bleiben und sie zu lassen, wie sie sind. Menschen mögen nun mal keine Kritik! Ich hätte mich viel mehr zusammenreißen müssen ...

Ihr Glas ist schon wieder leer. Erneut gießt sie sich ein und nimmt einen großen Schluck. Sie sieht hinaus in die Dunkelheit, und dann denkt sie auf einmal gar nichts mehr. Sie fühlt auch nichts mehr, außer der

Nacht, die sie umgibt, den lauen Luftzug um ihre Schultern und in ihrem Haar. Sie sieht einzelne Sterne, dann die ganze Milchstraße. Sie nimmt wahr, wie friedlich es ist und wie schön ...

Bin ich eigentlich bescheuert?

Vor Schreck hätte sie fast ihr Glas fallen lassen. Plötzlich beginnen die Gedanken in ihrem Kopf wieder zu rasen. Wie ein Film laufen sie ab, den sie nicht stoppen kann. Eine Szene aus ihrem Leben nach der anderen schiebt sich vor ihr geistiges Auge.

Mit den Erinnerungen kommt die Wut.

„Da ertrage ich jahrelang ein furchtbar streitsüchtiges Weib, das niemals irgendeine Frau an Paulhapunkts Seite dulden wird und mache mir Vorwürfe, dass ich mich nicht noch mehr von ihr habe drangsalieren lassen?", schimpft sie leise vor sich hin. „Finde ich allen Ernstes, dass ich Paulhapunkt in seinem Ödipus-Komplex, den man nur als pathologisch bezeichnen kann, noch mehr hätte unterstützen müssen? Und mein Chef ist eine Flachpfeife! Er mag keine Kritik? Dann soll er weniger Scheiße bauen! Warum schere ich mich eigentlich um seine Befindlichkeit? Hat er sich auch nur ein einziges Mal um meine gekümmert, wenn er mich wieder einmal klein gemacht hat? Und das, obwohl ich ihn niemals habe auflaufen lassen, wenn er mit seiner Ahnungslosigkeit glänzte? Habe ich mir das wirklich all die Jahre gefallen lassen? Die ständige Undankbarkeit, die täglichen Ungerechtigkeiten, die Nachlässigkeiten und Verletzungen? Und jetzt sitze ich hier und mache mir Vorwürfe, dass ich das Problem bin, weil ich vielleicht mal ungnädig geguckt habe?", flucht sie und ist dabei laut geworden.

Und das ist dann auch der letzte Gedanke, den sie bewusst mitbekommt, bevor sie sich mit Gebrüll auf einen Berg Heuballen stürzt, um ihn stellvertretend für Dr. Taler, Edeltraud und besonders für Paulhapunkt in seine Einzelteile zu zerlegen.

17

Irgendetwas pikst sie unter dem Arm. Das findet Josephine ziemlich lästig. Sie dreht sich auf die andere Seite, doch es pikst immer noch. Jetzt allerdings an ihrem Oberschenkel. Auf einmal beginnt es auch noch zu jucken. Sie wälzt sich im Halbschlaf herum und kratzt sich.

Warum pikst und juckt es eigentlich in meinem Bett, überlegt sie schlaftrunken. Ich habe doch nicht etwa Flöhe?

Mit einem Mal ist Josephine hellwach und schlägt die Augen auf. Im hohen Bogen wirft sie ihre Bettdecke von sich und sucht nach der Ursache für das Piksen. Da entdeckt sie ein kleines goldfarbenes Stück Stroh auf ihrem Laken – und dann noch eins und ein weiteres.

Beruhigt, dass es keine lebenden Gäste sind, mit denen sie ihre Schlafstatt teilen muss, lässt sie sich auf ihr Kissen zurücksinken. Als sie ihren Kopf ablegt, raschelt etwas leise an ihrem Ohr. Sie fasst sich in die Haare und zieht einen weiteren Strohhalm hervor. Irritiert schaut sie ihn an und fragt sich, was das zu bedeuten hat. Und warum fühlt sie sich so entsetzlich mehlig?

Josephine versucht, sich an den vergangenen Abend zu erinnern. Richtig: Sie war auf dem Heuboden gewesen. Mit drei Flaschen Wein und jeder Menge Strohballen, gegen die sie wüste Schlachten gekämpft hat.

„Mann, muss ich besoffen gewesen sein!", stöhnt sie.

Jetzt fühlt sie auch den pochenden Kopfschmerz, der in ihrem Schädel dröhnt.

„Was habe ich eigentlich auf dem Heuboden gemacht?", fragt sie sich. Dann erinnert sie sich daran, dass sie nicht alleine gewesen ist, jedenfalls nicht von Anfang an.

„Oh nein!", stöhnt sie auf.

Bilder des vorherigen Abends setzen sich in ihrer Erinnerung zu einem Film zusammen, in dem Oliver und sie eine Hauptrolle spielen. Allerdings ist sie in diesem Streifen nicht die Gute.

„Ach du Scheiße!"

Josephine erinnert sich, wie Oliver neben ihr saß und sich dann von ihr abwendete. Sie hört, wie er sagt: *Ich glaube, ich bin gerade nicht der richtige Gesprächspartner für dieses Thema*, und schämt sich unendlich.

„Warum habe ich das nur gemacht?", jammert sie. Doch gleich darauf wundert sie sich darüber, warum Oliver so empfindlich reagiert hat.

„Seit wann ist es ein Problem für einen Mann, wenn eine Frau Spaß mit ihm haben will?", fragt sie sich. Dazu fällt ihr keine Erklärung ein.

Fakt ist jedoch, dass sie Oliver verletzt hat – und das ist das Letzte, was sie gewollt hat. Das wird sie dringend in Ordnung bringen müssen.

Josephine setzt sich in ihrem Bett auf und reibt sich die Augen. Dabei wundert sie sich, dass die Gedanken an ihren Job und ihre Beziehung gerade zu keinerlei emotionalen Eruptionen führen. Wenn sie daran denkt, empfindet sie ... nichts. Nicht einmal das Bedürfnis, sich damit zu befassen. Wozu auch? Nichts erscheint ihr plötzlich abwegiger als das Ansinnen, an diesen Problemherden ihres Lebens etwas ändern zu wollen.

Ungläubig schüttelt sie den Kopf. Damit hört sie aber gleich wieder auf, weil sich die Bewegung ungünstig auf den pochenden Schmerz in ihm auswirkt. Stöhnend lehnt sie sich gegen die Wand, schließt die Augen und fragt sich, wie es jetzt weitergehen wird. Irgendein neuer Weg wird sich hoffentlich für mich auftun, denkt sie. Irgendwann.

Mit dieser vagen Hoffnung auf ein Leben nach der Katastrophe steigt sie aus dem Bett.

Eine Dreiviertelstunde später hat es sich Josephine auf der Bank vor der Küchentür mit einem Milchkaffee und einem frisch gebackenen Plunderteilchen, das sie Christina abgeschwatzt hat, gemütlich gemacht. Was für ein herrlicher Vormittag!

Genießerisch reckt sie ihr Gesicht der Sonne entgegen, atmet die frische Luft ein, die die intensiven Gerüche des Spätfrühlings nach Blumen, Bäumen und sogar den hinter dem Wald liegenden Rapsfeldern an sie heranträgt. Dann nimmt sie einen großen Bissen von dem herrlich süßen Kirsch-Vanille-Plunder, und für einen Moment fühlt es sich an, als sei sie im Paradies. Da steckt Carmen ihren Kopf durch die Küchentür.

„Schmeckt's?“, fragt sie.

„Großartig!“, schmatzt Josephine.

Carmen verschwindet in der Küche und kommt nach einer halben Minute mit einem Becher Kaffee in der Hand wieder heraus. Sie lässt sich neben Josephine auf der Bank nieder und schaut ihr beim Essen zu.

„Gestern war nicht dein Tag?", beginnt sie das Gespräch, und Josephine weiß sofort, was sie meint. Schließlich war sie der Gutsbesitzerin nach ihrem Wutanfall auf der Obstwiese verheult, verdreckt und zerzaust in die Arme gelaufen. Leugnen ist also zwecklos.

„Nein", gibt sie seufzend zu, „gestern war nicht mein Tag."

Unverzüglich legt sich die niederschmetternde Schwere, die sie für einen Moment abstreifen konnte, wieder auf ihre Schultern. Sie lässt das Plunderteilchen sinken.

„Es tut mir leid. Ich wollte dir nicht den Appetit verderben. Wie dumm von mir", entschuldigt sich Carmen, die ehrlich betroffen aussieht.

Josephine winkt ab. „Ist schon gut. Es ändert nichts daran, dass es ist, wie es ist."

„Eigentlich wollte ich nur wissen, was du jetzt vorhast", erklärt Carmen entschuldigend, „und ob du schon weißt, wie es bei dir weitergeht."

Josephine schaut in die Ferne. Eigentlich weiß sie genau, wie es weitergehen wird, nur sind diese Aussichten alles andere als rosig. Sie sind vernünftig und leider alternativlos. Deshalb hätte sie die Antwort auf diese Frage gerne noch ein bisschen vor sich hergeschoben. Allerdings sieht sie ein, dass Carmen Planungssicherheit für ihr Landhotel braucht.

„Es wäre gut, wenn du bis zur nächsten Woche Ersatz für mich finden könntest, Carmen. Leider kann ich nicht ewig Urlaub nehmen und muss zurück." Josephine versucht ein tapferes Lächeln, was jedoch gequält ausfällt.

„Von mir aus kannst du bleiben, solange du willst", entgegnet Carmen leichthin.

Überrascht schaut Josephine sie an. Ruhig erwidert die Gutsbesitzerin ihren Blick. „Es ist genügend Arbeit da."

Josephine schießen Tränen in die Augen. Mit so viel Unterstützung von jemandem, den sie erst vor anderthalb Wochen kennengelernt hat, hat sie nicht gerechnet.

„Ich weiß gar nicht, was ich sagen soll", antwortet sie mit zitternder Stimme und wischt sich über die Augen. „Danke!"

Carmen lacht. „Dafür musst du mir nicht dankbar sein." Sie grinst. „Ich müsste ja mit dem Klammerbeutel gepudert sein, wenn ich dich freiwillig gehen ließe! So fix wie du hat sich hier noch niemand eingearbeitet. Was du hier geleistet hast, reicht mindestens für zwei."

Josephine weiß nicht, wie ihr geschieht. So ein Lob hat sie nicht erwartet, und dass es ihr so guttun würde zu hören, dass ihre Arbeitskraft geschätzt wird, auch nicht. Musste sie wirklich erst ans Ende der Welt reisen, um zu hören, dass sie nicht nur eine unbequeme Last, sondern zur Abwechslung einmal eine willkommene Bereicherung ist?

„Ich kann gar nicht sagen, wie sehr ich mich darüber freue, dass ich helfen konnte", beantwortet sie das Kompliment strahlend.

„Und ich erst!", ruft Carmen, woraufhin beide lachen.

„Ich würde gerne bleiben“, sagt Josephine nach einer Weile ernst. „Es ist wunderschön hier, die Kollegen sind nett, die Arbeit macht mir Spaß. Nur ...“, sie braucht einen Moment, um die passenden Worte zu finden, „... ich kann nicht ewig weglaufen. Ich finde, dass ich mich dem Schlamassel stellen muss, das zu Hause auf mich wartet.“

„Bist du sicher?“

„Ich denke schon.“ Als Josephine die Besorgnis in Carmens Augen sieht, ergänzt sie rasch: „Keine Sorge! Ich werde einiges ändern. Ich gehe zwar zurück, aber ich werde mir einen neuen Job suchen und vermutlich eine Wohngemeinschaft gründen.“

Carmen nickt verstehend.

„Es ist gut, dass du Pläne hast“, sagt sie anerkennend, „und ich wünsche dir viel Glück dabei. Trotzdem ...“, dabei sieht sie Josephine fest in die Augen, „... hier ist ein Platz für dich, wenn du willst. Überleg es dir.“

Kaum ist Carmen zurück an ihre Arbeit gegangen und Josephine damit fertig, sich die Zeichen der Rührung aus dem Gesicht zu wischen, da streckt Agata ihren Kopf zur Küchentür hinaus.

„Besuch für dich, Josephine!“

Josephine schaut erschrocken auf und sieht, wie ihre Kollegin ihr verschwörerisch zuzwinkert. Kurz darauf verschwindet Agatas wieder. Dann steht plötzlich Paulhapunkt in der Tür. Josephine kann es kaum fassen.

„Wie kommst du hierher?“, fragt sie entgeistert.

„Mit dem Auto“, antwortet Paulhapunkt trocken. Dann senkt er verlegen den Kopf. Einen Moment später hebt er seinen Blick wieder und schaut ihr in die Augen.

„Du hattest bei unserem Telefonat etwas gesagt von einem ‚Dreiseitenhof'. Und weil ich wusste, wo dein Agentur-Workshop stattgefunden hat und du erzähltest, mitten in der Pampa gelandet zu sein, konnte ich im Internet einen Landgasthof mit passendem Namen finden."

Josephine fühlt sich wie von einer Dampfwalze überrollt. Ein Wirbelsturm der Gedanken und Gefühle scheint ihr gesamtes Repertoire an Handlungsoptionen lahmzulegen, das sie normalerweise für überraschende Besuche von ihr nahestehenden Personen zur Verfügung hat. Ihr Erstaunen wird durch eine warme Woge der Zuneigung abgelöst, die Paulhapunkts vertrautes Gesicht in ihr auslöst. Die wiederum muss innerhalb kürzester Zeit der Verwirrung darüber weichen, dass ihr Partner nach seinem sehr unterkühlten Verhalten in den letzten anderthalb Wochen plötzlich vor ihr steht. Nahtlos geht dieser Eindruck in die Frage über, was das zu bedeuten hat und was sie davon halten soll.

Nicht einmal vierundzwanzig Stunden ist es her, dass Paulhapunkt sie mit seiner endgültigen Absage an eine gemeinsame Zukunft in tiefste Verzweiflung gestürzt hatte. Ihre Welt war zusammengebrochen, und das hätte beinahe dazu geführt, dass sie letzte Nacht zum Äußersten gegriffen und eine unschuldige Seele – na ja, zumindest eine, die mit der ganzen Angelegenheit nichts zu tun hat – dazu benutzt hätte, ihrer Beziehung auch von sich aus ein Ende zu setzen. Und nun steht dieser Mann, für den sie alles getan hatte und der sie in ihrer größten Not im Stich gelassen hatte, plötzlich vor ihr! Am Ende der Welt, wobei sie nicht einmal geahnt hat, dass er weiß, wo er sie finden kann, und will ... ja, was will er eigentlich?

„Was willst du hier?", ist daher ihre naheliegende Frage, und sie klingt in ihren Ohren fast abweisend. In Paulhapunkts wohl auch, denn er sieht sie bittend an.

„Können wir reden?"

Josephine braucht einen Moment, um sich zu sortieren. Dann nickt sie. Sie steht von der Bank auf und bedeutet Paulhapunkt, ihr in den Park zu folgen. Dort hofft sie ungestört zu sein.

Schweigend laufen sie den Weg zwischen der weitläufigen Rasenfläche auf der einen und den hohen Bäumen auf der anderen Seite entlang und tauchen dann in den Wald ein. Keiner von beiden sagt ein Wort. Dann, als das Haupthaus hinter dichtem Grün verschwunden ist, räuspert sich Paulhapunkt.

„Ein hübsches Plätzchen für eine Auszeit", versucht er einen unverbindlichen Gesprächseinstieg.

Der kommt bei Josephine nicht gut an. Sie wirft ihm einen kühlen Blick zu. „So denkst du also über meine Verzweiflungstat, die mich mal eben dazu getrieben hat, meine Existenz aufs Spiel zu setzen?"

Paulhapunkt erschrickt und hebt abwehrend die Hände. „Entschuldige, so war es nicht gemeint. Ich wollte nur ..." Er weiß nicht weiter.

„Vermutlich hatte ich Glück im Unglück", versucht Josephine ihm zu helfen, worüber sie sich im nächsten Moment ärgert.

Warum nimmt sie ihm schon wieder alles ab? Ist er nicht erwachsen genug, die Suppe selbst auszulöffeln, die er sich eingebrockt hat?

Paulhapunkt greift ihre Bemerkung dankbar auf. „Ja“, sagt er, „ich denke, das meinte ich.“

Verlegenes Schweigen entsteht, während sie dem Weg tiefer in den Wald folgen.

„Warum bist du hier?“, fragt Josephine unvermittelt erneut.

Paulhapunkt dreht sich um und stellt sich vor sie hin. Plötzlich ist die Unverbindlichkeit wie weggeblasen, und er stößt seine Worte heftig hervor: „Glaubst du wirklich, dass ich dich einfach so gehen lasse? Nur wegen einer Meinungsverschiedenheit?“

Er sieht Josephine an, und sie liest in seinem Gesicht, dass die letzten Tage auch für ihn nicht leicht gewesen sind. Plötzlich bemerkt sie, wie müde er aussieht, wie viel Kummer in seinen Augen liegt und dass sein Gesicht noch schmaler wirkt, als es ohnehin schon ist. Eine warme Woge des Mitgefühls steigt in ihr hoch. Am liebsten würde sie seinen Kopf zwischen ihre Hände nehmen und den Kummer mit ihren Küssen fortwischen, doch etwas hält sie davon ab.

Stattdessen macht Josephine einen Schritt zur Seite, um ihm auszuweichen und läuft weiter den Weg zwischen den hohen Bäumen entlang. Paulhapunkt folgt ihr. Eine Weile gehen sie wieder schweigend nebeneinander her.

„Es ist dir ernst mit dieser Wohnung?“, fragt er.

„Ja.“

Paulhapunkt schüttelt den Kopf.

„Josephine, ich verstehe dich, wirklich! Und ich will nicht, dass du gehst. Aber ich lasse mich auch nicht erpressen.“

„Ich erpresse dich nicht", antwortet Josephine ruhig und fühlt, dass sie es auch so meint. Ja, sie hatte mithilfe von Serge erreichen wollen, dass Paulhapunkt endlich merkt, dass sie nicht so selbstverständlich ist, wie er zu glauben scheint. Immer noch würde sie sich freuen, wenn er mit ihr kommen würde. Aber wenn er es nicht tut, dann wird sie alleine gehen.

„Ich habe lange genug in einer Notlösung gelebt, die nur für den Übergang sein sollte. Ich will das nicht mehr. Ich fühle mich nicht wohl und brauche mein eigenes Reich."

„Dein eigenes Reich? In einer Wohngemeinschaft, die du mit irgendwem teilst?"

Diesen Einwand kann Josephine nicht von der Hand weisen. „Du hast recht. Eine Ideallösung ist das nicht", antwortet sie ruhig und dreht sich zu Paulhapunkt um. „Ich hatte mit dir in diese wunderschöne Wohnung einziehen wollen", erklärt sie bestimmt. „Ich wollte dort mit dir ein gemeinsames Leben führen."

Sie sieht ihn an und merkt, wie die Enttäuschung in ihr hochsteigt und Tränen in ihre Augen treibt.

Paulhapunkt wendet seinen Blick ab. „Ich will auch mit dir zusammenleben, Josephine, aber ich kann meine Eltern nicht im Stich lassen. Meine Mutter braucht mich."

Diese Bemerkung reicht, um Josephine in einer Zehntelsekunde von null auf hundertachtzig zu bringen. Sie schnauft und schüttelt verständnislos den Kopf. Hat sich wirklich gar nichts geändert, denkt sie wütend, und das nach allem, was in den letzten Tagen geschehen ist? Stehen wir etwa immer noch am selben Punkt unserer nun schon Jahre andauernden Diskussion?

Sie spürt, wie Paulhapunkt neben ihr ob ihrer unwirschen Reaktion ungeduldig wird. Für einen Moment überlegt sie, sich wie so oft zu entschuldigen, um ihn gnädig zu stimmen. Aber irgendwie geht das heute nicht!

„Mein lieber Paulhapunkt, ich könnte dir jetzt eine Menge dazu sagen. Doch wozu? Du willst dich nicht von deiner Mutti trennen, um dein eigenes Leben zu leben. Und seien wir mal ehrlich: Daran wird sich auch nichts mehr ändern, stimmt's?"

„Was ist so schlimm daran, wenn ich unter einem Dach mit meinen Eltern wohne und mich um sie kümmere? Das tun andere Menschen auch. Gebe ich deshalb gleich mein Leben auf?"

„Ja, das tust du. Weil wir nicht einen einzigen Abend zu zweit verbringen können, ohne dass deine Mutter etwas von dir will. Weil sie immer noch deine Hemden bügelt, dein Lieblingsessen kocht, dir Vorträge über deinen Lebensstil hält ..."

„Wogegen ich mich wehre!"

„Trotzdem tut sie es, und du unternimmst nichts, um das zu ändern. Alles bleibt wie es ist und wie sie es gerne hätte. Das nennst du ein eigenes Leben? Ich nenne das *Der Herr Sohn hat seine Freundin mit in sein Kinderzimmer einziehen lassen.* Aber ich bin über vierzig! Diese Wohnsituation passt einfach nicht zu mir!"

„Meine Mutti hat es nicht leicht mit meinem Vater ..."

„... was bestimmt nicht leichter wird, wenn du dich ständig in ihre Beziehung einmischst", fällt Josephine ihm harsch ins Wort. Zu harsch, wie sie spürt, aber sie kann einfach nicht mehr an sich halten.

Paulhapunkt verteidigt sich: „Das tue ich doch gar nicht! Ich versuche alles, um mich da rauszuhalten."

„Der Versuch ist gescheitert, mein Lieber! Glaubst du wirklich, dass dein Vater froh darüber ist, wenn deine Mutter ständig nach dir schreit, um ihn zur Räson zu bringen? Und du tust ihr den Gefallen! Du redest ihm ins Gewissen, dass er keine Dummheiten machen und dafür lieber seine Tabletten nehmen soll und so weiter und so fort. Wie muss er sich fühlen, wenn der eigene Sohn ihn auf Geheiß seiner Gattin behandelt wie ein kleines Kind?"

Wütend funkelt Paulhapunkt sie an. „Das geht zu weit! So redest du nicht über meinen Vater!"

„Ich? *Du* redest so über ihn! Mit deiner Mutter! In seiner Gegenwart!"

Das kann Paulhapunkt nicht auf sich sitzen lassen. „Ich glaube, du mischst dich da in Sachen ein, die dich nichts angehen", erklärt er von oben herab.

Darauf weiß sie nichts zu sagen. Sie starren sich schweigend an. Josephine hilflos, Paulhapunkt verärgert. Nach einer Weile bricht sie das Schweigen.

„Du hast recht", sagt sie langsam, „es geht mich nichts an. Aber warum soll ich es dann mitmachen, wenn es mich nichts angeht? Was spiele ich überhaupt für eine Rolle in diesem Konstrukt, wo sich immer und ausschließlich alles nur um die Befindlichkeiten deiner Eltern, speziell denen deiner Mutter dreht?"

„Du übertreibst!", widerspricht Paulhapunkt. Dann setzt er ein gutmütig-überlegenes Lächeln auf und streichelt ihr beschwichtigend über den Arm.

Früher, das spürt Josephine deutlich, hätte seine Reaktion sie verunsichert. Sie hätte sich von seiner Selbstsicherheit einschüchtern lassen, mit der er seine Sicht der Dinge vertritt, ohne eine andere Meinung überhaupt in Erwägung zu ziehen. Das ist jetzt vorbei! Sie will sich nicht mehr erklären lassen, wie sie über eine Situation zu denken hat. Sie weiß jetzt selbst, was für sie richtig ist.

„Ich finde nicht, dass ich übertreibe“, sagt sie ruhig. „Nenn mir einen Abend in den letzten zwei Monaten, an dem deine Mutter nicht bei uns auf der Matte stand, um irgendetwas von dir zu verlangen. Hatten wir überhaupt schon mal ein Wochenende nur für uns? Wir haben ja nicht einmal im Urlaub unsere Ruhe, weil sie pausenlos anruft und dich mit Horrorgeschichten über deinen Vater und ihren Diabetes versorgt!“

„Sie ist nun einmal krank und ...“

„Wer ist schon ganz gesund?“, unterbricht Josephine ihn ungeduldig. „Deine Mutter ist trotzdem alleine lebensfähig. Allerdings reiht sie eine Unpässlichkeit an die nächste, um sicherzugehen, dass du dich weiter nach ihr ausrichtest. Wo habe ich da einen Platz?“

„Du bist mir wichtig! Du bist mein Leben!“, bekennt Paulhapunkt mit flehender Stimme.

„Ich? Ich bin dir wichtig?“ Josephine schaut ihn ungläubig an. „Was spiele ich schon für eine Rolle, wenn die Suche nach den Tabletten deiner Mutter wichtiger ist als die Tatsache, dass ich, irgendwo am Ende der Welt und restlos fertig mit derselben, nicht mehr weiß, was ich tun soll? Hättest du umgekehrt meine Tabletten gesucht, wenn deine Mutter spätabends von irgendwoher völlig aufgelöst angerufen und erklärt hätte, dass sie nicht mehr weiterweiß?"

„Das ist doch etwas völlig anderes! Du bist stark, du weißt was du tust ..."

Paulhapunkt sucht nach Erklärungen, aber die will Josephine nicht mehr hören. Sie spürt nur noch die Wut, die sich über Jahre aufgestaut hat.

„Ich bin am Ende, du Lackel!", brüllt sie. „Mein Leben liegt in Trümmern! Aber in deiner Welt zählt das keinen Cent!"

Wütend funkelt sie ihn an. Im nächsten Moment verpufft ihre Wut. Wozu das alles, fragt sie sich. Sie schaut Paulhapunkt an, dem die Verwirrung über ihren Ausbruch ins Gesicht geschrieben steht.

Nein, denkt sie, nein, er hat nichts begriffen. Vermutlich wird er das nie tun. Sie seufzt.

„Ich habe festgestellt, dass ich in meinem Leben nicht immer alles alleine durchstehen kann und will. Manchmal brauche ich jemanden, der für mich da ist", versucht Josephine trotzdem, es ihm zu erklären. Aber als Paulhapunkt daraufhin Luft holt, um etwas zu erwidern, schneidet sie ihm das Wort mit einer knappen Handbewegung ab.

„Ich denke, ich habe etwas Besseres verdient", sagt sie und schaut ihm dabei ruhig in die Augen, „und zwar einen Mann und kein Muttersöhnchen."

Damit dreht sie sich um und lässt ihn stehen.

18

Josephine hätte gerne vermieden, dass sie schon wieder in einen Schleudergang ihrer Gefühle gerät, der ihr jede Gewissheit raubt, dass sie diesen Schlamassel durchstehen wird und irgendwann auch wieder bessere Zeiten kommen.

Warum hat Paulhapunkt nicht einfach bleiben können, wo der Pfeffer wächst, beziehungsweise seine Mutti wohnt? Warum ist er überhaupt bei ihr aufgetaucht? Um mit ihr zu streiten? Fast hätte sie daran geglaubt, dass es eine Chance für sie beide geben könnte. Einen wundervollen Moment lang hat sie den Eindruck gehabt, sie sei ihm wichtig. Pah! Das war reine Bequemlichkeit. Paulhapunkt hatte nicht vor, etwas zu ändern. Er wollte einfach nur den Status quo erhalten! Sie sollte zurückkommen, und alles sollte bleiben wie es ist. Unfassbar!

Allerdings führt diese Erkenntnis unweigerlich zu der Frage, was sie tun wird und wo sie unterkommen kann, wenn sie in der nächsten Woche in ihr altes Leben – zumindest in ihren alten Job – zurückkehrt. Sie hat keine Ahnung. Nur eines weiß sie: dass es vermutlich ein Albtraum werden wird, der kaum besser ist als der, dem sie vor ihrer Auszeit zu entfliehen versuchte.

Mit dieser wenig inspirierenden Aussicht stürzt sich Josephine in die Arbeit. Sie schnippelt Obst und Salat für das Mittagsbuffet, hilft Samira beim Putzen der Gästezimmer und aller Fenster im Hotel und befreit schließlich das letzte Beet im Küchengarten, das sie noch nicht bearbeitet hat, von Unkraut. Bei alldem will sie – um Himmels willen – nicht über das Geschehene nachdenken, und schon gar nicht über ihre Zukunft!

Um kurz nach fünf Uhr nachmittags ist es Zeit, dass sie sich nach der Gartenarbeit für den abendlichen Service umzieht. Gerade hat sie verschwitzt und verstaubt ihr Zimmer betreten, da meldet sich ihr Smartphone auf der Kommode.

Ob das wohl Paulhapunkt ist, fragt sich Josephine und realisiert, dass sie nicht einmal Lust hätte, mit ihm zu reden. Bis heute hat sie immer sehnsüchtig auf einen Anruf von ihm gewartet – der nie kam – um seine Stimme zu hören, um sich mit ihm auszusprechen, um sich zu vergewissern, dass er sie noch liebt, so wie sie ihn. Es fühlte sich seltsam an, dass das heute anders ist.

Sie schaut auf das Display und ist erleichtert, dass es nicht Paulhapunkt ist.

„Hi, Friederike. Sei mir bitte nicht böse, aber ich bin in Eile. In ein paar Minuten muss ich möglichst sauber und aufgeräumt im Restaurant stehen, und davon bin ich gerade meilenweit entfernt.“

„Oh, kein Problem“, entgegnet Friederike. „Ich wollte dir bloß sagen, dass du auch bei mir wohnen kannst.“

Josephine ist perplex. „Bei dir?“, ruft sie entsetzt, mahnt sich dann aber zur Mäßigung.

Wie auch immer ihre Schwester auf die Idee gekommen ist, ihr anzubieten, bei ihr einzuziehen – sie mein es bestimmt nicht böse.

„Bei dir?", wiederholt sie deshalb in gelassenerem Ton. „Wie kommst du darauf, dass ich bei dir einziehen soll?"

„Na ja, als wir gestern miteinander telefonierten, hast du dich nicht besonders zuversichtlich angehört. Da dachte ich, ich biete dir das einfach mal an – so für den Notfall. Damit du weißt, dass du irgendwo unterkommen kannst, wenn du nicht mehr weiterweißt."

Josephine schüttelt verwirrt den Kopf. Einerseits ist sie gerührt von dem Vorschlag – schließlich standen sich ihre Schwester und sie in den letzten Jahren nicht besonders nah. Andererseits, denkt sie kritisch, könnte Friederike an ihrem Taktgefühl arbeiten. Dass sich ihr Leben in keinem guten Zustand befindet, weiß sie selbst, und das ist schlimm genug. Sie so unsentimental mit der Nase darauf zu stoßen, dass andere ihre Situation für aussichtslos und den Komplett-Absturz in die Obdachlosigkeit für wahrscheinlich halten, könnte bei weniger hartgesottenen Gemütern leicht zu Überreaktionen führen, die am Ende wieder keiner gewollt hat!

„Danke für das Angebot ... und die aufmunternden Worte. Es ist wirklich super von dir, dass du mir helfen willst. Aber mal im Ernst: Meinst du, dass das gutgeht?", fragt sie spöttisch.

„Natürlich nicht!", antwortet ihre Schwester prompt. Beide brechen in schallendes Gelächter aus. Als sie sich weitgehend erholt haben, ergänzt Friederike: „Aber du bist nun mal meine kleine Schwester. Wenn du mich brauchst, bin ich da."

Josephine schluckt. „Ich will auch für dich da sein, wenn du mich einmal brauchst", sagt sie. Dann laufen ihr die Tränen über das Gesicht. Und plötzlich stellt sie überrascht fest, wie ihre Angst vor der Zukunft kleiner wird.

Ich habe eine Menge verloren, aber ich habe auch etwas gewonnen: einen Menschen, dem ich wirklich etwas bedeute, wird ihr auf einmal bewusst.

In diesem Moment keimt in Josephine das Gefühl auf, dass es mit dem Teufel zugehen müsste, wenn sie es nicht schafft, sich ein neues Leben aufzubauen.

***

„Tagliatelle mit verschiedenen Gemüsen aus dem Küchengarten in einer cremigen Currysoße", erklärt Josephine, während sie den großen, reichlich gefüllten Pasta-Teller vor Oliver platziert.

Überrascht blickt er auf: Er scheint an diesem Abend nicht damit gerechnet zu haben, sie im Restaurant anzutreffen.

Verlegen weicht Josephine seinem überraschten Blick aus. Dann überlegt sie es sich anders. Eigentlich kann sie das, was sie tun muss, auch gleich hinter sich bringen. Sie zwingt sich dazu, ihm in die Augen zu sehen. Erstaunlicherweise entdeckt sie dort weder Groll noch verletzte Eitelkeit oder irgendetwas anderes dieser Art. Er sieht sie einfach nur an und wartet. Dass sie ihm etwas mitteilen will, ist nur allzu offensichtlich – so, wie sie vor ihm steht und um Worte ringt.

Sag, was du zu sagen hast und verschwinde wieder, ermahnt sich Josephine im Stillen. Das kann doch nicht so schwer sein!

Aber irgendwie ist es das doch. Sie bringt keinen Ton heraus – schon gar nicht, während Oliver sie so ansieht.

In dem Moment, als sie sich endlich zu einleitenden Worten durchringt, fasst Oliver den Entschluss, ihr zu Hilfe zu kommen.

„Wegen gestern Abend …", beginnt er, während sie gleichzeitig das Wort ergreift: „Es tut mir leid, dass …"

Beide halten ein und wollen dem anderen den Vortritt lassen. Prompt sprechen sie zwei Sekunden später wieder gleichzeitig.

„Es war dumm von mir …", gibt sie zu, während er meint: „Ich kann verstehen …"

Beide unterbrechen sich erneut und schauen sich fragend an. Dann ist Josephine schneller. „Entschuldige bitte, ich hatte nicht nachgedacht. Es ist unverzeihlich, dass ich dich einfach so …" Sie weiß nicht, wie sie das, was sie sagen will, in passende Worte kleiden soll und sieht auf ihre Hände. „… so …" Sie vollführt eine hilflose Geste. Unsicher schaut sie Oliver an, doch dieses Mal sieht er nicht so aus, als wolle er ihr helfen. Im Gegenteil. Josephine gewinnt den Eindruck, als würde er sich über ihre Stotterei amüsieren.

„… benutzen wollte", stößt sie schließlich hervor und schaut wieder auf ihre Hände.

„Benutzen?", wiederholt Oliver verständnislos.

Josephine wird die Situation zunehmend unangenehm. Wie soll sie das, was sie meint ausdrücken, ohne geschmacklos zu werden? Und das auch noch hier, im Restaurant, in aller Öffentlichkeit? Fieberhaft sucht sie nach einem passenderen Begriff. Dabei fragt sie sich, was an ihren Worten eigentlich unverständlich war. *Bei unserem Zusammentreffen auf dem Heuboden hatte er doch auch genau verstanden, was ich von ihm wollte! Wieso tut er es jetzt auf einmal nicht mehr?* Hilfesuchend hebt Josephine ihren Blick und sieht, wie sich Oliver ein Grinsen verkneift. Missbilligend zieht sie eine Augenbraue hoch, doch ihre Ungnade ist nur gespielt.

„Benutzen", wiederholt sie erleichtert, dankbar dafür, dass Oliver der Szene auf dem Heuboden anscheinend wenigstens im Nachhinein etwas Erheiterndes abgewinnen kann. „Ich wäre wirklich froh, wenn ich die Angelegenheit aus der Welt schaffen könnte", fügt sie leise hinzu.

Oliver lächelt und macht eine wegwerfende Handbewegung. „Vergiss es! Auch dafür sind Freunde manchmal da: um als Mülleimer auszuhelfen", ergänzt er lakonisch.

Sie müssen beide lachen, aber es ist ein verlegenes Lachen.

Josephine sieht ihn an. Plötzlich sieht sie nur noch ihn, nur noch seine Augen, die sie ihrerseits anschauen. Es ist, als würde sie darin versinken, und einen Moment lang scheint es nichts anderes auf der Welt zu geben als sie beide.

Ein Gast macht sich rufend bemerkbar und Josephine erwacht wie aus einer Trance. Sie wendet sich um und bedeutet dem Rufer, dass sie gleich bei ihm sein wird. Dann wendet sie sich wieder Oliver zu.

„Es tut mir leid, ich muss weitermachen", sagt sie mit belegter Stimme.

Auch Oliver scheint einen Moment zu brauchen, um sich zu fangen. Dann erwidert er: „Das ist sehr schade, weil ich dir ein Angebot machen wollte." Seine Stimme ist ungewohnt sanft und er schaut ihr erneut tief in die Augen.

Josephine weiß nicht, wie ihr geschieht. Das Blut schießt ihr in den Kopf, und sie spürt, wie sie von einem Augenblick auf den anderen tiefrot wird. Um Himmels willen, reiß dich zusammen, tadelt sie sich.

Die Spannung zwischen ihnen ist mit Händen zu greifen, und sie befürchtet, nein, sie wünscht sich, dass Oliver gleich etwas sehr Persönliches zu ihr sagen wird. Vielleicht auch etwas sehr Persönliches tun wird. Obwohl das hier, vor allen Leuten, irgendwie ungünstig wäre … auch, wenn ihr das eigentlich vollkommen egal ist …

„Einer meiner Kunden, der Vorstand einer Versicherung, rief mich vorhin an und fragte, ob ich ihm einen Kommunikations-Experten empfehlen könnte, da sich sein Marketing-Abteilungsleiter beruflich umorientiert. Ich dachte dabei an dich", eröffnet er ihr.

Josephine starrt ihn an. Erst nach einer Weile begreift sie den Sinn dessen, was Oliver ihr mitgeteilt hat.

Wenig später ist sie auch endlich in der Lage, ihm zu antworten. Dabei ist sie über sich selbst erstaunt, dass ihr der Versicherungsvorstand und sein potenzielles Jobangebot gerade schnurzpiepegal sind. Glücklicherweise schafft sie es dennoch, ihren Verstand davon zu überzeugen, jetzt sofort wieder die Regie über ihr Handeln zu übernehmen und etwas Vernünftiges zu erwidern, ohne sich ihre Enttäuschung anmerken zu lassen.

„Großartig", antwortet sie und ringt sich ein Lächeln ab. „Kann ich mehr darüber erfahren?", fügt sie der Form halber hinzu, obwohl es sie immer noch nicht wirklich interessiert.

„Klar", antwortet Oliver. „Heute Abend, bei einer Flasche Wein, an gewohnter Stelle?"

Seine Augen blitzen. Josephine ist irritiert, und ehe sie weiß, was sie von diesem Blitzen halten soll, spürt sie, wie seine Hand die ihre berührt. Plötzlich zieht er sie zu sich herunter und küsst sie.

Ende

Glossar

Brand: im Deutschen: Marke

Bullshit-Bingo: Spiel, mit dem Angestellte ihre Langeweile in Besprechungen bekämpfen (alternativ zu „Schiffe versenken"). Dabei notiert jeder Bingo-Spieler statt Zahlen eine vorgegebene Anzahl von Begriffen aus dem Geschäfts-Deutsch und streicht sie durch, sobald das Wort von einem der Gesprächsteilnehmer benutzt wird.

Compliance: im Deutschen: Einhaltung von Regeln

Corporate Design: kurz: CD, bezeichnet das gesamte einheitliche Erscheinungsbild eines Unternehmens. Es wird in einem Handbuch (Manual) schriftlich fixiert.

Exposé: Entwurf, zum Beispiel dem eines Projekts

Guerilla-Taktiken: bezeichnen im Marketing ungewöhnliche Verbreitungsmaßnahmen, die durch einen geringen Mitteleinsatz und eine hohe Wirksamkeit gekennzeichnet sind.

Hipster: steht für eine neuzeitliche Subkultur, deren Anhänger sich vom Mainstream abheben wollen, indem sie sich gegensätzlich zu den jeweiligen Modetrends verhalten. Äußere Merkmale: u.a. üppiger Bart, Nerd-Brille, kariertes Holzfällerhemd, altmodische Kleidung.

Marken-DNA: beschreibt, wofür eine Marke steht.

Marken-Relaunch: Überarbeitung einer Marke
Positionierung einer Marke: Eine Marke wird im Markt durch möglichst unverwechselbare und relevante Merkmale positioniert, die sie von konkurrierenden Marken unterscheiden.
Timetable: im Deutschen: Zeitplan
USP: unique selling proposition, im Deutschen: Alleinstellungsmerkmal
viral: bezeichnet im Marketing die selbstständige und unkontrollierbare Verbreitung einer Werbebotschaft, einem Virus gleich, vornehmlich über soziale Netzwerke (Mundpropaganda).